アダム・ガマル ADAM GAMAL
ケリー・ケネディ KELLY KENNEDY
沖野十亜子 訳

米軍極秘特殊部隊 ザ・ユニット

My Life Fighting Terrorists as One of America's Most Secret Military Operatives

テロの激戦地で戦い続けた隊員の手記

原書房

1978年9月7日、エジプト大統領アンワル・サダト（左）とイスラエル首相メナヘム・ベギン（右から二人目）による、キャンプ・デーヴィッド合意につながった首脳会談での握手。二人を見守るジミー・カーター米大統領（左から二人目）とロザリン夫人（右）［提供：米国立公文書館］

"All the News That's Fit to Print"

The New York Times

Washington Edition

VOL. CLX ... No. 55,393 MONDAY, MAY 2, 2011 $2.00

BIN LADEN KILLED BY U.S. FORCES IN PAKISTAN, OBAMA SAYS, DECLARING JUSTICE HAS BEEN DONE

Qaeda Leader Reported Dead in 'Targeted Assault'

By PETER BAKER and HELENE COOPER

WASHINGTON — Osama bin Laden, the mastermind of the most devastating attack on American soil in modern times and the most hunted man in the world, was killed in a firefight with United States forces in Pakistan on Sunday, President Obama announced.

In a dramatic late-night appearance in the East Room of the White House, Mr. Obama declared that "justice has been done" as he disclosed that American military and C.I.A. operatives had finally cornered Mr. bin Laden, the Al Qaeda leader who

オサマ・ビン・ラディン殺害を報じる『ニューヨーク・タイムズ』。著者保管のもの
［提供：アダム・ガマル（以下、写真提供元が無記載のものについては、すべて著者アダム・ガマルによる）］

アダムの略綬（勲章のかわりに制服につける受章者リボン）

職務（と狙撃の危険）から離れたひととき。キリマンジャロの登山道にて

最後の登頂を控え、キリマンジャロのベースキャンプに到着

アフリカのとある地域にて、小さな一角で情報収集にあたる工作員

任務中に滞在したアフリカのホテル。水栓をひねると茶色の水が出る

あるミッションでのアダム。特定を避けるため顔はぼかしている

NATO 国際治安支援部隊司令官スタンレー・マクリスタル大将による、アフガニスタン北西部バドギス州ムクール地区における徒歩パトロールの場面。会話を交わしているのは、米陸軍のジョーイ・ニッケル大尉　撮影：マーク・オドナルド二等兵曹［提供：国防総省］

上：ザ・ユニットのモットーを刻印したコイン
中：イラク戦争中の 2007 年 8 月 31 日、イラクの西ハディーサ特殊作戦で作戦準備にあたる米陸軍特殊部隊［提供：国防総省］
下：2011 年 2 月 24 日、ドイツのマルムスハイム飛行場の降下地域上空を飛ぶ C-130J の機内。米軍在アフリカ特殊作戦軍（SOCAF）の兵士、海兵隊員、空軍一等兵たちが降下の準備をしている［撮影：マーティン・グレッソン、提供：国防総省］

作戦の成功後、アフリカ沿岸でアメリカ国旗を広げる

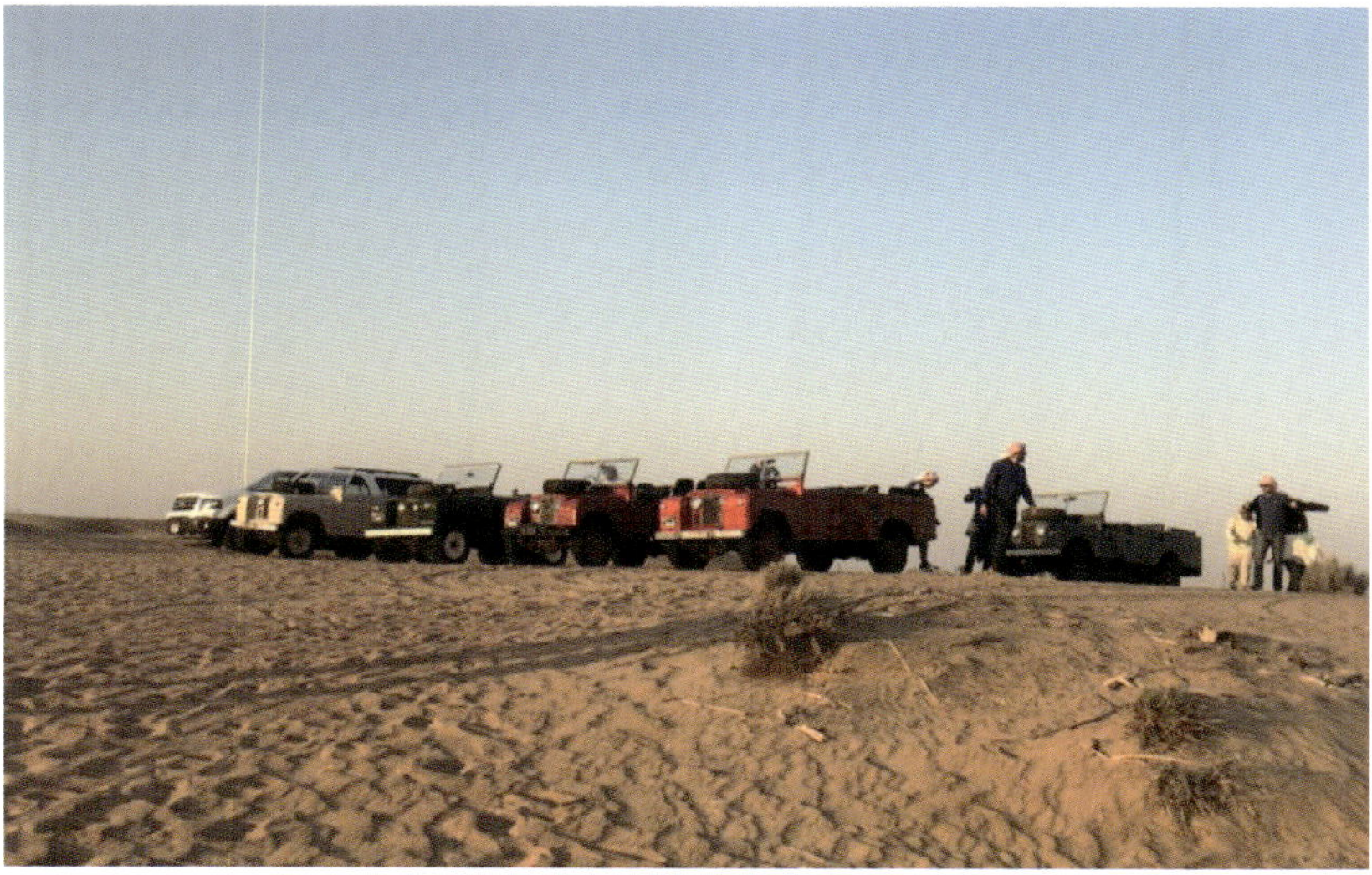

車を並べてミッションの準備にあたる工作員

攻撃用ヘリコプター MH-6Mの一団。アダムらが入手した情報をもとに、テロリスト排除作戦の準備にあたる様子をチームで見守る

アルカイダの下部組織メンバーを尾行するミッションの様子。旅行者を装った二人組はアダムのチームメイト

イラク駐屯時にアダムらの部隊が宿舎とした「ティクリート宮殿」。またの名を「フセインの緑の宮殿」という

ザ・ユニットのワッペン

高校のバスケットボール部のチームメイトと（中央が著者）

ボーイスカウトの仲間と（左が著者）

ムスリム同胞団から息子を守るため、手を尽くした父と

アダムがおぼれかけた、アレクサンドリアのビーチ。兄たちと

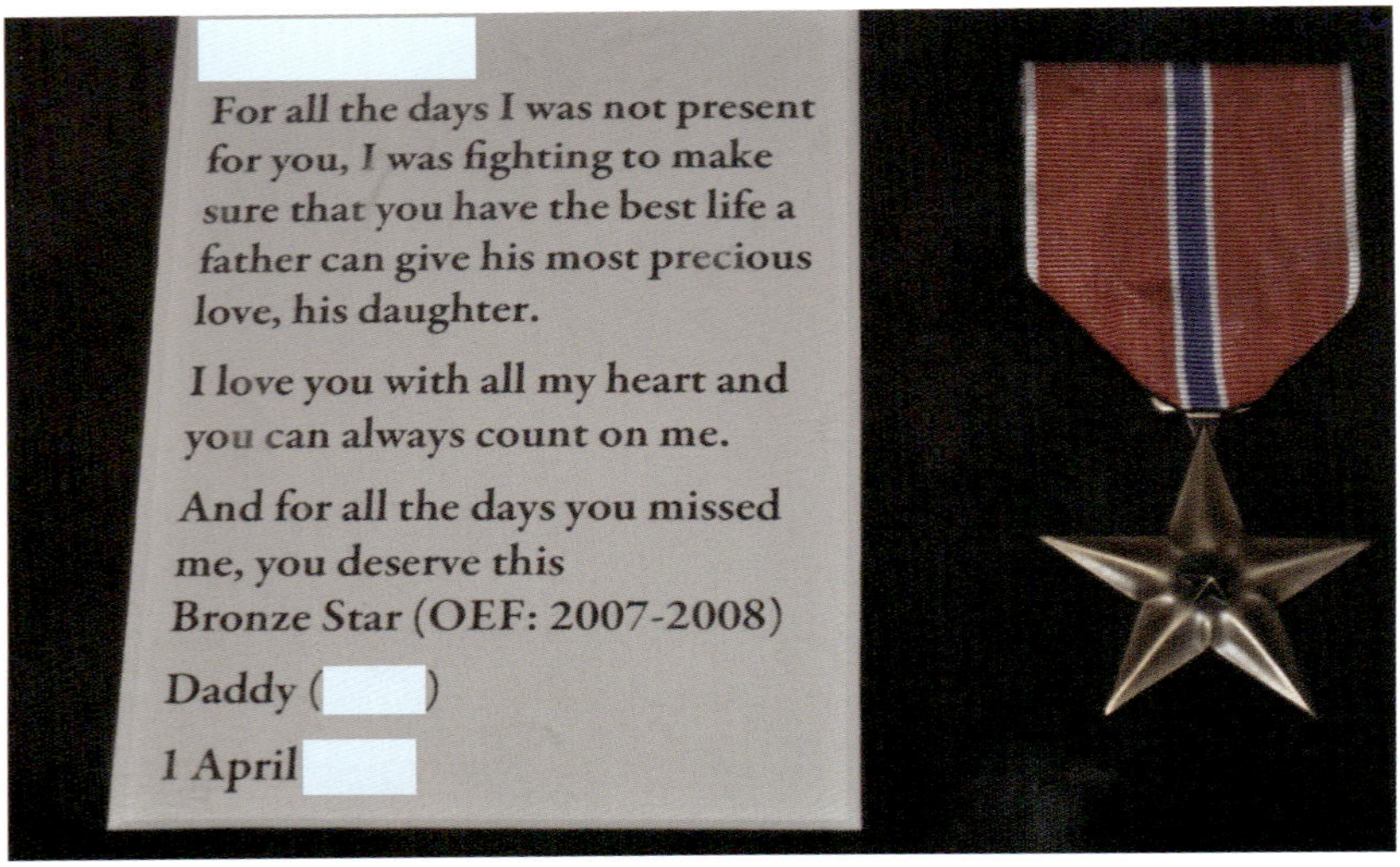

2006 年にアダムが受章したブロンズスター勲章。退役するときに、その貢献への感謝のしるしとして娘に贈ったもの

2016 年、退役セレモニーを終えたアダムと娘たち

米軍極秘特殊部隊
ザ・ユニット
テロの激戦地で戦い続けた隊員の手記

目次

両親が与えてくれた人生の土台がなければ、
私がどこに行こうと何かをなしえることはなかっただろう。
また、妻のサポートと励ましと聡明さがなければ、
私が今日まで生きることはなかっただろう。
そして娘たちの瞳に宿る希望の光に出会わなければ、
私がさらに力を振り絞ることはなかっただろう。

亡くなった両親と愛する妻にこの本を捧げる。

愛らしい娘たちにはこの言葉を。「ほかの誰でもない、自分の心のままに進め」

そして、この本のすばらしい共著者ケリー・ケネディに、格別の感謝を贈りたい。
その才能、忍耐、献身なくしては、この本を書き上げることはできなかった。

親愛なる読者へ

私がアメリカの地を踏んだのは、一九九一年七月のある日のことだ。そのとき二〇歳だった私は、生まれて初めて息ができたような気がした。

生まれ故郷のエジプトでは、深く息を吸う自由も、大きな夢を見る自由も、高みに向かって飛ぶ自由もなかった。私の成長とともにエジプトは落ち着きを取り戻したが、当時もまだ、四〇年前のクーデターが国民の日常生活に影を落としていた。エジプトで暮らすことは、自分とは何かを探しながら生きることにほかならなかった。故アンワル・サダト大統領も、自伝のタイトルを『*In Search of Identity*（アイデンティティを求めて）』としている［邦訳に『サダト自伝：エジプトの夜明けを』］。エジプト人のほとんどは生粋《きっすい》のアラブ人ではなく、アフリカ人でも地中海人でもない。一九五二年に起きたクーデターは、エジプト人をエジプト人たらしめていたものを奪ってしまった。そのことは多くの若い男女の人生を左右したし、私もその一人だった。

しかし、自由な人間の国、勇敢な人間の国にやってきたその日、私はきれいな澄んだ空気を胸いっぱいに吸い込み、心にこう記した。「この国こそ私の選んだ故郷だ。絶対に引き返すものか」と。

一年後には、若きビル・クリントンが、湾岸戦争を戦うジョージ・H・W・ブッシュ大統領と論戦を交わしていた。ブッシュ氏は、私が尊敬してやまない人物だった。朝食の注文でさえまともにできなかった私は、彼らの討論にはついていけなかったが、自分が民主主義の実践を目にしていることだけは理解していた。アメリカ人は、たとえ現職大統領の前であっても、いかにして国をよくするかについて語ることを恐れない。この討論会を見て、「アメリカ人になり、軍に入る」という私の決意はいっそう固まった。

それから三〇年ほどが経ち、この国はすっかり変わった。いまのアメリカは、新規参入者を手放しで歓迎しようとはしない。移民としてやってきた私は、二〇年以上にわたって兵役を務めた。戦い、血を流し、命を落としかけるような経験をしたのは、ほかの人々が確実に同じチャンスを手にできるようにするためだ。私の活躍次第では、もっと大きなチャンスを手渡すこともできる。雪のボスニアからイラクの砂漠地帯、イエメンの高原からアフリカの山々まで、一九九五年以降のあらゆる戦争に従軍した。一四回を超える海外派遣は、すべてのアメリカ人が安心して暮らし、公正かつ平等な扱いを受けられるようにするためだ。私たちアメリカ人は、食事や避難場所、安全や帰属意識を手にする権利は誰にでもあると信じている。幸せを求める権利だってそうだ。しかし現在では、多くのすばらしいアメリカ人が、宗教や出身国や肌の色のために、そうした帰属意識をもてずにいる。そんなのは本来のアメリカではない。アメリカ人の大半は、親切で温かく、優しい人たちだ。初めてこの国にやってきた日、ニューヨークの駅からどうやって出ればいいかわからなかった移民の立場から、そう言わせてほしい。

だから、一つの物語を披露させてもらいたい。アクションと冒険、悲しみと喪失、愛と市民権、そして誇りと受容をめぐるこの物語は、私の幼少期に始まり、いまなお続く敵との戦いを描くものだ。また、私の新たな故郷となった国が前に進むためのアイデアもいくつか提案している。これはアメリカンドリームを追い求める物語であると同時に、一貫して希望の物語なのだ。

付記

本書には、戦いを続ける多くの偉大なアメリカ人が登場する。そのため、最初は彼らのファーストネームのみか、あるいは偽名を使うようにした。たとえファーストネームだけでも、本名を使う人たちには同意を得ている。実際の場所、ミッションの詳細、手段や方法といった、アメリカの同胞たちの安全を脅かす可能性のある情報はいっさい明かしていない。私の家族や仲間の安全のために、私自身の本名すらも使っていない。誰がこの本を書いたかは、仲間なら全員がわかるだろう。だが、彼らが誰かの本名を明かすことはない。私たち自身とその家族を守るためだ。

また本書は、私が所属した特殊部隊「ザ・ユニット」と国防総省職員の事前チェックを受けている。当初は、部隊のニックネームをタイトルにするつもりだったのだが、彼らの判断で『*The Unit*』とすることになった。またチェックの過程で、いくつかのページで削除箇所が生じた。その部分は黒塗りにしてある（編集部注・日本語版では原著の黒塗り部分を＊＊＊で表示した）。

私が本書を書いたのは、名声や金銭のためではない。アメリカで最も立派な人々の物語を記すためだ。つまり、アメリカ人が知っておかなければならない、名もなき英雄たちのことだ。彼らは、肌の色も、体格も、宗教も、伝統もさまざまだ。イスラム教徒もいればユダヤ教徒もいる。軍の英雄と聞いて、一般のアメリカ人が思い浮かべるのは、映画『プライベート・ライアン』のトム・ハンクスだろう。だが、本当の兵士はあのような人物とは限らない。この私がその証拠だ。

この本の収益の一部は、退役軍人や亡くなった兵士の家族、移民の支援事業に寄付するつもりでいる。本書は、退役軍人と移民のための本なのだ。

なお、この本に表明された意見は著者個人のものであり、アメリカ政府や国防総省の公式見解や立場を必ずしも反映するものではない。また、この本に対する出版許可は、国防総省による承認や内容の事実確認を示唆しているわけでもない。

1　一人のイカれたエジプト人

アメリカ海軍の船が一隻、アフリカの角《つの》の沖合に停泊している。五〇〇万ドル分のミサイルを搭載したこの船は、一人の男からの連絡を待っていた。エジプトのアレクサンドリアで、街角の野菜売りをしながら成長した男——私からの連絡を。

着弾の五分前までなら、ミサイルの進路を変えられる。標的は、ソマリアのアルカイダ系過激派リーダーの住居だ。男はまさに、このような組織のボスのイメージどおりのタイプで、専制的な力を振るって小さな町を支配していた。ソマリアのアルカイダ上層部に自分を売り込むために、その残虐行為はエスカレートする一方だった。修道女の拷問、看護婦の処刑、死体で発見された記者……。

あやうく、私の二つめの腎臓もやられるところだった。

アデン・ハシ・アイロはまだ若く、私のように小柄な体つきの男である。だが、二〇〇一年九月一一日に起きたアメリカ同時多発テロよりもかなり前に、アフガニスタンでアルカイダの訓練を受け、反政府武装勢力の戦士「ムジャヒディン」としての振る舞いを身につけてアフリカに戻ってきた。ＢＢＣのジャーナリスト、ケイト・ペイトン殺害犯と見られており、ソマリアのアルカイダ・グループのほかに「アルシャバーブ」というテロリスト組織のリーダーでもある。二〇〇六年にモガディシュを含むソマリアの多くの地域を掌握した組織だ。

この男は、二〇〇五年にモガディシュのイタリア人墓地から何百体もの亡骸《なきがら》を海に投げ捨てて、その場所にモスクを建てた。そしてそこで、自分の思いどおりに男たちを訓練した。

これらは、父が私に語り聞かせたイスラムの教えに反する行為だ。

いまは二〇〇八年。アイロを追って四年が経っていた。私たちがやつを見つけても、やつはするりと逃げていく。

いまいましいことに、いつも土壇場で逃げられるため、空爆の要請もできなかった。空爆の事前承認はすでに得ていた。アイロの居場所が突きとめられたら見張りにつく。毎日監視を続けて一週間あまりが過ぎる。

そこでやつが消える。

ちくしょう。あいつは本当の切れ者か、ろくでもない強運の持ち主のどちらかだ。

過去に何度も経験させられたが、今週はすでに二回取り逃がしている。

タスクフォースの司令官から連絡があり、こちらの航空戦力の一つが引き揚げられたとの情報を伝えられる。おまえたちもさっさと撤収したほうがいい、と司令官は言った。

「あと一日粘ってみませんか」と、私は食い下がる。「今晩が勝負になる予感がするんです」

あきらめようとしたちょうどそのとき、また別の手がかりが手に入る。今回の情報は、アイロの＊＊＊からだ。新たな情報をもとに居場所を確認する。やつがどこにいるかが判明する。民間人の犠牲をどう抑えるかについても、私たちは心得ている。

あいつだ。見つけた。

アイロが潜伏する屋敷にはモスクがあるという情報が入ってくる。モスクがあるならミサイル攻撃はできない、と声が上がる。

「いや、それは違う」私は情報を訂正する。「あれはそういうのじゃなくて、やつの礼拝部屋だ。礼拝用のラグを敷いた部屋なら誰でも持っている」

私自身、このミッションにそんな部屋を用意している。自室にラグを敷けばできあがりだ。

首尾は上々だった。やっとあいつを捕まえられる。

ふたたびソマリアの地を踏んで、午前三時にはすべての準備が整っていた。

時は五月。真夜中でも暑く湿気が高い。顔から玉のように汗が噴き出す。未舗装の道路から舞い上がる砂ぼこりのせいで、ジャリっとした感触だ。エディの顔にも汗が浮かんでいる。コンピュータの腕を見込んで、私が連れてきた仲間だ。

「なあ……おれの髪型、どうかな？」準備をしながらエディが話しかけてくる。

「おまえの髪型なんかどうでもいい」。その夜笑ったのは、この一度きりだった。エディはいつも変わらない。頼りになるし、面白い。

そして穏やかだった。

ラテンアメリカ系でやや小柄な体格のエディも、アラブ人として通りそうな男だ。

エディと私の前にあるのは、映画『ブラックホーク・ダウン』のような情景だ。一九九三年に特殊部隊のヘリが墜落し、パイロットのマイク・デュラントが裸でモガディシュの街を引きずられていくあのシーンが脳裏をかすめなかったと言えば嘘になる。あれは、兵士なら誰もが経験したくない最悪の出来事だ。「誰一人置き去りにしない《ノーマン・レフト・ビハインド》」という戦地での友軍救出スローガンが胸に重く響く。

手探りで無線機を操作する。これまで、アイロから目を離さなかった。十分に長い間、同じ場所にやつをとどめてきた。その情報をタスクフォースの司令官に伝えてもらう。

これが私たちの仕事だ。私たちが機密情報を提供する。それに基づいて、ほかの特殊部隊の突入や目標遂行が可能になる。＊＊＊＊＊＊＊＊＊＊＊＊＊＊いかに人心をつかみ情報を手に入れるかも、心得たものだ。

ただ、それを私たちが口外することはない。

グレーなままだ。

さしあたり、ここにはエディと自分の二人しかいない。

司令官へのメールにとりかかる。彼は海軍特殊部隊「ネイビーシールズ」の一員で、このミッションから数年後にシールズのチーム司令官に就任した人物だ。

「おまえを信じている」と司令官から返信が来る。「やるべきことをやれ。だが危険を冒すな。つねに安全を確保しろ」

これからアイロを捕まえるのだ。今夜はいつもと違う感触がある。

だが同時に、なんの変哲もない夜にも思える。

真夜中に無線機を操作しているところが見つかれば、まずいことになるのはわかっている。そして今回は自分たちしかいない。そのことは司令官の口からじかに聞かされていた。

用心深く。音を立てず。暗闇に潜む。

今度こそ失敗するわけにはいかない。

アイロこそ、私がイラクやアフガニスタンではなく、アフリカをターゲットとした理由を象徴する存在だった。イラクやアフガニスタンの過激派は、頭の中が完全に塗り替えられている。自分もろとも吹き飛ばし、血と骨にまみれた有害なイデオロギーをまき散らす覚悟がある。いわば、手遅れの状態だ。だが、彼らはまずアフリカにやってくる。そこで仕事を覚え、間違った教義をまるごとのみ込む。退屈や孤独感を募らせ、自分の頭で考えられなくなった一〇代のカルト信者と同じだ。アイロや彼のような人間は、盲目的な怒りに駆られた人々を訓練し、たきつけるのだ。

アイロは川の源流を象徴している。

イラクとアフガニスタンは、その川下にある。

アイロはまた、幼少期の記憶にある男たちとも重なった。父が私をその手から守ろうとしていた男たち。エジプトのムスリム同胞団のメンバーだ。彼らは、学業やスポーツで活躍する私に目をつけ、勧誘しようと狙っていた。

監視を続ける。

一〇桁のグリッド座標を送信する。この情報によって、ミサイルは屋敷の一メートル以内に着弾する。基本的にはレンガと泥の家だ。近所には、干し草でできているかのような家もあった。壁がトタンの波板でできた家や、ブリキ屋根の家も。

アイロはきっとここに潜んでいる。そう思うのは、ここがささやかなコミュニティだからだ。およそ九〇〇〇人が暮らし、その大半が彼の血縁だった。全員が互いを知っていて、一つの大きなファミリーを形成している。ムスリムの男である私は、その中に入っても悪目立ちすることはない。褐色の肌をもち、地元のなまりがあり、田舎で食事をするときにどちらの手を使うべきかを心得ている。だが、アルカイダの男たちはするりと逃げるのがうまい。

その町、ドゥサ・マレブでは、店の表に店名がペンキで書いてあった。その様子は、まるで近所の住人が家から出てきて、表に「ボブのレストラン」と手書きし、そこに魚のような絵を添えたかのような雰囲気だ。ただし、かつてソマリアは有数の観光地だったことから、どの店にもインド洋にちなんだ名前がついている（モガディシュの海岸沿いにアラベスク模様の窓とバルコニーのあるホテルが並び、野生動物が生息する自然公園に何千もの観光客が訪れていたのは、一九九一年に始まった内戦の前のことだ）。

ボブのインド洋レストラン。

そして魚の絵。

女性たちはアバヤを着ている。あの全身を覆う黒い服だ。黒い手袋を着けている者もいる。全員が頭にスカーフを巻いている。男性は、マカウィと呼ばれる男性用スカートを身に着けている。これは大きなハンカチのようなカラフルな布で、腰で結んで着る。それに半袖のボタンダウンシャツかTシャツを合わせる。きっとよその国からもらったものだろう。胸にはJust Do MeとかChicago Bears - Super Bowl Champions 2007といった文字や、キラキラ光るピンクのユニコーンが付いている。

私は「大当たり《ジャックポット》」と送信した。「引き続き監視する」

五分ごとに、アイロがまだここにいることを知らせる。「大当たり《ジャックポット》」

あたりを見渡すと、町の暗さが星空の美しさをいっそう引き立てている。まるで、子どものころに田舎で見た空のようだ。明るい月がゆっくりと動いていく。無数の星が光る。

「大当たり《ジャックポット》」とタイプする。「まだそのままだ」

二人で装置をいじったり、アイロの話をしたりして過ごす。少しも怖くはない。イスラム教では、ものごとは起きるべくして起きると信じられている。自分の番が来たのであれば、それはどうしようもないことだ――もちろん、腹にもう一発食らいたいわけではないが。

「引き続き監視中」

目標位置を送信したら、ミサイルがインド洋の真ん中からドゥサ・マレブに到着するまでの所要時間は一時間だ。

「大当たり《ジャックポット》」

あいつを片付けなければならない。

ミサイルが発射されてから四五分が経っている。数日が過ぎたような気分だ。時間の経過がこれほど遅く感じるのは、二年ぶりだ。薄汚れた病院で銃創の回復を待ったあのとき。右に一インチずれていれば、麻痺で動けない体になっていた。

くそったれ。

目には目を、と自分に言い聞かせる。

電波が弱くなった。私は通信機器を点検し、用を足すのに使おうと持ってきたゲータレードの瓶をエディが見つけ、それでアンテナの角度を調整した。

「何てことをしてくれるんだ。用を足したくなったらどうする?」と文句を言うと、「備えあれば憂いなし」とエディが答えて、二つめの瓶を見せた。いつも抜かりがないやつだ。

「大当たり《ジャックポット》」とタスクフォース司令部に送信する。いまは尿瓶《しびん》でこしらえた即席アンテナを通じて。「標的はまだ動きなし」

「ありがとう、エディ」と声をかける。

「なんで感謝なんかするんだ」とエディが答える。「おれたちは一心同体だろ」

それまでは南米にいたエディにとって、アフリカでの任務はこれが初めてだった。しかし、彼は私に命を預けてくれた。今回こそ失敗するわけにはいかない。

エディを死なせてはならない。彼の奥さんにそんな電話をするなんて、死ぬほどつらいに決まっている。自分とエディの安全を守るために動く。二人の人間を生かしておくことに集中する。とはいえ、私たちはすでに幽霊のような存在だ。特殊部隊の任務と引き換えに軍隊名簿からも削除されたのだから。特殊部隊「ザ・ユニット」は、米軍のなかで最も謎に包まれた情報・特別機動部隊だ。その中の人間は存在しないに等しい。

「監視中」と送信する。

冷静になると、あらためて事の重大さが身にしみる。面と向かったほうが相手を撃ちやすいと言うつもりはない。だが、顔の見える相手を撃つ状況なら、おそらく相手も自分を狙っている。その相手が悪い人間だということもわかる。武器を手にしているのだから、ひと目で理解できる。そして、自分が引き金を引くまでの時間はほんの一瞬だ。しかしこのときは、一時間が過ぎるのを待ちながら、自分がしていることについて何度も思いをめぐらせた。〝あそこにいるのは本当にアイロなのか？　やつ以外には誰がいる？　子どもは？　やつの妻は？　家の中にはほかに女がいるのか？〟疑問が次々と頭をよぎる。迷いは禁物だ。間違うわけにはいかない。

正しいか否かを考えているわけではない。正しいということはもうわかっている。

「まだそこにいるのか？」

「ああ。まだいる」

ひたすら待つ。エディと二人で見張り続ける。

出てきた者はいるか？

中に入った者は？

着弾の五分前までならミサイルの進路を変えられる。

「中立」地帯に落とすこともできる。そうすれば、一四〇万ドルの誘導爆弾三発を砂と灌木《かんぼく》が受け止めてくれる。

やつはまだそこにいる。

「片をつけよう」とエディに声をかける。

作戦はまだ進行中だ。

「必要なのは、一人のイカれたエジプト人だな」と、われらが分析官は答えた。それは違う。一人のイカれたアメリカ人だ。

2 そよ風を深く吸い込む

アレクサンドリアで暮らしていた六歳のある日、自宅から抜け出して二ブロック先の浜辺にたどり着いた。幾多の偉人が海を眺めてきた海岸だ。アレクサンドロス大王。クレオパトラ。ヘレニズム期の詩人カリマコス。そしてユリウス・カエサル。

打ち寄せる波と海鳥を眺め、海と塩のにおいを吸い込むうちに、私は目の前の広大なものに飲み込まれそうになった。家族が見つけてくれたときには、全身ずぶ濡れで喘《あえ》いでいたらしい。母が私の小さな体を肩に担ぎ上げ、大急ぎで病院に運んだのを覚えている。五分もかからない距離だったのに、息が苦しくてたまらず、一生ぶんの時間が経ったような気がした。一九七六年のことだ。医師は私の肺を診て、一二歳まで生きられたら幸運だと言った。

「先生たちが言うには、おまえの命は長くないそうよ」。母はまるで昼食のエジプト風パスタ《クシャリ》について話すかのような口調で言った。「でもよくなるから大丈夫」

私はおそらく幼すぎたのだろう。気にもならなかった。遊びのことで頭はいっぱいだった。

しかし、週に何度かは母に病院に担ぎ込まれ、肺に空気を入れる注射を打たれるようになった。私は注射が大嫌いだった。病院の薬の臭いをかぐと、動揺して力が抜けると同時に、強い嫌悪感にさいなまれた。漂白剤に混じった血液と吐瀉物《としゃぶつ》の臭い。無力感に襲われるやるせなさを学ぶのに、時間はかからなかった。

「王家の谷」のすぐ北側の街で、やせた喘息《ぜんそく》もちの子どもとして、私は人生をスタートした。両親は互いを大事にしていた。優しくて仲のいい夫婦だった。

家族は、寝室がふた部屋あるアパートに六人で暮らしていた。両親がひと部屋を、姉たちがもうひと部屋を使い、兄と私は居間で寝ていた。うちは狭かったが、海にも、大学にも、病院や学校にも近かった。地理的に便利な場所だったからこそ、父はその家を選んだのだ。

二寝室のアパートは、その界隈で父がなんとか家賃を払える精一杯の家だった。中流階級が暮らす地区で子どもを育てたいと、父は思っていた。貧しい地区よりもよい教育が受けられると考えたからだ。エジプトにはスクールバスなどなかったので、父は子どもたちが学校に歩いて行ける範囲で家を決めた。私が幼いうちは通学距離も短かったが、高校では片道六キロ半近くを週六日歩いて通った。

私はこのころから長距離を歩く準備をしていたということだ。

母は小学校二年生を終えると学校をやめなくてはならなかった。母の父親が、女性が教育を受けることに否定的だったからだ。だから、子どもたちには教育の機会を与え、まっとうな人間に育てようと心に誓ったという。子どもが嘘をついたら厳しく叩いた。嘘はよい決断にはつながらないからだ。そして、洗濯、皿洗い、ゴミ出しといった家事を割り振るのも母の役目だった。

私はゴミ出し係だった。エジプトでのゴミ出しは、アメリカでのそれとはわけが違う。通りの先のゴミ置き場まで歩いて行かなければならない。小さな身体で袋を抱えて歩き、汚いゴミの山に投げ込む。一度だけ、ゴミ袋の口をきちんと結べていなかったことがある。近隣のゴミが積みあがったゴミ置き場が、真夜中でも気温四三度の環境にあるところを想像してみてほしい。ねずみ、悪臭、ゴキブリの三拍子だ。

もちろん、すべて承知のうえでの母の計らいだった。

父は正式な教育を十分に受けられなかったため、それを埋め合わせようとなんでもむさぼるように読んだという。小さな農村からアレクサンドリアにやってきたときも、都会の人たちとの会話に太刀打ちできるだけの才があった。政治談議を好み、自分が重要だと思う問題について話ができる人と付き合おうとした。また、ものごとをじっくり観察するのも好きだった。この癖は私も受け継いでいる。そして親切な人柄も、父のＤＮＡに刻まれているのだと思う。

アレクサンドリアにやってきたとき、父は農作業以外になんの取り柄もなかった。だが、一年ほど工場で働いたのち、勉強して公務員の試験を受けた。たくさん読んで懸命に勉強した甲斐があり、父はエジプト海軍の安全管理技術者の職に就くことができた。

しかし、父は学位をもっていなかった。あんな紙切れ一枚のせいで、自分の力を十分に発揮できる機会はこないと知っていた。

「おまえたちは大学を卒業するんだぞ」と、子どもたちはよく言われたものだ。

玄関を一歩出ると、太陽が全力で照りつける毎日。日焼けした肌、もじゃもじゃの黒髪、都会的な服を着た少年。それが私の子ども時代だ。左に行けば、古代ローマの彫像群が見える。右に行けば、コリント様式の柱があるローマの円形劇場の中をぶらつくことができる。

アレクサンドリアは、カイロと違ってピラミッドもなければ、ファラオ時代やアラブの影響も見られない。わたしの故郷であるこの町は、アレクサンドロス大王がつくったものだ。つまり、もともとは古代ギリシャの都市だった。私の家の近くには古代ローマの劇場があり、そう遠くないところに紀元二世紀につくられた三層構造のカタコンベ「コム・エル・ショカファ」があった。この墓地は、ローマ、ギリシャ、エジプト文化の影響をあわせ持っている。たとえば、門を守るエジプトの死者の神がローマ様式の衣装を身につけている、という具合だ。ほかに名所としては、「ポンペイの柱」や、古代アラブ世界の城壁、「ファロスの灯台」の跡地には、「カイト・ベイ要塞」がある。「アブル・アッバース・モスク」は一七九六年に建立されたものだ。浜辺を見下ろす建築物は、ヨーロッパスタイルのイギリス占領時代のものが大半を占めていた。

マルコムXが一九六〇年代初頭にカイロを訪れたとき、中東というよりもヨーロッパに来たようだと言ったという。現在はだいぶ薄れているが、当時のカイロは地中海都市特有の空気に包まれていた。住民にあなたはどこの人かと尋ねたら、「地中海人」や「北アフリカ人」、あるいは「中東人」という答えが返ってきただろう。「アラブ人」という回答を聞くことはまれだったに違いない。まわりを見渡せば、それもなるほどと思えた。

一九七〇年代のエジプトやシリア、レバノンといった地域では、暮らしはかなり近代的で、しかも西洋化されていた。女子大生はミニスカートやベルボトムパンツをはき、欧米のテレビ番組で目にするような装いをしていた。人々が買い物をするのは、「メガストア」と呼ばれるショッピングモールのような場所だった。

港には商業船や海軍の船が行き交い、朝は漁船が出ていくのを見送った。漁師が網を引くのを手伝えば、一日の終わりにはただで魚をもらえた。

思えば、幸せな子ども時代だった。

アレクサンドリアには、ヨーロッパ租界とギリシャ租界、アフリカ出身の黒人のコミュニティがあり、とくにスーダン出身者が多かった（もちろんエジプト人もアフリカ人だ）。地中海の国々からの移民もいたし、ある階層の人々はフランス語を話した。うちの近所の食料品店はギリシャ系キリスト教徒の店だった。ビールを売っていたのに、わが家のことをよく知っていたので、うちには売ろうとしなかった。「高潔さ」とは何かを店主が教えてくれた。仕立屋はイタリア人で、床屋はヨーロッパのどこかの出身だった。ある隣人は車庫を持っていて、私たちが手持ち無沙汰でふざけていると「この車を洗うのを手伝ってくれ」と言ったものだ。ボーイスカウトの制服をきちんと着ていないときは、きまって誰かに呼び止められて「ほら、シャツを直してあげよう」と言われた。幼なじみにはキリスト教徒の友人もいた。やがて私は、自分と気の合う友人を選ぶようになった。

私の一族にも多様性があった。金髪のいとこがいたし、兄は白人のように見えた。そして私は家族でいちばん肌が黒い。つまるところ、誰もがアレクサンドリア人なのだった。

エジプトでは、毎年春になると「シャム・エン・ネッシム」を祝う。「そよ風を深く吸い込む」という意味のこの祭りは、春の代名詞だ。イースターに似ているが、起源はファラオの時代にさかのぼる。古代エジプトでは、ギザのピラミッドと太陽が一直線に並ぶ時刻に、この祭りが始まったという。古代人は卵に色を塗り、そこに願い事を書いて木に吊るして、願いが神々の目に留まるようにと願った。いかにも古典的な迷信だ。私が子どものころは、毎年ミッキーマウスやイースターバニーのパレードが町を練り歩いたものだが、こちらは新しいタイプの迷信というわけだ。

でも楽しかった。

古代から吹いてくる海風は、「深く息を吸い込め」とたえず呼びかけてきた。喘息の発作を起こしてから二年後、私はランニングを始めた。かつて死にかけたあの浜辺で、「脚に筋肉をつける」ために。私はいつも年齢よりずっと幼く見られていたし、いじめっ子はいちばん小さな子どもを狙う。そのことが、私に必然的に強くなるよう仕向けたのかもしれない。毎年、それこそ新たな年を迎えるごとに、誰かが私をいじめようとして、私はそれに反撃した。

母は私にスポーツを勧めた。私の肺や背丈の低さ、いじめを心配してのことだ。そうした不利を埋め合わせるには、私は速く走り、強くならなければならなかった。

それと同じ年に、八歳でバスケットボールも始めた。どこまで高くジャンプできるかを測っては、兄と競い合ったものだ。互いに天井にタッチするのを目指し、私はバスケットボールのゴールネットに手が届くほどになった。

またその年には、考える力をつけるためにチェスも始めた。その気になれば、いじめっ子たちの鼻を明かしてやれたかもしれない。私はその地区でいちばん強い選手になり、学業でもクラスのトップになった。

両親は私の努力を応援してくれた。母は、医者の言ったことなどまったくでたらめであるかのように、ほかの兄弟と変わらない接し方をしてくれたし、父は私の子ども時代を通して、影のように見守ってくれた。

ラマダンの最中は、家族は日中の飲食を断ってまるまるひと月を過ごす。やはり八歳のこの年に、私も断食を始めた。暑くてたまらないのに、日が沈むまで水も飲めない。母はいつも私にホースで水をかけていた。

「おまえは小さいから。ちょっと水を飲んだってかまわないのよ」と言いながら。

だが、私は頑《かたく》なに水を飲まなかった。

いま思えば、それも将来に備えていたことになる。

ラマダンはイスラム歴の九番目の月に行われ、断食はイスラム教の五行の一つに数えられる。五行とは、敬虔《けいけん》なムスリムとして行うべき義務のことだ(残りの四つは、信仰の告白、毎日の礼拝、喜捨、聖地メッカへの巡礼)。キリスト教の四旬節が、復活祭までの四〇日間は何かを断つのと似ている。断食とは、身体という器を通じて精神的成長を目指す道のりだ。ラマダン期間中のイスラム教徒は、日の出から日の入りまで飲食を断ち(水すらもだ)、性行為も行わない。より多くの時間を祈りに捧げる人もいる。それから祝賀が行われる。イスラム教では、ラマダンの最後の一〇日間に、神が預言者ムハンマドにコーランの啓示を授けたと信じられているからだ。

ムスリムかどうかに関係なく、地域のすべての人が祝いに参加する。ちょうど、アメリカのクリスマスのようなものだ。ハヌカブッシュ発祥の地であるアメリカでは、神を信じない者もサンタは大好きだ。暑い国では、家庭には小さなオーブンしかないが、みんながラマダン用に大量のペストリーやクッキーを焼く。兄と私は地元のパン屋に行って天板を借りてくる。すると母は、その天板にさまざまな甘いお菓子を並べ、天板にわが家の名前を記した。兄と私はそれをパン屋に持っていく。やはり天板を持ったほかの家族と一緒に順番待ちの列に並んでは、おしゃべりに興じて冗談を飛ばす。祝祭のムードが満ちていた。キリスト教の家庭も同じことを楽しんだ。当時はまだ、いまのような分断はなかったのだ。

少なくとも私の記憶ではそうだった。

夜は断食明けの食事をすませてから、朝方までアレクサンドリアの街を友達と歩き回った。数千年の歴史を刻む通り沿いには、何世紀も前からの建物が並ぶ。見上げれば、両脇の建物に張り渡された無数の小さな電飾が輝き、モスクや古代ローマの柱や商店は華やぎに包まれている。明るい星や三日月でできた繭《まゆ》のなかを旅しているような気分だった。

バルコニーからは、凝った模様の錫《すず》のランタンや、カラフルな紙のランタンが吊り下げられ、クリスマス飾りのようなオーナメントが、あらゆる場所を埋め尽くしていた。エジプトでは、小さな鏡を埋め込んだ色鮮やかな壁飾りが人気で、それが鏡の形に光を反射した。まるで魔法だ。妖精の国にいるようだった。公共の場に設けられたイフタルのテーブルが通りに並び、まるで何キロも続いているように見えた。一か月間毎晩、日中の断食を終えた人々はそこで食事をするのだ。

コナファというお菓子も食べる。糸のように細くした生地を、クリームやナッツ、レーズンのフィリングに重ねてシロップに浸したものだ。

カーニバルのような高揚感があった。

通りでサッカーに興じたのも、お祭り騒ぎのために交通が規制されていたからだ。子どもたちはのびのびとした気分で、まわりの住民の愛情を感じていた。それは、「大いなる祝福の月」を祝って集う近所の人全員から注がれていたものだ。

私にとってのエジプトは、ピラミッドや砂漠に囲まれたスフィンクスのイメージではない。毎年夏になると、家族で祖父母の農場を訪れた。アレクサンドリアからナイルデルタの中心に向かって南に車を走らせると、どこを見ても緑の景色が現れる。肥沃《ひよく》な大地だ。

アレクサンドリアから南に約一時間行けば、ダマンフールという町に着く。そこから泥道をもう三〇分行けば、父方の祖父母の家だ。

町に入ると（私がおぼれそうになった水路に面した町だ）、父方の祖父が飼っている犬の一匹が迎えにやって来る。うれしそうに尻尾をふりながら車のそばを併走している。これが夏の始まりを告げる合図だった。

母方のおじは、もう一人の祖父が土地相続人として指名した親族だったが、ときどきトラクターに乗って会いに来てくれた。優しくて面白くて体の大きな人だった。片方の手に六本の指があり、「神は彼が働き者になるとわかっていたんだね。だから特別におまけの指を授けたんだよ」と家族は言っていた。トラクターのもう一つの座席には母が座った。しかしおじの肩は広く、兄や姉たちや私も問題なくつかまっていられた。姉たちは膝に乗り、私は肩車をしてもらって、小さな足でおじの首にまたがり、額につかまった。

草の香りのする空気。かわいがってくれる人たち。ナイル川の匂い。これまでに何百万もの人々を養ってきた母なる大河。戦時下の窓を覆うレンガの防護壁も、アレクサンドリアとは違ってここにはなかった。

夏。

子どもたちは、この町に来るのは気晴らしのためだと思っていた。つまり、ただの長期休暇だと。でも本当は、父がお金を節約するためだったようだ。農場にいれば、家族を食べさせなくてもよかったからだ。車を借りてきて家族全員が乗り込み、みんなのスーツケースを積んで出かける。そのあとで父は仕事のためにアレクサンドリアに戻り、ほかの家族は田舎でひと夏を過ごす。大好きな季節。裸足でかけまわって遊ぶ楽しさに、子どもたちは夢中だった。

私の祖父、つまり父の父親は、大きな家をもち、息子や家族のためにアパートを何棟か建てていた。そのあたり一帯にいくつも農場を所有し、綿花、梨、トウモロコシ、トマト、キュウリを輪作で育てていた。

夜になるとみんなで畑に行き、焚火《たきび》でトウモロコシを焼く。そして祖父の育てたキュウリやトマトと一緒に食べた。

そのあたりの家には、電話も電気もないのが当たり前だった。たとえ電気があっても、いつも使えるとは限らなかった。もちろんテレビもない。太陽とともに生活するので、午前五時には起床して、いとこたちと遊んだ。いとこは二〇人以上いて、誰もが創意工夫の達人だった。釣り竿がなければ、大きなトレイに穴を開け、それで水をすくって魚をとった。祖母は孫をかわいがっていたが、孫たちが鍋や釜にすることを笑って見逃そうとはしなかった。

こうした経験も、大人になってから役立つことになった。

私はこの時期に多くを学び、丈夫な身体になった。私はもはや、靴を履かなくても歩くことができた。太陽の下で一日中飲まず食わずで遊んでいられた。のちに「ザ・ユニット」のセレクションで出会ったネブラスカの農場育ちの仲間も同じような体験をしていた。私はそうとは知らないまま、将来に向けて準備を進めていたのだ。

エアコンのようなものはなく、「暑すぎるから、これはやめておこう」と考えることもなかった。誰もが懸命に身体を動かしていた。

こうして、軍に入隊するまでに、そうしたことは苦ではなくなっていた。

役立った経験はほかにもある。私は毎年夏になんらかの事故に遭っていたが、あるとき、何人かの子どもたちでトラクターを運転していたことがある。私は後ろのほうにぶら下がっていたが、突然誰かに突き飛ばされた。たぶん、ふざけてその場所を奪おうとしたのだろう。そのせいで私は落ちてしまい、トラクターに足をひかれた。子どもたちはみな、大慌てで母のところに行った。

「ねえ！　おばちゃんところの子が死んじゃったよ！」

死んではいなかった。

死んではいないが、その夏は歩くことができなかった。足にギプスをはめられて、二か月間は体重をかけることも禁じられた。

また、村の下水を集めた水路に落ちたこともある。いとこの一人と遊んでいるときに足を滑らせたのだ。いとこの女の子が家に帰る前にすっかり洗い流してくれた（ひどい臭いを放っていたからだ）。おかげでお仕置きを受けずにすんだ。何年もあとになって、ザ・ユニットのセレクションで課される水泳が精神的に最もつらいことがわかった。水の中を進み、ウエイトの代わりに服とブーツを身につけ、装備品を持って潜るのだ。潜水中は、かつて肺を満たした黒い下水の記憶と、病弱な幼少期の始まりとなった海辺の冒険が頭によみがえってきた。だが水路でおぼれかけた経験は、私を強くしたようだ。あれ以来、水が怖くなったのも確かだが。

それに、糞尿が好きなはずもない。

それでも、私の心は折れなかった。痛みも危険も恐れなかった。おそらく、すでにアドレナリン中毒だったのだろう。

あるいは、単にどんくさかったのかもしれない。

田舎ではいとこたちが面倒をみてくれた。私をいじめていないときは、だが。

軍隊に入ってから当時の話をすると、アメリカの農場での似たような経験を仲間が聞かせてくれた。エジプトの谷合いの地でも、アメリカ中西部の大平原でも、子どもたちは同じ遊びをして、同じ教訓を学んでいたのだ（ラクダから落ちたのは私だけかもしれないが）。こうした似たような経験が、他人に対する先入観から私たちを解き放ってくれる。

農場では、子どもたちが遊んでいないときには、おじたちからイスラム穏健派の教えと算数をたたき込まれた。算数の問題はいつ何時飛んでくるかわからなかった。

「アレクサンドリアを午前一〇時に出て、時速三〇マイルでカイロに向かうとする。アレクサンドリアを午前一〇時半に出て、時速四〇マイルで向かう弟は何時に追いつくか？」などと聞かれるからだ。

その問題から解放されたと思ったら、すかさず次の問いがやってくる。「七四三かける六四は？」そこで鉛筆を持とうものなら「暗算でやるんだ」と声が飛ぶ。

おじたちはみな、高校より上の教育を受けていなかったのに、頭の回転が速かった。

父はよく、子どもたちになぞなぞを出した。

「朝は四本足、昼は二本足、夜は三本足の動物。これはなんだ？」

スフィンクスの有名な謎かけ。答えは人間だ。

そんなふうに子どもたちは教育された。

父方の祖父は村長だった。大学に入るために、一五歳になる前にコーランをすべて暗記したという。

そして、それを父やおじたちに教えた。

穏健派イスラムの教えだった。

「あの連中が説いているのはイスラム教ではない」と、祖父は息子たちに言い聞かせた。

祖父がアデン・アイロを認めることはないだろう。母方の祖父はたたき上げの男で、もう一人の祖父よりも裕福だった。寡黙《かもく》だったが、三〇分ほどの距離に住むもう一人の祖父よりも優しいと、みんなに思われていた。朝の礼拝前、四時か五時には起床して、馬に乗って所有地を見て回った。果樹園をいくつも所有していたが、通りすがりに果実を勝手にもいでいく人が多かった。数個ならまだしも、ごっそり取っていく人もいた。そこである朝、祖父は年季の入ったロシア製のライフルを空に向けて一、二発撃って、それから一日の最初に行うファジュルの礼拝をしにモスクに行った。

「おい」祖父がやってくると、みんなが声をかけた。「今朝、あんたの土地から銃声がしたぞ」

「ああ、キツネがいたんでね」と祖父は答えたそうだ。

赤いキツネだ。灰色ギツネは当時のエジプトにはいなかった。

人々はキツネを恐れて、祖父の土地には近づかなくなった。もちろんキツネなどいなかったが、祖父は老練な知恵を持った人だった。敵対する人間について研究し、関係を築き、最善の策を見つけるまで状況の分析に時間をかけた。

私は、この祖父からも学ばせてもらった。

3 壁に囲まれた世界

日差しの降り注ぐ夏の終わりに自宅に帰ってくると、集合住宅のわが家は日中でも全体が暗かった。アレクサンドリアの集合住宅は、どこも正面に爆弾や榴散弾よけのレンガの防護壁がつけられている。しかし、その壁は窓から差し込む日光もさえぎる。一階の部屋ならなおさらだ。私が幼いころ、エジプトはイスラエルと戦争中だった。米軍の部隊はいまもスエズ運河のあるシナイ砂漠に駐留していて、私が小学生のときに調停された和平の維持にあたっている。

いま思うとおかしなことだが、幼少期のことで何より覚えているのは、政治に関連することだ。一九七九年、アメリカのジミー・カーター大統領によるエジプト訪問が実現した。彼の乗ったキャデラックのオープンカーには、エジプトのアンワル・サダト大統領も同乗していた。その車が通り過ぎていくのを、父と私は興奮して眺めた。八歳の私にとって、人生でいちばん心が躍った瞬間だった。サダトはカーターの仲介を得て、イスラエルとの和平条約に調印した。だが彼はそもそも、エジプトを第四次中東戦争に突入させた張本人でもある。そのため、エジプトでは「戦争と和平の大統領」と呼ばれていた。私からすると、サダトは先見の明のある人物だ。彼のおかげで四〇年間平和が続いていることを、人々はいまも賞賛しているのだから。

カーターの訪問からほどなくして、エジプトとイスラエルは和平協議を始めた。そのあとで、エジプト政府によってわが家の前にあった防護壁の解体が始まった。その出来事ははっきりと覚えている。突如として家じゅうに光があふれた記憶。その明るさは、私の心の中で和平を祝う情景と結びついている。それはまるで、新しい世界に生きるかのようだった。

ただ、子どもだった私はほかの変化には気づけなかったし、理解もできなかった。わが家を防御していた壁に代わって、新たな壁が立ち上がっていた。その壁は少しずつ、ほとんどそれとわからぬように現れていたのだ。

アフガン紛争のニュースはテレビで見ていた。エジプトがアメリカの支援を望んだのは、アメリカの金がほしかったからだ。そこで若者を紛争地に送り、ムジャヒディンとともにロシアと戦わせた。しかしその後、彼らは過激派から新しい考えを吹き込まれて帰ってきた。モスクでのスピーチや説教は一変した。

サダトは私のヒーローだった。しかし、彼は宗教を使ってゲームに興じ、そのために自らとエジプトを苦境に陥れることとなった。宗教の自由の名のもとに、あるいは、ガマール・アブドゥル・ナセル体制からの生き残りである社会主義者に対抗するという理由で、ムスリム同胞団の権限を強め、その影響力は拡大した。平和な集団のふりをしていたが、彼らは結局はイスラム過激派だった。真の狙いは厳格で保守的な国家であり、そこでは誰もが彼らのルールに従わなければならない。

女性は肌を覆い始めた。男性はひげを生やし、「ジャラビヤ」なるものを身に着け始めた。ジャラビヤとは、くるぶし丈でたっぷりとした白い筒袖の服だ。以前は農民しか着ておらず、それさえも珍しくなりつつあった。アデン・アイロのルーツは、こうした文化面での変化に始まっているのかもしれない。

兵士によるサダト暗殺後に大統領となったホスニー・ムバラクは、引き続き同胞団に「制限つきの」力を与えた。平和への取り組みとして、あらゆる団体が協議の席につけるようにした。ムスリム同胞団でさえ例外ではなかった。同胞団の腐敗ぶりを知りながら、彼らを引き入れたのだ。

ムバラクは実際、あまりに常軌《じょうき》を逸した行動をとらないかぎりは、どんな愚か者にも発言させた。私は別に、言論の自由に反対しているわけではない。だが、暴力を教唆《きょうさ》する無責任な言論には断固として反対する。しかも宗教を使えば、結局は理性の声が抹殺されてしまう。のちにムバラクは、自らその代償を払うことになった。彼が逮捕したムスリム同胞団のメンバーのなかには、サダトを暗殺した人物もいた。にもかかわらず、ほかのメンバーには発言を許した。「盲目のシャイフ（首長）」と呼ばれたオマル・アブドッラフマーンもその一人だった。アブドッラフマーンは、サダト暗殺を求める宗教見解《ファトワ》を出したかどで起訴された人物だ。

彼は小児糖尿病を患ったために視力を失い、点字でコーランを学んだ。いわばヘレン・ケラー二世だ。この男については、あとで詳しく話すことにする。このろくでなしとは何かと縁があったからだ。

サダトの死後、アブドッラフマーンは三年間投獄された。彼が指揮した「イスラム集団（ガマーア・イスラミーヤ）」の連中を思い出すと虫唾《むしず》が走る。

突然、すべてが禁忌《ハラム》になった。イスラム法で禁じられた。そう、アデン・アイロのイスラム教によって。

怒れる愚か者たちの集団がのさばり始めた。

一方、サウジアラビアでは石油産業がにわかに好景気を迎えていた。エジプト人も、教師や医師、あるいは油田作業員として出稼ぎに向かった。当時のサウジアラビアは、私たちにとってイスラム教と同義だった。メッカの国。ムスリムが祈りを捧げるときは、もちろんメッカの方角を向いて行う。ところが、サウジアラビアに出稼ぎに行った人々は、異なるイスラムの教えを身につけて帰ってきた。

ムバラクは絶好の機会を提供した。あらゆる種類のモスクを許可したため、誰でもモスクを開設できたし、好きなことを説教できるようになった。アフガニスタンで当時のソ連と戦うことを許された過激派は、さらに過激になって戻ってきた。多くのモスクが武装化を遂げていった。

ラジオでは、アフガニスタンで戦うエジプトの若者が異教徒を殺していると報じていた。

街角の説教師は、少しばかり本を読んだかと思うと、いきなり宗教指導者となってふたたび現れる。彼らは説く。ムジャヒディンがアフガニスタンで亡くなると、まわりの人々はバラの香りをかぐ、天国の甘い香りだ、と。たわ言だ。ムジャヒディンと呼ばれる者がアフガニスタンで死んだとき、私もその場にいたことがある。人が死んだときの臭いが強烈にたちこめただけだった。ほかの誰とも変わりない。

ワグディ・アブドエルハミード・モハメド・ゴネイムの声が、私の頭の中で否応なく響き渡った。彼はアレクサンドリア出身のイスラム純化主義指導者で、憎しみを説き、そのメッセージをカセットテープに録音した。この男の声は、町の音に混じる騒音の一つだった。

テープはどこでも流れていた。通りを走る車から聞こえてくることもあれば、小型スピーカーから流れることも、遊び仲間の家で耳にすることもあった。「戦士からの手紙を読んでさしあげよう」「神はムジャヒディンを守り給う」「ムスリム戦士は目を閉じ、ロケット弾を発射した。それは弾薬を満載したソ連軍のトラックを直撃し、乗っていた兵は皆殺しだ。神は偉大なり」

おそらく彼らの場合は、実際目を閉じて撃ったほうが標的に当てる確率が高いのだろう。

「戦士が亡くなって二週間後、人々が埋葬をしに行ってみると、その体はきれいなままで、顔にほほえみを浮かべていた。戦士は殉教者である」

もはや、本当は死んでいないかのような口ぶりだ。昼寝でもしていたというのか。

私はいつも興味津々で聞いていた。もしも父がゴネイムのテープを見つけたなら、ゴミ箱に投げ捨てたことだろう。「あんなものは聞くんじゃない」と。

だが政府の対応は甘いものだった。ゴネイムがまき散らすでたらめは、ただ野放しにされていたのだから。

その裏でムスリム同胞団は、学校で美術を教わるのは禁忌《ハラム》だと私のような子どもにひそかに吹き込んでいた。歌を歌うのは禁忌《ハラム》。ダンスを踊るのは禁忌《ハラム》。彼らはいつの間にかすべてを禁忌《ハラム》とし、それが許されていた。どこかで聞いたような話ではないか。タリバン、アル・シャバーブ、ＩＳＩＳのような組織は、いまもムスリム同胞団の教義を踏襲している。

まるで、政府による強制集団洗脳のようなものだ。だが、当時の政府があまりにも無知でそれに気づけなかったのか、あるいはただ無視していただけなのかは、私にはまったく判断もつかない。しかし政府の立場なら、国歌さえも禁忌《ハラム》だと彼らが言うのを無視できるだろうか。

では、一〇歳の子どもなら？　私たちはすべてを吸収した。洗脳に染まっていった。おかしなものだ。ビーチと路面電車にはさまれた地区に住んでいたので、私はどこにでも行けるような気がしていた。近所にいくつか映画館があり、ポップコーンも買えれば、世界を違った目で見ることもできた。だがモスクも無数にあった。アレクサンドリアは首都ではない。つまり大都市でありながら、政府の影響力があまり及ばないのだ。

そうした状況は、ムスリム同胞団が仲間を増やし、拠点とするのに好都合だった。

ロシアは、最終的にアフガニスタンを砂漠と化して逃げていった。一九八九年のことだ。ロシアも、アメリカも、パキスタンも、エジプトも、そしてサウジアラビアも、崩壊するアフガニスタンを放置し、その民を見捨てた。私が子どものころにエジプトのムスリム同胞団から生まれたイスラム過激派は、アフガニスタンに集結した。そして、民衆に食事と仕事と薬を与えて「教育」を行った。宗教と希望の仮面を被った洗脳だ。政府は、魔法使いのランプの精を呼び出してしまった。その後のストーリーは、ディズニーアニメ版のそれとは似ても似つかない。

父は、私が悪い人間と付き合いはしないか、よからぬ考えに影響されはしないかと心配した。

スポーツをするときも目を離さなかった。当たり前のように学校にやってきて、教室にいる教師に声をかけるのだ。

「どうも。私はあの子の父親でね。うちの息子は学校ではどうです?」といった調子だ。

先生は父に、お子さんの成績はいいとか、スポーツもよくできるなどと説明する。たしかに、私はそつなくやっていた。だが、父の目的はそんな話を聞くことではない。父は私に、そして父の教えに介入しようとするすべての人に、「自分は息子から目を離さない」と暗に示したかったのだ。

「ところで」と父が先生に話しかける。「息子の行いが悪いときは、ひっぱたいてもらってかまいませんから」

同級生たちの前だ。机の下に隠れてしまいたかった。お祈りを捧げさえもした。「神様、もう父さんが学校に来ませんように」

五年生のとき、先生が父を連れてくるように言った。父に話すと、すぐさま怖い顔でにらみつけられた。「なんの悪さをした?」という顔だ。先生はいい話だとしか言わなかった。父がやってくると、先生は言った。この子は同級生より勉強が進んでいるので、一年飛び級して六年生になってはどうか、と。エジプトの学年では、六年生は中学生にあたる。五年生にいては退屈するだろうと先生は言った。「息子さんはほかの生徒よりずっと優秀なんです」

父は先生の顔を見て、それから教室の子どもたちの顔を見た。この話は私のいる前で行われていた。父は先生をわきに連れて行って少し話をすると、そのまま帰っていった。私は五年生のままで、それ以上は何も言われなかった。

「どうだったの？」と、家に帰ってから尋ねた。

「おまえに飛び級はさせない」と父が答える。

「どうして？」私は上の学年に行きたかった。

「おまえはいまでさえクラスでいちばん背の低い生徒だ。上の学年に行けば、そこでいちばん小柄な生徒より、一年の差があるぶんだけおまえのほうが背が低いだろう。おまけにクラスでいちばん年下になるんだぞ。だからだめだ」

高校生のときには、エジプト政府の決定で、何校かが兵学校にされることになった。各地区のトップ校が兵学校に指定され、私の高校もその一つだった。当然生徒は制服を着なくてはならない。青いズボンに青いシャツ、紺色のセーター、それに黒い靴。

黒い靴が決まりだった。

私は黒い靴は持っておらず、両親にも買う金はなかった。そこで茶色の靴を履いていった。

毎朝、整列の時間があった。このときに制服を身に着けていなければ罰が待っている。私は毎日、茶色の靴で登校した。毎日、整列担当の将校がやってきて、茶色の靴を履いた私を見つけた。そして私は、気をつけの姿勢で一時間立たされるのだ。

ついに、ある日の整列の時間に言ってみた。「茶色の靴を履いているのは、私が不敬だからではありません。黒靴を持っていないからなのです」。将校は同情してくれたが、規則には従わなければならないと言い、変わらず罰を与えた。

貧しいからといって、その規則は変わらなかった。

だがいくつかの選択肢が考えられたはずだ。たとえば生徒に黒靴を与える。あるいは規則を変えて茶でも黒でもよしとする（ただし、きちんと磨いた靴であるという条件をつけて）。または、この日までに黒い靴を履いてくるようにと一定の猶予を与える。しかし現実には、とくに権威が幅を利かせる状況では、人はたいていあまりクリエイティブではない。一方で一〇代の私は、クリエイティブである必要があった。この事態を自分に課された試練と考え、より強くなるための成長の機会にしたのだ。

卒業までには、何日でも気をつけの姿勢で立っていられるようになった。しかも、貧しさを理由にこんな罰を与えることが公平なのか、などと考える必要すらなくなっていた。

だが学校ですら、うまく過激派を避けなければならない場所になっていた。ある日、エジプトの国歌を学校で口ずさんでいたときのことだ。

「歌を歌っちゃいけないんだよ」と隣の生徒が言ってきた。「禁忌《ハラム》だ」

禁じられている。

これもまた将来への布石だった。

私は、いちばん近いモスクでやっているボーイスカウトに通っていた（最後には、最高ランクのイーグルスカウトとなった）。そこは、バスケットボールなどのスポーツをする場所でもあった。そこにはかなり年上の男がいて、みんなの尊敬を集めていた。彼は、まだ八歳だった私と友人二人をよくモスクに連れて行って話をした。彼や彼のような人間は、幼い子どもに目をつける。だが、このときは父が目を光らせていた。

父はいつも私に確認した。どのモスクに通っているのか？　誰と一緒か？　礼拝が終わったら次の礼拝まで待っているのか？　――父は、息子にできるだけ長くモスクにいてほしいと思っていたわけではない。一日の最後、日没と夜に行われる二回の礼拝は、その間隔がおよそ四五分あるため、モスクにそのまま残っている人も多かった。だが、そこでは何もすることがない。人々は世間話をするか、家に帰ってテレビをつけ、二つあるチャンネルのどちらかを観ていた。

過激派が抜け目がないというのは否定できない。彼らは、その空き時間を利用して講義を始めたのだ。そうした講義は、ときには「戦に備えよ」という内容で、戦の相手はキリスト教徒のこともあれば、ユダヤ教徒、シーア派、とにかくその日の敵と見なされた者になることもあった。そんなリストなど、父の頭にはない。

「礼拝に行くなら、終わったら帰ってくるように。モスクに残るんじゃないぞ」と父は言った。ある日、父がうちにいるときにその年長の男がやってきて、私と一緒にモスクに行こうとしたことがある。

「息子はもう、あんたと一緒には行かない」と父は言ってのけた。過激派などとんでもない話だった。

父はとうとう、あのモスクには行かないでほしいと言うようになった。

その言葉は私にはもっと強い言葉に思えた。父さんは本気なのだと。

父と一緒に歩くときは、あれは過激派のモスクだとか、あれは私が行っても安心なモスクだとかを教えてくれた。

「おまえには戒律を学んでほしい。断食のときには食事をしてはならない。貧しい人々には施しをする。たとえ自分のほうが貧しくてもだ。施しをするときは、相手の宗教を尋ねてはならない。施しの相手が、ムスリムであろうとキリスト教徒であろうとかまわないんだ」

父は子どもたちにコーランの一説を暗記させた。

神に正しく仕えるということは、あなたの顔を東や西に向けることではない
正しく仕える者は神と最後の審判を信じ、天使と経典と預言者を信じる者である
富を分け与える者である　それがどれほど大切であろうとも　近親者に　親のない子どもに
貧しい人々に　旅人や物乞いに　また借金や奴隷の身にある者を解放するために
礼拝の務めを守り　定められた喜捨を行う者である
約束をすれば必ず守る者である
困難や逆境、試練のときにも耐え忍ぶ者である
彼らは真実の者であり　これこそが神を畏れる者である（コーラン第二章一七八節）

善きムスリムになるのは難しくない、と父は言った。いい人間でありさえすればいいのだ。それに、父にはわかっていた。自分が教えたことが、自分がいなくなったあともずっと道しるべにならなくてはいけないことを。息子が子どものころに近づかないよう気をつけていた相手

が、将来息子が戦う敵となるとは、もちろん父には知る由もなかったのだが。アデン・アイロの存在は、父の教えのすべてに対する侮辱《ぶじょく》にほかならなかった。

私を鍛えようとした父の真意は、私の精神を耕すことにあった。ラジオから流れてくる説教や、ある種のモスクにいる人々とのやりとり。私がそういうものから吸収したことは、簡単に退けられるものではないと父は知っていた。そうした声はこう訴える。「イスラム教こそ唯一の真の宗教である。ユダヤ教徒は敵だ。キリスト教徒がムスリムを助けるわけがない」と。

のちに私は、自分がこれまで学んだことを捨てて、新たに学び直す必要があると思い知った。ユダヤ人であれ、そのほかのどんな人々であれ、彼らに対して私が抱いていた感情は、父が望んだような偏見のないものではなかった。ボーイスカウトの制服を整えてくれた優しい隣人も、当時の未熟な私にすれば、その仲間全体とは切り離して考えていた。そして、父の言う「私のイスラム教ではない」がどういう意味で、それを真に理解するのにどれほど時間がかかるかも、あとで痛感することになる。

それでも、父から学んだことはやはりしっかりと私の中に残っていた。子ども時代の思い出は、その後の私の人生の選択にほとんど結びついているのだから。ことわざやコーランの暗記。よい行いをすれば、抱きしめてもらえた。当時の私が覚えた不満と怒りにさえ意味があったのだ。

私は一四歳のときに最初の仕事を始めた。ニンニク売りの仕事だ。父は、学業に支障が出るのではと心配しながらも、やらせてくれた。ただし、稼ぎの半分を兄に渡すのが条件だった。家族の分け前というわけだ。だが私には、ひどく不公平なことに思えた。喧噪の市場で、やせた子どもが手押し車を押しながら、老人たちとニンニクの値段を駆け引きする場面を想像してほしい。「ニンニクだよ！　ここで買っていってよ！」と声を張り上げながら。

給料はもちろん、たいした金額ではなかった。

「人生には、懸命に働かなくてはならない時期がある。先にそうしておくか、最後にそうするかのどちらかだ」と父は言った。「最後になれば、若いころのようなエネルギーはないかもしれない。だからいまのうちに働いたほうがいいんだ」

その教えは実を結んだ。父の四人の子ども全員が大学の学位を持てたのだから。

高校を卒業するまでに、私は運動でも学業でもクラスでトップになっていた。法学部に進むにはそれでよかったが、自分でも想像もできない人生を歩む前にやるべきことがあった。

私は貪欲なまでに負けず嫌いだった。振り返れば、それはあのビーチでの出来事に始まっていたのだと思う。医師が両親に、私の命はそう長くはないと告げたあの日だ。

それでも私は海に向かった。世界がどんなものかを知りたかった。

その好奇心ゆえに、四〇歳までに六〇以上もの国を旅する人生を送ることになった。

そして、その好奇心ゆえに、米軍でも最高機密とされた部隊に入ることになったのだ。

4 エジプトの最高機密部隊

一九八〇年、私が九歳のとき、つまりビーチでのランニングやウエイトリフティングをするようになってからおよそ二年後、誕生してまもない米軍の「現地工作班（ＦＯＧ）」がエジプトの砂漠に陣取っていた。イランに人質として拘束されていた五二人のアメリカ人を救出するため、二回目の作戦準備にあたっているところだった。「イーグルクロー作戦」と名付けられた一回目の作戦は失敗に終わっていた。原因としては、アルファベットを冠したアメリカ政府機関同士の連携がうまくいかなかったこと、ＣＩＡが陸軍特殊部隊との情報共有を拒んだこと、そして作戦に使われた八機のヘリコプターのうち三機が航行不能となってから、現地指揮官がカーター大統領に計画の中断を提言したことが挙げられる（この作戦遂行に必要なヘリは四機だった）。作戦から撤退するときにヘリの一機が輸送機と衝突し、八名の兵士が亡くなった。イランの民間人一名も犠牲となった。

私の理解では、工作班のミッション「クレディブル・スポーツ作戦」は、諜報活動の立場からは成功したが、部隊は救出作戦に必要な軍の支援を得られなかった。人質は四四四日間拘束されることになった。＊＊。第二次世界大戦中は、戦略情報局の部隊がフランスにパラシュート降下し、Dデイ上陸作戦中にレジスタンスの組織的活動を支援している。ヴェトナム戦争では、「分析作戦班（SOG）」と呼ばれる部隊がベトコンに関する情報を集めるとともに、心理戦を仕掛けた。

　どの作戦でも、ある問題が浮上した。陸軍という巨大組織が、自分たちのテリトリーに諜報部隊を押し付けられたと感じていたのだ。ケネディ大統領をはじめとする指導者たちは、分析作戦班こそ進むべき道だと考えていたにもかかわらず、守旧派の将軍たちは作戦を故意に妨害した。

　工作班が捕虜の捜索に動く一方で、軍は「統合特殊作戦コマンド（JSOC）」を立ち上げた。＊＊。

　工作班の成功を受けて部隊は拡大し、「＊＊＊＊＊＊＊＊」として知られるようになった。この組織は、またの名を「ザ・ユニット」という。この組織の実名を明かすことは許されていないため、これからはこの呼称を使うことにしたい。＊＊＊＊＊＊＊＊＊＊＊＊＊＊＊＊＊＊＊＊＊＊＊＊＊＊＊＊＊＊＊。当初のザ・ユニットの任務は特別作戦に対する支援であり、そのために＊＊＊。

やがて時が経ち、ザ・ユニットは解散の危機に直面する。職務遂行における制約が非常に厳しかったために、活動がままならなくなったせいだった。ところが一転してその必要性が認められ、最終的に、この集団は近代アメリカにおける最強の部隊の一つになった。ただし、その強大な力は分厚い鎧《よろい》で覆われていた。

ザ・ユニットは、早い段階で部隊のモットーを「Send Me（私を遣わしてください）」とした。これは、次のような聖書の一節からとられている。「また、私は神の声を聴いた。『誰を遣わそう誰がわれわれのために行ってくれるのか』と。そこで私は言った。『ここに私がいます　私を遣わしてください』」

やがて、ザ・ユニットの工作員は単に情報を提供するのでなく、ミッションに直接参加するようになっていった。誘拐された将軍たちの捜索から、アメリカ大使館の安全確保やハイジャック犯による人質の救出まで、あらゆることにかかわった。ナイジェリアだろうとエルサルバドルだろうと、どこにでも赴く。「メデジン・カルテル」を牛耳るコロンビアの麻薬王パブロ・エスコバルの居場所を突きとめ、ボスニアのセルビア人指導者ラドヴァン・カラジッチの逮捕にも協力した。

この部隊のメンバーは個々の能力に基づいて選ばれており、チームは発足当初から女性の能力を認めていた。また、外国語を話す人間も重視し、少なくとも最初は、南米や東南アジア、中東出身に見える人間と同等の評価をしていた。部隊の記録はすべて機密情報であり、部隊名や所在地についても秘匿されている。ザ・ユニットの名前が知られるたびに、新たな秘密のコードネームが作られた。

現在の部隊名はもちろん極秘であり、私は隊員たちのために命を投げ出す覚悟がある。つまり、この本に登場する名前は仮名であり、詳細は一部変えている。私にとって弟や妹である隊員を守るためだ。

ザ・ユニットはまず、専門的な調査をいやというほど丹念に行う。発射された武器や信号の向きから、人の居場所を特定する。だがこうした方法はすでに時代遅れとなり、いまでは工作員は新たな技術を用いている。＊＊。

インターネットや、この組織を扱う本のどれにも載っていない内容は、ここには何ひとつない。ただし、そうした情報の真偽について語るつもりもない（間違っていることのほうがずっと多いが）。

だが、これだけは言っておこう。ザ・ユニットは一九八一年に工作員の採用を始めた。

その工作員としての経験を語るのは、私が初めてとなる。

5 ならず者

アレクサンドリアの法科大学院に入学した私は、畏《おそ》れと憧れに胸を躍らせていた。その敷地からは、何かを知りたいという気持ちを初めて覚えたあの海辺が見下ろせたし、構内のヤシの木や桃色の壁の建物も気に入っていた。正面にピラミッドの装飾を配した建物もあった。法廷のような雰囲気を醸《かも》し出す教室の重厚な木の色や、硬いベンチ椅子もよかった。そこに座って、前方の教壇のどっしりとした机で講義する年配の教授たちの話を聴いたものだ。祖父の母校のように由緒ある大学ではなかったものの、優れた人材をそれなりに輩出している。ここに入るために懸命に勉強してきたのだ。

とうとう来たぞ、と私は思った。エジプトを変える、父の時代のような国に近づけるんだ、という志を抱いていた。

エジプトでは、ヨーロッパと同様に、法科大学院に入るのに四年の学部課程は必須ではなかったので、私は高校卒業後にそのまま大学院に進んだ。ほどなくわかったのは、私が学ぶ法律はエジプトの現実に合っていないということだった。

「ここで学ぶことを実践する機会は、まず訪れないだろう」。かなり年配の教授の一人が、私にそう言った。彼はかつて大臣を務め、フランスで博士号を取った人だった。自由とは何か、正義とは何かを知っていた。彼の言葉には真実の重みがあった。

正義が行われることはないだろう。法律を勉強しても、エジプトに人権はないのだから。本当の法制度も、自由も、変化の可能性も、チャンスもありはしない。私にとっては夢を見る権利さえも、そこで消えてしまった。

それに、まだムスリム同胞団と縁を切ることもできなかった。

子どものころもそうだったが、彼らは私の能力に目を付けていた。外交的で人と交わるのが得意だったし、友人と何かと活動の計画を立てるのが好きだったからだ。

イデオロギー？　彼らはそんなことなど気にもしなかった。

私が入学して一年目のときに、ムスリム同胞団の代表として学生自治会に立候補しないかと持ちかけられたことがある。

青天《せいてん》の霹靂《へきれき》だった。彼らとつるんでいたわけでもないのに。

「おれはきみたちとはなんのかかわりもない」。私はきっぱりと答えた。「むしろ、本当は正反対の立場なんだ」

そこで彼らに自分の考えを説明した。彼らの名前で立候補したとしても、その意見を代表するつもりはないこと。男女一緒のグループで活動するのがいいと思うし、彼らのイデオロギーは支持しないこと。自分の考えを持っていたい、ほかの若者と同様にパーティを楽しみたいといったことだった。

「へえ、そりゃあいい」と彼らは返した。「おれたちは議席が維持できればいいんだよ」

そんな話はお断りだ。

だが、そこから考え始めた。何かと競争心が強い私は、やってやろうじゃないかと立候補することにしたのだ――ムスリム同胞団の対抗馬として。

彼らには優れた組織力があった。草の根のキャンペーンというものを、バラク・オバマ大統領よりも前にすでに理解していた。大学キャンパスのあらゆる教室を訪問して回り、どこからか入ってくる資金を使ってプロ顔負けのキャンペーンを展開することもできた。彼らの資金源は過激派、それも政府から非公式に認可を受けたグループだった可能性がある。

しかし、誰も予想していない結果が待っていた。自分でも驚いたことに、私は彼らを負かしてしまったのだ。

自分らしくない手段を用いたわけではなく、自分らしさを発揮したせいで、私は彼らの怒りを買うはめになった。真っ向から勝負を挑み、相手の資金力を否定したのだから。それは、彼らが「分断」を図ったのが原因だった。男女は一緒に旅行に行ってはならないとか、一緒に活動してはならないとか。そうしたことに私は反対だった。私たちは大人なのだから、自分の行動の分別はつくし、自分のことは自分で決められるというのが、私の考えだった。

ある日のこと、学生自治会はムスリム同胞団の学生支部代表に連絡をとり、構内で学生が会議をする部屋を貸してくれないかと依頼した。今後の活動やサマーキャンプの計画を練るための会合だ。代表の男は、二つ返事で部屋を貸してくれた。指定された日は、エジプトのライバルチーム同士のサッカーの試合が行われる日だった。構内には誰もいなくなるが、そういう試合の日にはよくあることだ。プレーを見るために、みな授業をさぼるのだ。貸してくれた部屋は建物の五階で、廊下の突き当たりにある。そんなことなど誰も気にもしていなかった。

男女問わず一〇人から一五人ほどの学生がその部屋に集まり、旅行の計画や資金集めについて話をしていた。

すると突然、七、八〇人ほどのムスリム同胞団が部屋になだれ込んできて、私たちに暴力を振るった。男も女も関係なく、全員に対してだ。

大学には誰もいなかったので、騒ぎを耳にした者はいない。部屋は廊下の端で、逃げ道もない。五階の窓から飛び降りるか、さもなければ殴られるしかなかった。

すべては計画されたものだった。そのときにはっきりとわかったことがある。自分が相手にしているのはチンピラの一味ではないと。相手は組織であり、組織として動いている。その巧妙なやり口から、私は彼らを「悪魔の同胞団」だと思うようになった。悪魔以外に、誰がこんなにうまい計画を立てられるだろうか？

数人の学生と私がとくにひどくやられていた。理由はわからない。

みんなで大学内の診療所に向かった。私は肋骨《ろっこつ》が折れたような気がしていた。通常なら、医師が診察して怪我を報告するはずだ。ところが、その医師もムスリム同胞団のメンバーだった。怪我はたいしたことはないと決めつけられ、そのせいで警察に通報することもできなかった。

帰宅してからも、かなりひどい怪我を負わされたことは父には言えなかった。だが父の目はごまかせない。何かあったのだと気づかれてしまい、結局打ち明けないわけにはいかなかった。

「ああいうやつらには近づくな」と父は命じた。「あいつらはチンピラだ」

これで終わりではなく、さらに事態がエスカレートするのではないかという、父の心配が伝わってきた。

「どうしても喧嘩するしかないということになれば、最初のパンチはおまえから繰り出せ。相手に先に殴られるんじゃないぞ」。父は、必ず私から先に手を出すよう助言した。「相手が八〇人でこちらは一五人だって？　そもそもおまえが自分で招いたことだ。もう、そういうことからは身を退きなさい。やる意味はない」

政府は腐敗し、国は混乱している、何をしても無意味だ、と父は言った。父らしい言い回しの意味するところは、「そんなことをしても何もよくならない。この戦いは無駄だ」ということだ。

その夜、私は呼吸もままならないほどだった。息を吸い込むと、そのたびにあばら骨を切られるような痛みが走った。

翌日、ムスリム同胞団のメンバーは、私たちが彼らを殴り倒したと非難するビラを大学中に貼り出した。彼らが会議室に入ると、男女が不適切なことをしていて、それを目撃した同胞団がとがめたために暴力を振るわれた、と主張していた。事実とは真逆の話だ。そのうえ、彼らはたった一〇人で、私たちのほうは一〇〇人だったとまで言い放った。同胞団の広報担当者はすべてをねじ曲げ、誰もがそれを信じた。彼らが宗教組織だったからだ。

大学の学部長はムスリム同胞団ではなかったので、助け舟を出してくれた。「警察に届け出なさい」と学部長は言った。「あんなごろつきに、あんなふうにきみたちを追い出させるような真似はさせない」

しかし、私たちが警察に届け出ると、ムスリム同胞団もこちらに対抗して同じことをした。最後は双方が互いを訴え、どちらも法廷に立つことになりそうだった。周囲からは訴えを引き下げるように勧められたが、私はそうしたくなかった。ムスリム同胞団が嘘の証言をしているのは誰もが知っていた。だがシステム、つまり政府は何もしない。まるで学生グループの喧嘩のような扱いだ。

私たちは地方検事の事務所に行き、私と、同胞団で私を殴った男の一人が質問に答えた。当時、私の身長は一五五センチ、体重は五〇キロほどだった。一方、私に殴られたと訴えている相手の男は、一九〇センチを超えていた。「私がこの男を殴り倒せるというのなら、彼には身体能力に何か問題があることになります」と私は主張した。「彼の体は私の二倍はありますから」「だが、彼はきみを警察に通報しているぞ」と検事長は返した。「そしてきみも彼のことを通報している。お互いに届けを取り下げるのがいちばんではないか？」と検事長は言ってのけた。

結局、双方ともに訴えを取り下げた。

〝こんな茶番にかかわっていられるか〟と思った。自分の人生をこんなことに使うなんて、まっぴらだった。

私を殴った連中の一人にこう言った。「なあ、わざわざやってきて殴ったのはおまえたちのほうだ。なのに、私たちに罪をかぶせて、ふしだらなことをしていたとまで吹聴した。自分たちは一〇人しかいなかったとも言った。一から一〇まで事実とは違う。嘘つきはおまえたちのほうだ」

「預言者ムハンマドは、嘘をついてもいいときを三つ挙げている」と、その男は答えた。「一つは戦争だ」

その言葉は忘れもしない。やつがムスリム同胞団から学んだことだ。同胞団はすでにエジプト政府と民衆に対して、そして最終的には世界に対して、宣戦布告を行っていた。これは私の知っているイスラムの教えではなかったが、それが彼らの教義だと理解したことは、のちの人生で大いに役立つことになる。

翌年になると、学生自治会にまた立候補するのかと周囲から聞かれた。「とんでもない。二度と出ないよ」と私は返した。あんなことにはもうなんの興味もなかった。すでにエジプトを出ることを考えていた。

行き先はどこでもいい。どこかほかの場所なら。

そのままエジプトに留まれば軍に入隊することになっただろう。それはつまり、腐敗した政府を支える軍隊だ。何が正しいかはもうわかっていた。正しい選択はほかにある。

その年、一九九一年は、友人がヨーロッパで夏休みの仕事を探そうとしていた。しかし、ヨーロッパはビザの発行を停止した。湾岸戦争の「砂漠の嵐作戦」の影響だった。そこで私たちは代わりにアメリカ大使館に行き、ビザの申請書を書いた。とはいえ、ビザの発行には七ドルもかかるという問題があった。

私にはそんな金はなかった。ポケットは空。一セントも持っていない。

前年の夏に、アメリカは湾岸戦争でクウェート側につくことに決め、エジプトの協力も受けていた。ムスリム同胞団は戦争反対のデモを行い、アメリカの国旗を焼き払い、米軍への呪いの言葉を連ねた。

まさか、自分にビザが出るわけがない――私はそう思っていた。その最後の部隊がサウジアラビアから母国に引き揚げるところだったとしても、関係ない。つまり、私はすっかりあきらめの境地に達していた。ところが、兄はそう考えてはいなかった。かつて父の言いつけで、ニンニクを売って稼いだ金の半分を分けさせられたあの兄が、七ドルを私に押し付けて言ったのだ。

「とっておけよ。ビザが出るかもしれないぞ」

アメリカに行きたがっているのは私と二人の友人だった。その三人の中でいちばん裕福な友人にビザが出るに違いないと、全員が思っていた。

その予想は当たらなかった。

いったい誰が想像しただろう。大学の同級生たちが焼き払ったその国旗を、五年後に私が守る側になっていようとは。

6 アメリカの地を踏む

アメリカ行きのビザを手に入れたのは、私と、もう一人の友人のモハメドだった。彼も裕福なわけではない。

父が昔そうだったように、私もよりよい生活を求めて生まれ育った土地を離れなければならなかった。

私が物心ついたときからずっと、父は私を愛するがゆえに、家族やコミュニティ、政治、宗教、愛について、強い言葉で私に言い聞かせてきた。「祖国」について父が話した言葉を忘れることはない。「『おまえの国』とは、おまえに権利と尊厳を与えてくれる国のことだ」と父は言った。「その国を祖国とするんだぞ」

よりよいチャンスを求めて旅立つ本能は、私のDNAに刻まれているのだろう。このままエジプトにいれば、戦いに明け暮れることになるのは明らかだった。

兄がビザ申請に必要な金を渡してくれたように、姉も無一文の私に五〇〇ドルを貸してくれた。誰かに盗まれるのが心配で、私はその五〇〇ドルを靴の中に入れた。母は、末っ子を送り出すのはとてもつらかったはずだが、それが息子にとって最善の選択だとわかっていた。飛行機代は母が出してくれた。

ビザを受け取ってちょうど一週間後、私とモハメドはニューヨークに到着した。一九九一年の七月で、私はまだ二〇歳だった。

二人とも、これから何をすればいいのかわからなかった。海外旅行の経験などなかったし、私にいたっては飛行機に乗ったことさえなかった。ただ、自分がもうエジプトにはいられないこと、そこにチャンスが転がってきたことだけは、二人ともよく理解していた。

飛行機では、一人の老人が隣に座っていた。彼は私にとても優しく、親しみのこもった態度で世話を焼いてくれた。そして流暢《りゅうちょう》なアラビア語を話した。

その老人の家族はユダヤ系エジプト人で、一九六〇年代にエジプトを追われたのだという。一九五二年のエジプト革命では、軍によるクーデターでファルーク王が倒され（ＣＩＡは「ファットファッカー作戦」という暗号名でこれを把握していた）その後のエジプトは激しいナショナリズムの時代を経験した。それは、一九四八年のイスラエル建国に対する反動でもあった。その年はカイロのユダヤ地区でも爆弾が仕掛けられ、七〇人以上が亡くなった。エジプトとイスラエルの戦争が拡大し続けるなかで、西洋諸国はイスラエル支援を表明した。その後、一九五六年にエジプト大統領ガマル・アブデル・ナセルが全ユダヤ人は国家の敵であると宣言し、国外退去を迫り始めた。ユダヤ人が経営するおよそ四五〇の企業が差し押さえを受けた。二〇二〇年までに、アレクサンドリアに残るユダヤ人はわずか一〇人になった。昔は、国全体で八万人のユダヤ人が暮らしていたが、私が子どものころは、ユダヤ人を「よそ者」と考えるのはたやすいことだった。なにしろ、ユダヤ人を一人も知らなかったのだから。

ところが、飛行機で知り合った老人からは、なんの恨みも感じられなかった。中古の医療機器を整備し直してエジプトに持ち帰っていると彼は言った。それを安価で売って、少しでもこの国の役に立ちたいのだと。老人にとっても、その家族にとっても、エジプトはまだ故国だったのだ。

乗り継ぎのローマ空港に到着すると、彼は私の手を引いて、アメリカ行きのターミナルの場所を教えてくれた（ここで思い出してほしいのは、私が子どものような見た目だったことだ）。老人はワシントンDCに、私はニューヨークに行こうとしていた。

彼は私に行くべき場所を教えてから、自分の電話番号を渡してくれた。

「アメリカに着いて何かあったら、私に電話しなさい」

その言葉の裏を読もうとしたことを覚えている。この人は親切にしてくれる、何か企んでいるに違いない、私に危害を及ぼそうとしているのかもしれない、と。

〝この男はユダヤ人だ、おれの敵に違いない〟

老人が空港の中を遠ざかっていくのを見ながら、私は彼の名刺をゴミ箱に捨てた。邪《よこしま》な考えに染まった愚か者としか言えない行動だ。

あとになってわかったことがある。それは、差し伸べられた手は、それが誰のものであれ断るべきではなかったということだ。

七月に雨が降るのを見たことはなかった。エジプトではありえない。アレクサンドリアはエジプトで最も雨の多い都市だが、それでも年間一八〇ミリ程度だ。しかし、ニューヨークは七〇〇から一六〇〇ミリだという。

ニューヨークに到着すると土砂降りの雨だった。

その後も途方にくれるような事態にはさんざん遭遇するが、これが最初の出来事だった。あのときの自分たちは、いったい何を期待していたのだろう？　英語を使うことと白人がたくさんいることを除けば、アメリカがエジプトと変わらないとでも思っていたのだろうか？　道行く人々が、ドラマの『ダイナスティ』や映画『デュークス・オブ・ハザード』のセットから抜け出してきたような恰好だとでも？

空港ターミナルから地下鉄駅まではバスに乗った。バスの運転手にＹＭＣＡまで行きたいと説明しようとしたが（アメリカのＹＭＣＡが全部載っているブックレットも持ってきていた）、私は英語がまったく話せなかった。おまけに、運転手のほうはアラビア語がさっぱりのようだ。結局、運転手は私が持っているブックレットを取り上げ、どこに行けばいいかを教えてくれた。

地下鉄に乗り、友人のモハメドが煙草に火をつけた。すると全員がこちらを睨《にら》んできた。まさにFresh off the Boat（海を渡ってきたばかり）。略してＦＯＢだった。

「どうしてみんなおれたちを見てるんだ？」

「煙草のせいかな？」

エジプトでは、場所に関係なく誰もが煙草を吸っていた。その後、やっと地下鉄を降りたものの、駅からどうやって出るのかがわからない。

改札口では、何をどうするのか見当もつかない。しかも、その日は日曜日だったので、閉鎖されている改札もあった。行ったり来たりを繰り返し、四五分はゆうに過ぎたころ、親切な警察官がやり方を教えてくれようとした。

そしてもう一度、説明を試みた。

やっと警察官は気づいた。相手が生粋のＦＯＢだということに。そこで、子どものような見た目の私の手を引いて出口に連れていき、改札を抜けるのを助けてくれた。

ＹＭＣＡにどうにかしてたどり着くまでには、さらにたくさんのニューヨーカーの助けを借りた。親切な彼らも、苛立ちを隠せていなかった。そして目の前まで来て初めて、そこが中東の快適なＹＭＣＡとはあまりに様子が違うことに気がついた。

一九九一年のニューヨークでは、ＹＭＣＡは最高の滞在先というわけではなかった。ウエストサイドのＹＭＣＡは、昔もいまもセントラルパークのすぐそば、低所得者向け住宅が並ぶリンカーン・スクエア地区にあった。そのような場所を目にしたのは初めてだった。もちろん、ハリウッド映画でも見たことはない。一年前、リチャード・ギアとジュリア・ロバーツの映画『プリティ・ウーマン』を見て、てっきり清潔な街と美しい女性たち、それに車体の長いリムジンが走っている場所だと思っていたが、そんなものは見かけなかった。視界に入ってくるのは、貧困や薬物中毒、そしてあちこちにある落書きだ。私はすっかり怖気《おじけ》づいていた。

これがアメリカ？　ここに来るためにアレクサンドリアを出てきたんだろうか？

それは、人生で最も恐ろしく感じた夜の一つだった。

もちろん友人も英語は話せないので、助けを求めるのも一苦労だった。すぐにも何とかしないといけないことはわかっていた。ぐずぐずする余裕はない。頭の中で計算してみる――所持金が五〇〇ドル、YMCAが一晩五〇ドルだから、一〇日はもつとしても飲まず食わずになってしまう。

数年前に、やはりエジプトからアメリカに来た友人がいた。YMCAで公衆電話を見つけ、その友人の電話番号も用意していた。だが、私たちは改札の使い方すらわからないのだ。おまけにその友人の母親がメモしてくれた電話番号には、最初の国番号1が付いていなかった。

ともかく二五セント硬貨を入れ、ダイヤルを回した。オペレーターが出る。アラビア語は通じない。そこでもう一枚硬貨を入れ、ダイヤルを回す。

またオペレーターが出る。

これが夜中の三時まで続いた。

その公衆電話はトイレのすぐそばにあった。一人の男がそこにたたずみ、私がずっと電話をかけるのを見ていた。何かの薬物をキメて、しばらくトリップしていたのだろう。こちらに切りかかってきそうに見えた。

「ほら、手伝うよ」と、そいつが声をかけてきた。

そして私に代わって電話をかけてくれた。

アメリカ初日にして、すでに三人に助けてもらっていた。しかも、私がいちばん助けをあてにしない人たちだ。ユダヤ人、警察官、薬物中毒者。

どう考えても健全とは言えない時間帯に、ようやく電話がつながった。相手はいかにも驚いたようだった。私は現在地を伝えた。

「そこにいてくれよ」と彼が答える。「動くなよ。通りに出るんじゃないぞ。危険だから、誰にも話しかけるな。明日おれが迎えに行く」

こうなるとさらに恐怖に駆られた。ずぶ濡れになり、わけがわからないことばかりで疲れ果て、そのうえ怖くてたまらない。二〇時間以上の長旅で睡眠もとっていなかった。

ようやく部屋に戻ると、友人と二人でドレッサーをドアの前に移動させた。誰かに外から開けられて、残りの大事な財産四五〇ドルを盗まれたらおしまいだ。そして念のため、再度その金を靴の中に入れた。部屋にあるのは二段ベッドだった。アメリカにやってきた移民が、新たな地での最初の夜をＹＭＣＡの二段ベッドで過ごすのは珍しくもないだろう。いまとなっては笑い話にも思える。

だがそのときは、笑いなど出てくるはずもなかった。

翌日、友人が迎えに来て、私たちをニュージャージーに連れて行ってくれた。ニュージャージーには大勢のＦＯＢがいて、かなり頼りになる助け合いの輪ができている。おそらく、みんなＹＭＣＡの二段ベッドで寝たことがあるのだろう。

「知り合いに、空き部屋があるって言ってるやつがいる。四人で住んでいるらしいんだけど」と友人が言った。「ちょうど一人出て行ったところなんだ。一人分のスペースしかないけど、二人で住んでもいいそうだ」

賃料は二人でひと月一〇〇ドルくらいだった。

友人が部屋を見に連れて行ってくれた。ベッドなし。マットレスなし。シーツなし。何もない部屋だ。

三か月ほどは床で寝た。

すると、出て行ったという男が戻ってきて、退去しなければならなくなった。しばらくはこんな感じの生活だった。移民が四、五人で暮らす一軒家やアパートを見つけては、友人と移り住んだ。

私たちは貧しかった。あるときは住まいに冷蔵庫がなかったので、傷みやすいものは窓のそばに置いていた。それに、二人とも就労資格ももっていなかった。ある日、誰かが捨てたマットレスを見つけて家に持ち帰った。自分たちの幸運を喜び、毛布も買ってきた。

上等だ。

やった。

「アメリカンドリーム」を見つけたぞ。

おかしなことに、マットレスもなく床で寝ていたときも、誰かが捨てたマットレスを見つけて喜んだときも、夢を見るチャンスがあることが私にはありがたかった。

アメリカンドリームと言われるものは、もちろん誰にでも手に入れる権利があると思われている。家をはじめ、何かほしいものを買うのは当たり前だからだ。私にとって、アメリカンドリームとは夢を見る権利だ。いつかあの家を手に入れたい、いつか教授たちと議論を戦わせたい、いつか敬意をもって接してもらえるようになりたい……。アメリカでは、そのような願望は当然のものだった。私たちのように英語を話せなくても、就労資格がなくても、絶望的に貧しい境遇であっても、関係なかった。

中東の社会システムの多くは、夢を見られるようなものではない。教育を与えられたり、能力に応じて昇進できたり、女性がキャリアを積んだりするようなことがままならない。

この国に来ることを選択したからこそ、私は夢を見ることができたのだ。自分の頭や能力を使って成功すること。人間は平等であるという理念のもとで民主主義を経験すること。街角のエセ預言者を恐れることなく、声を大にして自由に考えを口にすること。私はそういうチャンスを求めていた。

夢を見る場所が誰かの使ったマットレスの上だとしても、別によかった。

子どもたちには、パパはこの時代に一五回以上も引っ越しをしたんだと話している——これ以上ないほど狭い部屋に住んできたんだよ。家主の中には、節約のために夜中に暖房を切る人もいたし、別の女性に借りた部屋は押し入れみたいだった。収納場所なんてないから、服はシャワーカーテンのバーにかけたし、シャワーを浴びるときは、服をベッドに置いたんだ……。

すべてが大変なことだった。運転免許をとるのも朝食を選ぶのも一苦労だ。ブルーベリーパンケーキとはなんだろう？　それまで、朝食はもっぱらひよこ豆のコロッケ《ファラフェル》と硬いチーズと平たいパンだったから、ベーカリーの甘いパンやシリアルには胃がもたれた。

ただ、ジャージーシティには大きなエジプト人コミュニティとモスクがあった。どこでもやることは同じだ。明日イエメンに行ったとしても、同胞が集まる場所はじきにわかるだろう。そしてそこに行く。もちろん私も同じだった。

ジャージーシティでは来たばかりの移民にも仕事があったし、学校やモスクにも通えた。それはいまでも変わらない。

ところが、思いもよらないことがあった。アメリカにあるそのモスクが、エジプトで出会った組織直轄の支部だったのだ。そのモスクは、丸屋根のある大きくて立派な建物ではなく、壁に開いた穴のような場所だった。ジャージーシティの電車の駅から半マイルほどの、壁がひと続きにつながったビルが並ぶ一角にある。二階まで狭い階段を上がると大部屋が二つほどあり、それがモスクだった。前を通っても誰も気づかないだろう。

通りをはさんだ真向かいは、陸軍のリクルートセンターだった（そちらはもう少し目につく外観になっていた）。

モスクで私が目にしたのは「盲目のシャイフ」だった。本名はオマル・アブドッラフマーン。アレクサンドリア育ちの私は、何度もその名前を聞いていた。カセットテープに説教を吹き込み、エジプト大統領に対する宗教見解《ファトワ》を出した男だ。

彼はサダト大統領暗殺にかかわったとしてエジプトで収監され、国から追放処分となっていた。アフガニスタンに滞在したあと、一九九〇年にスーダンの米国大使館が発行した観光ビザでジャージーシティにやってきた。しかし、彼の名はテロリスト監視リストに載っていた。やがて誰かがそのことに気づき、そのビザを無効にした。

そしてあろうことか、やつにグリーンカードを発行したのだ。

ここジャージーで。

そもそも、やつのビザ申請を許可したのはＣＩＡだという。

あの男をここで説教させておくなど、愚かにもほどがあると私は思った。信じられない思いだった。誰もマークしていないのだろうか？

すぐに思い当たることがあった。総じてアメリカ人は、私たちに興味がない。皿洗いやタクシードライバーや掃除人のことなんか、まったく眼中にないのだ。私たちに声をかけるのは、私たちが必要なときだけだ。移民の家族や宗教や国の事情など知ったことではなかった。

私たちがこれまでの認識を改めない限り、あの最低な男は害悪をもたらし続けるだろう。移民も社会の一員であり、仲間として迎えるべき存在だと認識できる社会こそが、人々の生活を豊かにし、安全にすると理解しなければならない。移民を社会から排除し、彼らの夢や願望、そして一人ひとりがもつ物語を知ろうとしないことは、テロリストを社会にのさばらせ、姿を隠す場所を与えるのと同じだ。

私がニューヨークに来る直前の一九九〇年に、盲目のシャイフに従うエジプト人の男が、アメリカで最初のイスラム過激派グループの一員となっていた。洗脳された五人のエジプト人からなるグループだ。そのエジプト人、エル・サイード・ノサイルは、アメリカにやってきてからは発電所で働いていた。しかし、職場で感電事故に遭ったため障害を負い、インポテンツとなり、希望も職も失ってしまった。盲目のシャイフをアメリカに連れてくるよう働きかけたのが、この男だった。

ノサイルは、メイル・カハネ殺害の罪で告発された。カハネはイスラエルの極右政治家で、「ユダヤ防衛同盟」の共同創設者だった。だが、それほど大物だったわけではない。せいぜい神の慈愛の実践に励んだほかは、イスラエルから全パレスチナ人を追放すべきだと講演して回っていたぐらいだ。

盲目のシャイフは獄中のノサイルを訪ね、オサマ・ビン・ラディンは、ノサイルの弁護に二万ドルを寄付した。ノサイルはカハネ殺害については無罪を言い渡された。凶器は彼の銃ではなかったと弁護士が主張したのだ。

しかしあとになって、ノサイルが北アフリカ出身のユダヤ系を装ってカハネの講演を聴講し、カハネの首に二発撃ちこんで「アッラーの思し召しだ!」と叫んだことを認めた。間の抜けた話だが、彼は逃走用のタクシーを間違えた。そして運転手に止まるように命じたあと、郵便局付きの警官に発砲してから別の車に乗り込もうとした。そのノサイルが撃たれると、仲間は血を流す彼を路上に残して逃走した。殉教者だのなんだのと言われる存在はこのように誕生するのだ。だが、ノサイルは一命をとりとめた。警察がノサイルのアパートを捜索すると、軍事関係の書類と世界貿易センタービルの地図が出てきた。

一九九〇年代初めというと、盲目のシャイフがニューヨークで集めた資金をエジプトに送金していたころだ。加えて、次の標的を記したメッセージも信奉者に送っていた。ブルックリンでは、例の反ユダヤ主義のたわ言を新たなカセットテープに録音していた。これは、一九九〇年に発した別の宗教見解《ファトワ》を正当化するためのものだ。その中身は、「アメリカのユダヤ人を殺してもかまわない」とか「この銀行を襲え」といった内容だ。彼は、自分に心酔する過激派の連中に、西側諸国を攻撃せよ、経済を破壊し、飛行機を撃ち落とせと命じた。異教徒は殺さなければならない、エジプトはイスラム国（それがどういうものかは知らないが）になるのだ、などと主張した。私の考えでは、エジプトはすでにイスラム主義国家であり、わざわざサウジアラビアやイランの真似をする必要はなかった。イスラムの教えは人生の道しるべであり、過激派になる必要がないのは明らかだ。しかし、盲目のシャイフは自分のカセットテープをエジプトに送り、何万もの信奉者がそれを聞いた。テープはエジプトからアフリカ全土に送られて、私もそこでふたたび目にすることになる。

言うまでもなく、当時の私はそうした事情をまったく知らなかった。知っていたのは、盲目のシャイフが悪党だという事実だけだ。

モスクでやつに出くわしたとき、私は興味をもった。このピエロが何を言わんとするのか、お手並み拝見しようじゃないか、と。

もちろん、父の教えを忘れてはいなかった。子どものころに聞いたナンセンスなテープのことも。

盲目のシャイフはモスクに腰を下ろし、人々から質問を受けていた。そして独自の宗教観に基づいて答えるのだ。この男は、ありがたい導師のような存在だと見なされていた。導師は山の頂上に腰を下ろして瞑想《めいそう》し、人々がつらく苦しい旅を経てそこにやってきて、質問を投げかけるのを待っている。彼は法学者《スカラー》と呼ばれていた。

最初の質問はこうだ。「オーラルセックスは禁忌《ハラム》ですか？」

〝正気か？　賢人中の賢人と崇《あが》める相手のもとを訪れて、そんな質問をするとは〟

夫婦関係とオーラルセックスについて、法学者《スカラー》は一五分ほどしゃべっていた。

ようやくモスクに着いても、彼らが気になるのはそのような質問なのだ。人生の意味について問うこともできるはずだ。預言者ムハンマドが現代に生きていたら、どのような生き方をしたか。よきムスリムとして、理想の生き方をするにはどうしたらいいか。よきムスリム、よきアメリカ人、よきエジプト人であるためには、どうあるべきかと聞いてもいい。まだ神に仕える気があるのなら、だが。

それなのに。

オーラルセックスか。

来る場所を間違えたな、と私は思った。

こう思えるからこそ、父には感謝している。人生にはさまざまな選択肢がある。何を受け入れ、何を拒否するかを決めなくてはならない。それはあらゆる文化に共通している。人種差別をする教会に通いたいと思うか？　排他的な教会、あるいは過激派の教会には？　教会に通う者には、そこを選んだ理由がある。

私は、この男と、この男が口にするでたらめ話に逆らうという選択をした。

それは何も、彼がオーラルセックスは禁忌《ハラム》だと言ったからではない。実際に、彼はオーラルセックスはまったく問題ないと答えていた。

これでわかってもらえただろう。

誰もがこの男の言葉を受け入れたわけではない。盲目のシャイフの闘争的な態度に警鐘を鳴らす人もいた。その中の一人であるエジプト政府関係者は、一九九三年にこう述べている。シャイフはニューヨークを拠点にして資金を集め、標的とすべき者を信奉者に告げるメッセージをエジプトに送っている、と。なぜアメリカはシャイフを入国させたのか理解に苦しむ、とも言った。

一方で私も、イスラム過激派を拒絶しながら、自身の固定観念の問題にぶつかっていた。アメリカにやってきたときは、学生ビザをとるつもりだった。そこで、まずはニューヨークのハンターカレッジに通って英語を学んだ。

だが、仕事を探す必要もあった。

最初はハンドバッグの製造工場で働いた。オーナーはシリア人だった。

「おまえはムスリムだ」と彼は言った。「だからおれたちは兄弟だ。おまえのことは面倒を見てやる」

それから毎日、私は朝の九時から夕方五時まで働いてハンドバッグを作り、日が暮れてから大学に行った。

工場の革のにおいが、身体に染みついていてとれなくなっていた。大学でも毛穴からそのにおいが立ち上ってくる。職場から大学を結ぶ地下鉄の路線で、ある駅の上にＪＣペニー［大手百貨店］があった。たしかニューヨークの七番街と三一丁目の交差点だったと思う。毎日そこで降りて、コロンの試供品の瓶を振りかけることにした。

きみはいい匂いがする、とみんなに言われた。

半年が経ち、私は工場から八〇〇〇ドルほど支払われるはずだった。

だがムスリムの兄弟は給料を支払わなかった。私は追い詰められていた。ようやく食べていけるだけの金はもう一つの仕事で稼いでいたが、大学の学費を算段しなければならない。世界中から逆風を受けているような気がするときは誰にでもある。だが、その状況を受け入れて、前に進み続けなくてはならない。アメリカに来てまもないころ、散歩に出て、ろくでもない強盗に遭ったことがある。盗まれるようなものなど持っていなかったが、そいつにビール瓶で頭を殴られ、病院に行くはめになった。そこで脳震盪《のうしんとう》の手当と、数針の縫合を受けた。

「エジプトに帰ったほうがいい」と兄は言った。

エジプトから一緒にやってきた友人は、私が強盗に遭った一週間後にエジプトに帰っていった。

不運とは重なるもので、ほぼ同じころに歯が痛くてたまらなくなり、自宅で治療をしている男を見つけて診てもらった。

「歯を抜かなきゃならない」と言われた。

彼はペンチを手にしていた。鎮痛剤も麻酔もない。その後三日間出血が止まらず、再度診察に行った。

「おっと」とその男が声を上げた。「縫合しないとな」

これも修業の一つだった。「ザ・ユニット」の隊員はみな、痛み、トラウマ、厳しい試練の経験者なのだ。

アメリカでの最初の一、二年は、少なくとも一〇種類は違う仕事をした。夜はガソリンスタンドで働いたし、パン屋では冷凍庫の掃除をした。その中に一〇分もいると、低体温症で死ぬのではないかと思うほど寒い。また、ケーキやパンをホテルに配達する仕事を始め、朝の二時から七時までのシフトで毎日働いた。

当時を振り返ると、本当にあったとは思えないようなこともある。タイムズスクエアにいる、コンクリートのテーブルでチェスに興じる男たちをご存じだろうか。彼らは金を賭けている。食べるにも事欠くほど金がなかったときは、私もチェスを指したものだ。英語もろくにしゃべれなかったのに、彼らは私を追い払ったりしなかった。夕食代と帰りの電車賃にあたる数ドルを稼いで、なんとかひと息つくような日もあった。

金がなくて、具がトマトだけのサンドイッチを作った夜もある。

この国に来たばかりの者にとっては、こうした一つひとつが並大抵のことではなかった。夢を必死で追いかけるなら、大変なこともしなくてはならない。ときには、何かの罰を受けているような気さえした。懸命に夢を追いかける代償を払わされるのか、と。

だが、道は開けるものだ。

ガソリンスタンドでは、「税金」という名目でボスが金をかすめていたし、一〇月に入ると、屋外はすっかり寒くなった。もっと暖かい場所でできる仕事がほしい。ニュージャージー州べヨーンの目抜き通りブロードウェイストリートには、何ブロックにもわたってショップが並んでいる。そこである日、仕事探しのため、五五丁目の交差点からブロードウェイ沿いの一軒一軒を訪ねて回った。三〇ブロック歩いたところで洋服屋の扉が開いて、経営者のジムが出てきた。そして、その日一日だけ雇ってくれると言うので、私はまじめに働いた。仕事は一週間に延び、そして正式に雇われることになった。ジムは有能で、親切な男だった。頼みもしないのに昇給してくれたし、クリスマス手当やラマダン休暇ももらえた。一緒にランチにも行った。彼には訛《なま》りがあったので、意を決してどこの出身か尋ねてみた。

「友《ハビビ》よ」と彼は言った。「おれたちはいとこ同士だ！」

「つまり？」と私は聞き返した。

「おれはユダヤ人なんだ！」と彼が答えた。

そして「何か問題でも？」と続けた。

そんなことは考えるまでもなかった。

「きみは私によくしてくれる。給料日にはちゃんと給料をくれる。だからなんの問題もない。ちなみに、ユダヤ人といっても……どこの出身なんだ？」

「イスラエルだよ」

「じゃあ、ただのいとこじゃないな」と私は返した。「いとこでもあり、敵でもある」

するとと彼は笑い出して、私も笑った。私たちはランチを食べに行き、会計はジムがもってくれた。彼は、イスラエル軍に従軍してエジプトにいたことがあると語った。書類の上では、私たちのあいだにはこれ以上ないほどの隔たりがある。だが、現実の世界ではそんなことは関係ない。何かの啓示を得たような瞬間だった。私はジムのもとで三年間働いた。彼は私を信頼してくれたし、私も彼を一〇〇パーセント信頼していた。

ジムは私の友人だった。

二人ともアメリカに移民としてやってきて、やがて互いに助け合う仲になった。車を銀行に差し押さえられたときは、彼は私に電話をよこして、車に乗せて行ってくれないかと頼んできたし、私が陸軍に入隊したときは彼がアドバイスをくれた。

一度、ジムの母親が店に来たことがある。年配の女性で、どう見てもアラブ人だった。自分が食べた料理について話してくれる彼女は、私の母を思い出させた。二人は姉妹になれたはずだ。同じような服装で、同じように振る舞い、同じことを話すのだから。

他人を「自分とは違う人間」だと考えるのをやめると、人生はもっと面白くなる。

兄はエンジニアになり、やはりアメリカにやってきた。彼は英語が話せたし、ヨーロッパ出身者のような金髪と緑の瞳の持ち主だった。

一方の私は、ひと目で移民とわかる風貌だった。アメリカにやってきたときは車の運転もできなかったし、英語も話せず、なんの知識ももたなかった。

兄に頼んで運転を教えてもらったときは、兄は私の運転に怒鳴り散らした。何十年、何世代にわたる新米ドライバーの歴史を見ても、この教え方がうまくいったためしはない。「やってられるか！」といった捨て台詞を私が吐いて、この教習は終わった。

店の婦人服コーナーで仕事をしていたある日、ジムが私に運転はできるかと尋ねてきた。

ああ、もちろん。

するとジムは、ほかの支店まで運転してほしいと頼んできた。そこに行くには、ニュージャージーのルート二二号線、つまりトラックが走る高速道路に乗ることになる。もし行ってくれるなら、往復にかかる一時間ごとに一ドルを払うとジムは言った。私からすると、なかなかの金額だ。

私はおそらく時速五、六〇キロあたりで走っていた。セミトレーラーがすごいスピードで走り去っていくのを、座席で身を縮めながら見送った。

自分はここで死ぬのか、と私は思った。

だが死ななかった。

そうして五ドルを手に入れた。

一九九三年二月二六日、洋服ラックに婦人服をかけていたとき、あるニュースが耳に飛び込んできた。ジムも私もラジオにくぎ付けになった。何者かがトラックに爆発物を積み込み、世界貿易センタービルの地下駐車場に突っ込んだのだ。

〝神よ、どうかムスリムのテロリストではありませんように〟。アメリカに暮らすムスリムの男として、当時もいまも最初に考えるのはこれだ。

では次に考えたことは？　貿易センタービルと、その中にいた人たちのことだ。あの貿易センタービルには、仰ぎ見るような憧れを抱いていた。私にとっては、アメリカのすべてを象徴するような存在だった。テロリストの狙いどおりにいかなかったとわかったときは、ジムと二人で心からほっとした。

ニュースを聞きながら、ジムと私が同じことを感じているのがわかった。仲間である一般市民を心配する気持ち。この国を傷つけようとするすべての人間に対する怒り、そして死者の数や被害状況が報じられるのを待つときの、胃が締め付けられるような恐怖。

ジムにはムスリムの友達が何人もいて、彼らのことを心配していた。

「こんなのはイスラム教らしくもない」と彼は言った。彼は、この事件が私たちにどういう影響を与えるかをよくわかっていた。ユダヤ教やキリスト教が、一部の人間がやったことで、その集団全体を非難の目で見てはならないと教えていることも。どういうわけか、こうした非難がキリスト教に向けられることはないようだ。アイルランド系のティモシー・マクベイが、オクラホマシティ連邦ビル爆破事件を起こしたあとも、白人でキリスト教徒の軍出身者全体を変な目で見る者はいなかった。

そのときから、私はヒスパニックで通すようになった。尋ねられなければ、好きに思わせておくことにした。すでに、私自身の考え方も変わり始めていた。

ジムや大学の友人、職場の友人たちと付き合うようになって、世界を違う目で見るようになったのだ。

私の心は開かれ、こう考えるようになった。〝そうだ、こいつはいいやつだ。エジプトのメディアが報じたような人間には見えない〟。アルゼンチン出身のその男は、ユダヤ人で私の大学の仲間だったが、私と同じ苦労を味わっていた。大学の学費をどうやって貯めようか、そのために夜の仕事をどうやって見つけようか、と。

私たちはみな同じであり、同じ目標を持っているのだと気がついた。求めていたのは安心な暮らしだった。

私たちはよりよい人生を手に入れたいのだ。

アメリカのいいところはほかにもあった。

ニュースはほとんど理解できなくても、政治家や役人、国を支える警官でさえも日々批判にさらされていることは理解できた。異なる意見の人たちが、宗教のことから、誰がいちばんおいしいピザを作るかということまで、あらゆることを討論していた。それなのに、悪党に殴られる心配はない。

私はもっと多くを望み始めた。英語はうまくなったし、運転の仕方も自力で学んだ。すると、自分が選んだこの国に恩返しをしなくてはならない気がしてきた。

そういうわけで、私は一九九四年にニュージャージーのあのモスクに戻ってきた。盲目のシャイフを見たあの場所だ。

そして通りを横切り、軍のリクルートセンターに向かった。

7 借りを先に返す

陸軍での最初の一日は、サウス・カロライナ州フォート・ジャクソンで始まった。全員の前で自己紹介するとき、私はエジプト系アメリカ人だと名乗った。

「砂漠の嵐作戦のときに、おまえたちは皆殺しにしたと思っていたよ」。新兵訓練担当の軍曹が私にそう言った。

彼は私を鍛えようとして、わざとこんな乱暴な言い方をしたのかもしれない。あとでそう思ったりもした。

軍曹の暴言？　知ったことではない。おれには大事な夢がある。

軍のリクルートセンターには友人と一緒に行った。

私は海軍に入りたかったが、海軍のリクルーターはいなかった。そこにいたのは陸軍の担当者だった。

彼は私と友人を見て尋ねた。

「きみたちはゲイなのか？」

「は？」その質問にいろんな意味で戸惑いながら、私は答えた。「違います！　友人です」

当時のビル・クリントン大統領は、人の性的指向を「尋ねない、話さない」とする法律を承認したところだったが、私の耳には入っていなかった。三つの仕事と大学をかけもちする生活に追われ、得られる情報は限られていた。

リクルーターがそんな質問をした理由を理解するころには、差別とは何かがよくわかるようになっていた。職場での差別が、国家の安全保障にまで害を及ぼすということも。

リクルーターは、私にＡＳＶＡＢテストを受けさせた。これは兵士としての適性を判断するテストで、受験者の得意分野や、命令に従えるだけの理解力があるかを調べるものだ。驚いたことに、結果は合格だった。

「入隊を認める」とリクルーターが言った。「きみの英語はひどいが、数学はすばらしい」。数学の問題は全問正解だったので、普通なら技術方面か経理あたりに配属されるところだろう。私の希望は情報通信だった。

ところが、私は管理部門にしか配属できないと言われた。アメリカの市民権を持っていなかったからだ。陸軍は、私にタイピングを習得させるのがベストだと決めたのだ。

もちろん、ジムには真っ先に報告した。すると彼は、軍隊に入るうえでの心得について、私が理解できるように話してくれた。必ず大学の授業料を稼ぐこと。大学の残りの学期を終えたいと伝えること。調理兵としての契約はしてはならないこと。

だが、ほかの友人や家族は入隊を止めようとした。「イスラムの教えに反する」と言うのだ。

その説得が通じないとわかると、彼らはこう言った。「おまえは肌の色が浅黒いから、腕をへし折られることになるぞ」

なぜ陸軍に入りたいのかと尋ねてくる友人もいた。大学で会計学を学んでいた大柄な男だ。

「借りを先に返しておくようなものかな」と私は答えた。「おれたちは、アメリカ人になる権利を勝ち取らなくてはならないのだから、いまから軍に入ることでその権利を手に入れるんだ」

彼は私の返答に困惑していた。どうかしている、軽はずみにもほどがある、と。

なぜ陸軍に入ったのか――その質問は、私にとって不思議で仕方ないものだった。

そっちこそ、なぜ入らない？

自分たちが標的にするのは悪党だけだから、善人が殺されることはない。入隊は私にとって、先に進むため、この新たな祖国で成功するための絶好のチャンスだった。だが何よりも重要なのは、軍に入隊すれば、アメリカ人として生きるうえで最大限の恩恵が受けられることだ。

まだ保護者気分が抜けていなかった父は、私の入隊に真っ向から反対した。なにしろ私は末っ子で、年齢よりも幼く見えたのだから。

「いずれ殺されるぞ」と父は言った。

私にとっては、体格のせいで落とされることのほうが心配だった。陸軍に入隊するためには、最低でも身長が五フィート［約一五二センチ］、体重が九三ポンド［約四二キロ］なければならない。だが、なんとか切り抜けた。身長は一インチ、体重はほんの数ポンドだけ、最低基準を上回っていたのだ。

健康状態を確かめるために、変な検査もいろいろ受けさせられた。グループごとに移動して、心臓や血液を調べられ、肺の聴音検査を行う。全員で一つの部屋に集められ、下着姿でアヒル歩きをさせられたこともあった。

アヒル歩きがあれほど恐ろしかったことはない。

なぜなら、トラクターに足を轢《ひ》かれたときの傷が見つかってしまうと思ったからだ。その傷跡はいまでも残っている。

「大きな怪我をしたことは？」

「ありません」

「喘息は？」

「ありません」

「水路に落ちておぼれかけたことは？」

「断じてありません」

自分としては、トラクターの怪我で臆病になったりはしなかったと思う。農場での夏、ニンニク売りの経験、ビーチで取った向こう見ずな行動がそうだったように、その怪我も私を鍛えて成長させてくれるものでしかなかった。

私のグリーンカードの名前はスペルが間違っていた。担当の女性がわざとそうしたのだと思う。私の本来の姓は確かに珍しかったが、新しい姓はまるでスペイン人かイタリア人のようだった。「社会保障カードの変更のほうがグリーンカードよりも簡単だ。だからそっちを変えることにしよう」とリクルーターが言った。自分のノルマを達成したかったのだろう。

こうして私は、何千という移民がそれまでに経験したように、新しい名前になった。

それは、のちに私が名乗ることになる数々の名前の始まりだった。

ムハンマド。メキシコ人。ラクダ乗り。

アダム。

基礎訓練では、さらに過酷な経験をした。ほかの仲間に自分の配属先を告げると、いつも同じ返事が返ってくる。「管理部門は女の仕事だろ」

私が歩兵隊とでも言うのを期待していたのだろうか。一四歳にしか見えない人間に。

とはいえ、それはどうでもいいことだ。自分が妥当な部署にいることはわかっていた。強がりでもなんでもなく、訓練初日に穴の中で砂を食べるはめになっても(腕立て伏せ中のことだ)、ニューヨークの最初の夜ほどひどくはなかった。ＹＭＣＡに泊まり、ドレッサーをバリケード代わりにしたあのときに比べたらずっとましだ。

だがニューヨークにいたころは、自分に似た仲間や、同じ言葉を話す人を見つけることができた。共通の経験もあった。しかし基礎訓練の場には、私のような人間も、私のような発音をする者もいなかった。

それでも、幸い二段ベッドを分け合う相棒には恵まれた。私の相棒は背の高い白人の男で、ペンシルヴェニア出身、名前はギルモアといった。彼は、軍曹のアラブ人皆殺しの発言について、謝ろうとしてくれた。彼はもののわかる男だった。その日以来、毎日のように私を助け、私の通訳係を買って出てくれた。

訓練担当の軍曹の中にアラバマ出身の男がいた。怒鳴り声で命令するので、私には何もわからなかった。その訛りも、単語すらも理解できない。

「latrine（仮設トイレ）ってなんだ？」

「chow hall（食堂）は？」

「canteen（水筒）ってのは？」

ギルモアがすべて説明してくれた。

エジプトでは、「善行をしたら海に投げ捨てなさい」ということわざがある。つまり、善行はそれ自体が喜びであり、何かの見返りを期待して行うのではない、という意味だ。それでも、あれほど私に親切にしてくれたギルモアには、どこかですばらしい人生を送っていてほしいと思う。

私は、何度も何度も彼にこう尋ねた。「おい、軍曹はいまなんて言った？」

「わからない」とギルモアが答えるたびに、私は安心した。この男がそう言うなら、おれがわからないのも当然だ。ほかのみんなの真似をするだけだ。あいつがああ動くから、おれたちもこう動く。

だが、ギルモアも毎回私を助けられるわけではない。

私は「耳栓（earplugs）」という単語を知らなかった。

軍曹は言った。「『耳栓』と言ってみろ」

「耳栓と言ってみろ」と私が繰り返す。

「違う。『耳栓』と言ってみろ、兵卒」

「耳栓と言ってみろ」

まるで一九三〇年代のお笑いコンビ、アボットとコステロのネタだ。「一塁は誰《フー》だ？」と聞かれて「一塁は『フー』だよ」と答える古典的なコント。

私に英語を第二言語として学び直す訓練が必要かどうかの評価が行われた。だが、基礎訓練で学ぶすべての技術を網羅した「スマートブック」と呼ばれる教本はすでに暗記していて、どの箇所でも暗唱できた。内容はさっぱりわからなかったのだが。

私はギルモアとかなり仲良くなっていた。言葉の面では遅れていたが、それでも彼を助けられる場面もあった。それはひとえに、私がスマートブックに精通していたからだ。

「任務を正式に解除されるまでは、持ち場を離れない」

「顔用のペイントスティックが配給されないときは、焦がしたコルクか木炭を代用すれば、露出した肌を黒くできる」

「有効射程は八〇〇メートル」

ギルモアとは生い立ちを語り合い、支え合い、馬鹿げた出来事を笑い合い、こんなしごきはすべて洗脳の手段だと言って励まし合った。真夜中の火災訓練も、絶え間ない怒鳴り声も、一時間待たされたあげくにたった三〇秒で作業を終えろなどと言われることも。

叩きのめして鍛え直す、ということか。

ある週のこと、日曜の礼拝に行きたい者はいるかと呼びかけがあった。宗教心がなくても行く者は多かった。気分転換になるし、礼拝では床のモップがけや腕立て伏せを強いられることもない。

私が連れて行かれたのは、カトリック教会の礼拝だった。一時間じっと座っていたが、何が行われているのかまったくわからなかった。

「どうかしたか？」と軍曹に尋ねられた。

「私はキリスト教徒ではありません」

「ならおまえは何様だ？」

「ムスリムです」

「ではなぜここにいる？」

「わかりません」

翌週、彼はイスラム教の礼拝に連れていってくれた。

だが、カトリックの説教の九割は、モスクの説教と同じだということを知った。それに私は特別目立ってもいなかった。うまくなじんでいたのだ。モスクに行ってみると、金髪もいれば黒人もいた。私のような風貌の人間ばかりではなかった。

ふたたび私の世界は広がった。世界がこれまでとは違う見え方で現れたのだ。

家族や友人が世界中にいたはずなのに、私がそれまで見ていた世界はあまりに狭かった。毎週、訓練兵に許されていたことがある。六〇人ほどの兵士が一列に並び、レンガの壁に留めつけられた数台の公衆電話が空くのを待つのだ。その間は「休め」の姿勢をとる。脚を開き、両手を後ろで組んだ姿勢だ。当時は、公衆電話からエジプトにかけると、とんでもない額になった。

それに、私の家には電話がなかった。

毎晩の郵便物の配布の時間には、全員が集合して軍曹に名前を呼ばれるのを待つ。みな、一日の訓練のあとの汗の臭いをかぎながら、手紙や小包が届いていることを祈る。頻度の差こそあったが、誰もが何かしらを受け取っていた。

だが私は例外だった。

エジプトからの郵便は高くついたし、郵便局から発送されることもなさそうだった。万一届いたとしても、私がフォート・ジャクソンを去ったずっとあとのことだろう。

だから、私は毎日そこに座って、仲間が郵便を受け取るのを眺めていた。この時間をさっさと終わらせることはできないのか、と思いながら。

電話も同じだった。別に、同情されたいわけではない。五九人の仲間と同じ部屋で寝ていても、基礎訓練ほど孤独を感じた時間はないと言いたいだけだ。誰かが何かを決めると、みんながあとから文句を言う。隣の二段ベッドの男はろくでなしで（どこにでもそういう人間はいる）、軍曹はムスリム殺しを口にする。行進のときは、歩調に合わせて「家に帰りたい」と全員で唱えた。故郷には最高の菓子があり、最高のビーチがあり、最高の母親がいるのに、一万キロ近くも離れていた。

「スミス」

「ジョーンズ」

「アルファベット」

「アルファベットはいるか？」

「コバルチック」

だが「ガマル」と呼ばれることはなかった。

修了式には、仲間たちの家族もやってきた。言うまでもないが、手紙も届かず、電話をかける相手もいない人間の場合、誰も修了式には来ない。

私の相棒はどうか？　あの背の高い赤毛の、ペンシルヴェニアから来た農場の息子は？　ギルモアはずっと私のことを気にかけてくれた。

「おれの家族はおまえの家族だ。式の日は一緒に過ごそう」と言ってくれた。

彼とはもう連絡が取れない。彼が予備役となってから、関係が途絶えてしまったのだ。私はいまでもそのことを残念に思っている。

結局、ギルモアの家族に居心地の悪い思いをさせてしまうのではないかと遠慮して、式の日は彼らとは過ごさなかった。それでも、彼の気持ちはうれしかったし、その気持ちはずっと心に残っている。

代わりに、私はショッピングセンターに行ってみた。家賃や学費以外の金を持つのは初めてのことだ。そのときの給与・休暇明細（ＬＥＳ）を最近になって見直したら、「五七〇ドル」とあった。当時の私は、それを大金だと思っていた。

まっすぐデパートに行き、サンプルを体にふりかけるのではなく、売り物のコロンをはじめて買った。

陸軍でどんなことが待っているのかは見当がつかなかったが、これでいい匂いを漂わせることはできるだろう。

8 ピカピカの新入り

迎えのバスは、午後五時に私を新しい部隊に降ろしていった。

その日は金曜日だった。

あたりには誰もおらず、どうすればいいかもわからない。どこで寝るのかも、ガラクタの詰まったこの巨大なダッフルバッグをどこに下ろせばいいのかさえも、皆目わからなかった。

最初の任地、テキサス。

私は怖気づいていた。顔もこわばっていた。まだ何かとまごついていたころだ。ヒスパニックなまりを装うことも知らなかったから、どこの出身かも定かではない浅黒い肌の若造が、いかにも不案内な様子であたりをふらついているというわけだった。しかもまわりは、ムスリムを大歓迎することはなさそうな土地柄ときている。

幸運にも、S3（作戦将校）がたまたま通りかかった。その親切な人が少佐だというのは、あとで知ったことだ。

「おれがいなかったら、どうするつもりだったんだ?」と彼に言われた。

廊下に寝袋を敷いて週末を過ごす、といったところだろうか。

彼は第一曹長に電話して、私を迎えに来させた。曹長は二人乗りの日産360Zに乗っていたが、その車は実にかっこよかった。私のダッフルバッグを後部トランクに押し込み、自宅まで乗せていってくれた。それはひとえに、私が彼と同じ制服を着ているからだった。

私は基礎訓練が大好きだった。自分が何をしているかを正確に理解していたわけではなかったが、常に「この訓練は最高だ」と思いながら取り組んでいた。エジプトにいたころは想像すらできなかったことの連続で、すべてが新鮮だった。しかし、軍隊にはさまざまな人がいた。たとえば第一曹長のように、知らない相手でも自宅に連れて帰るような人と出会ったりするうちに、軍隊とは一つの家族なのだと理解するようになった。曹長は私の素性すら知らなかった。私は一兵卒で、食べて寝る場所を必要としているだけの男だった。私の宗教も、名前も、人種も、彼には何一つ知る由もなかった。

気づいたときにはもう、私は仲間として迎え入れられていた。そのアフリカ系アメリカ人のジョーンズ第一曹長のことは、二五年以上が経ったいまでも鮮明に覚えている。

彼がアフリカ系アメリカ人だと書いたのは、肌の浅黒い私にも、彼の成功ぶりが見て取れたからだ。当時ははっきりした言葉にはできなかったが、私は早い段階で大事なことを学んでいたように思う。つまり、「軍隊なら出身がどこであろうと成功をつかむことができる」ということだ。私たちは大きなものの一員になった。英語もろくに話せないのに、タクシー運転手ではなく兵士になることを選んで本当によかったと思った。そして、自分がその選択肢を持てたことに心から感謝した。

私はジョーンズの部隊に入りたかったが、月曜の朝に彼に連れられて行くと、すでに別の部隊に配属されていることがわかった。ジョーンズは私をグリーン一等軍曹に引き渡した。

「緊張してるのか？」とグリーンが尋ねた。

ええ、そのとおりです。

「何も怖がることはない」と彼は言った。

そこから彼は、自分の職務をしっかりとこなすことが重要だと教えてくれた。そして、それは私だけでなく、誰にとっても重要なのだと言った。

その部隊とグリーン一等軍曹からは、軍隊という家族について多くを学ばせてもらった。

一緒に仕事をした中に、ある女性がいた。彼女は女性と付き合っていたが、当時は例の「尋ねるな、話すな」政策の時代だった。つまり、軍は兵士に同性愛者かどうかを尋ねてはならず、兵士は上官に同性愛者であることを話してはならないということだ。しかし、同性愛者だと誰かに知られたら、軍から追い出される可能性があった。それはひとえに政治的な決定だった。軍の中には、仲間の性的嗜好《しこう》を気にする者はあまりいないように思えた。しかし外部の政治家が、同性愛者と任務をともにすれば必ずよからぬことに発展すると決めつけてしまった。クリントン大統領は、事を荒立てないために悪魔と取引をしたのだろう。だがそれは、軍に奉仕する人間、この国のために戦うことに同意し、命を捧げる人間が、ありのままの自分として生きられないということだった。この女性は、パートナーをバーベキューに連れてくることも、職場で記念日に花をもらうことも、週末はどう過ごしたかを話すこともできなかった。それは非人間的な扱いであり、そういう個人的な事情が何かの報復のために利用される可能性もある。ボスが気に入らない? じゃあボスを告発しよう。悪さをした? なら、見つけたやつを「ここにいられないようにしてやるぞ」と脅せばいい、といった具合に。

この女性の場合は、みんなが彼女は同性愛者であると知っていたし、それを気にする者はいなかった。彼女は仕事ができたし、みんなに好かれていた。家族のことを尋ねたりはできなかったが、それは彼女をトラブルに巻き込みたくなかったからだ。誰もが、軍という大きな家族の一員として彼女のことを捉えていた。そんなことをわざわざ書くのすら、考えてみればおかしな話だ。このくだりは、これまででいちばん間抜けな文章かもしれない。

そしてもちろん、悪いことから得るものはあった。

私の班の三等軍曹はとびきりのナイスガイで、おそらくウエストヴァージニアかケンタッキーか、そのあたりの出身だったろう。柔らかい、少し南部なまりのある話し方で、右肩から進むような、ちょっと癖のある歩き方をしていた(タフガイめいたしぐさには、笑わずにはいられなかった)。そしていい体をしていた。さらに彼は、一九九一年の砂漠の嵐作戦に従軍した一人だ。この作戦にかかわった人は、私たちの部隊に数人しかいない。ほかのメンバーと同じように、彼もそこで「敵」の人間性を貶《おとし》めることを学んだ。米軍兵士はかつて、ドイツ人なら相手かまわず「ハインリヒ」呼ばわりをした。日本に対しては、日系アメリカ人を収容所に入れ、その住まいを没収し、「ジャップ」と呼んだ(あるいはもっとひどい呼び名もあった)。ソマリア人なら「やせっぽち」と蔑んだ。

彼らは砂漠の嵐作戦でも同じことをした。イラク人を「アクメド」とか「ムハマド」とか呼んでは、「国中に爆弾を落としてやるぞ」と気勢を上げたのだろう。

この軍曹が砂漠の嵐作戦から帰国したとき、過去の兵役経験者がそうだったように、その癖が抜けていなかった。だが、当時の私はそんなことを考えたことはなかったし、気づいてもいなかった。彼のことは、単に自分の班の三等軍曹としか思っていなかった。

数週間ほど、彼は私を「ラクダ乗り」と呼んだ。

その強いなまりと、前後の脈絡と、知らない単語のせいで、彼が何を言っているのかさっぱりわからなかった。だから、どんな言葉のあとに「ラクダ乗り」と言われても、「はい、三等軍曹殿」と返事をして指示に従った。

あるときついに、彼が私を「ラクダ乗り」と呼んでいるのを私の分隊長が耳にした。分隊長は三等軍曹をわきに引っ張っていき、強く叱責した。

「おい」と分隊長に声をかけられた。「もしまた誰かがあんな口をきいて、嫌な思いをすることがあれば、おれに言ってくれ」

当の私は、どんなことを言われていたのかさえわかっていなかった。

しかし、あれはひどかったと誰もが口々に話した。

「『ラクダ乗り』って何なんだ?」と私は尋ねた。

みんなが説明してくれたが、不思議なことに、エジプトでは誰もそんな言い方はしない。

「あんな呼び方はだめだ」

「へえ」

三等軍曹が上官の命により私に謝罪したので、別に嫌な思いはしていないと彼に伝えた。彼のなまりもあって、何を言っているのかわからなかったのだから。

「ただし」と私は付け加えた。「二度とそんなふうに呼ばないでください。どうやら侮蔑表現らしいので」

そのあとはお互いわだかまりはなかった。正直なところ、彼があの呼び名に何か意味を込めていたとは思わないし、私が気分を害するとは思いもしなかったのだろう。たしかに、軍隊でときどき差別的なことを口にする人はいた。彼らは、そういう差別的表現は本人に直接言うなら問題ないと思っているようだった。だとしたら、三等軍曹に人種差別をしている自覚がないのは明らかだ。彼はいつも、面と向かって「ラクダ乗り」と呼んだのだから。

彼もいろいろなことを学んでいる途中だった。私と同じだ。何もかもが初めての環境の中で、私は一から十まで学ぼうとしていた。私が馬鹿な言い間違いや勘違いをしたときは、みんなが大目にみてくれたのは事実だし、私が成長できるようなやり方で訂正してくれた。

以上が、軍隊に入ってまもない時期に学んだことだ。私は部隊そのものにも、部隊がもつ文化にも恵まれた。いい人ばかりだった。これがフォート・フッドの思い出だ。ここで学んだことは、その後のキャリアの指針になった。

私が所属する中隊で小隊軍曹を務めたグリーンは、学びの大部分を授けてくれた人だ。アイルランド系アメリカ人の彼の下で面倒を見てもらい、陸軍で成功するための基本を身につけることができた。彼はすべてを教えてくれただけでなく、コンピュータのクラスまで受講させてくれた。プラスとなる技術が身につけられるようにという配慮だった。私が多くのことを習得する必要に迫られることも、私自身がそれを望んでいることも、彼は理解していたのだろう。私はとにかく、貪欲に学ぼうとしていた。

私もグリーンも足が速かったので、彼は私をランニングのパートナーにした。長距離ランを通じて学べることは多い。事務処理のやり方から、付き合いを避けたほうがいい兵士の情報や、彼が陸軍に入った理由まで教えてもらった。

「おまえは陸軍でものすごく出世するぞ」と彼は言った。「靴を磨いて、髪はきちんと刈っておけ。そして早く走れ。そうすれば優秀な兵士になれる」

たしかに、本質を突いたアドバイスだ。

9 軽めのイスラム教徒

中隊事務室でグリーン一等軍曹から指名を受けた四か月後、私は一面の灰色の地と化したボスニアにいた。

雨の中で腰を下ろして見上げる空は、救いようもなく陰鬱だった。どこに行っても、地雷注意の黄色い警告が目に入る。何年も続いた戦争のために、建物には穴が開き、あるいは元の姿の輪郭だけをかろうじて残していた。子どもたちは、とにかくそこにあるものを身に着けている。半ズボンにセーターとか、ウールの靴下にビーチサンダルといった姿だ。まるで第二次世界大戦後の焼け跡に放り出されたような気がした。どの子どもも長年にわたるトラウマを抱えていた。狙撃手に撃たれないように走って登校する子もいれば、父親が殺された子もいた。母親や姉妹は何度もレイプされた。子どもたちが軍の装備品のケミカルライトで遊んでいるところや、兵士がMRE〔米軍の戦闘糧食〕の中身を探ってピーナツバターやM&Mやクラッカーを子どもに分けているところを目にしたこともある。

ボスニアは、兵役について大きな教訓を与えてくれた。アメリカの政策や、イスラム教の多彩さ、軍隊というファミリーについても。こうしたすべてのことが、私の軍でのキャリアに直接の影響を与えることになった。

一九九二年から一九九五年にかけて続いたボスニア・ヘルツェゴヴィナ紛争では、一〇万人以上が命を落とした。一九九一年にソヴィエト連邦が崩壊し、共産主義の国々で体制がほころびを見せ始めると、ユーゴスラヴィアでは事態が極度に醜悪なものとなった。ボスニア・ヘルツェゴヴィナ（いまでは一つの国となり、「ボスニア」と呼ばれるのが一般的だが、北部の「ボスニア」と南部の「ヘルツェゴヴィナ」の二つの地域で構成されている）が住民投票による独立を求めたのは、一九九二年初めのことだ。この国はすでに、かなり多様な民族構成となっていた。人口の四四パーセントを占めるのはイスラム教徒のボスニャク人、次いで三三パーセントがセルビア正教徒（キリスト教）のセルビア人、そして一七パーセントがカトリックのクロアチア人だ。だがセルビア人は住民投票への参加を拒否した。イスラム国家で少数派となってしまうことを危惧すると主張し、独立を宣言したボスニア・ヘルツェゴヴィナ共和国を攻撃して、独自のセルビア人国家をつくろうとした。そうした状況下で、地域でのイスラム教徒の殺戮《さつりく》や、迫害による国外追放という形での民族浄化が行われたのだ。そしてキリスト教徒のセルビア人は、スロボダン・ミロシェビッチ率いるセルビア政府の支援を受け、ボスニア・ヘルツェゴヴィナ共和国軍――大半がムスリムのボスニャク人部隊――との戦争に乗り出した。戦火はボスニア中に広がった。

スレブレニツァでは、人口の七三パーセントがボスニャク人のイスラム教徒で、二五パーセントがボスニアのセルビア人だった。一九九二年にセルビア人がボスニャク人に対し二四時間以内の退去を迫った。銃による狙撃や毎日の爆撃、そして飢えのため、七万人のボスニャク人が家を追われ、三〇〇近い村が破壊されることになった。

村々では男も女も集められ、男たちは家族の前で殺されたり、連れ去られて行方不明となったりした。組織的な集団レイプがあったという告発や証拠もあがっている。セルビア人によるものがとくに多かったが、ほかの勢力もみな同じ罪を犯した。欧州連合（ＥＵ）によれば、二万人の女性がレイプされ、多くは繰り返し被害を受けていたことが報告されている。

戦火が拡大するにつれ、対立勢力の爆撃で各地は破壊し尽くされて、軍人も民間人も犠牲になった。紛争は国際的な非難を浴びた。そうなったのは、この地域に押し寄せたジャーナリストによる悲痛な報告の成果でもあるが、また率直に言えば、こうした報告に登場する人々のことを、西欧社会がわがことと感じたからでもあった。彼らの容姿はヨーロッパの人々のそれであり、彼らの住まいは、ヨーロッパの風土に根差したヨーロッパスタイルの建物だったからだ。

ヘルツェゴヴィナ地方の事実上の首都ともいえる中心都市モスタルには、「スタリ・モスト」という古く美しい橋がある。一五五七年にスレイマン一世が造らせたものだ。この橋は、周囲にキリスト教の教会やユダヤ教のシナゴーグ、イスラム教のモスクが点在したため、各コミュニティをつなぐ橋と考えられていた。しかし紛争中に、カトリックのクロアチア人がその橋を破壊してしまった。街にあった一〇か所のモスクも同じく被害にあった。戦略上はなんの必要もない破壊行為だ。

また一九九三年には、「サラエボのロミオとジュリエット」と呼ばれた悲劇が世界中のメディアをにぎわせた。女性はムスリムのボスニャク人、男性はボスニア正教のセルビア人だ。二人は子どものころから付き合っていて、互いの家族も認める仲だった。サラエボが包囲される中、二人は逃亡を決心する。逃げるためには、サラエボのメインストリート、通称「スナイパー通り」を抜けなければならなかった。この通りには、銃を持った狙撃手がいたるところに待ち構えている。危険を冒して家から出てくる者は、たとえ食料を買いに行こうとする者であっても命を狙われた。しかし二人は、街の各地区にいる友人を頼りに、いちかばちかの幸運にかけることにした。街を出て、男性の家族と一緒に暮らすつもりだった。二人の友人がスナイパーたちと話をつけ、ある日の特定の時間であれば無事に通すという約束を取り付けた。

二人がブルバニャ橋に近づいたとき、一人のスナイパーが約束を破って男性のほうを撃った。ボシュコ・ブルキッチは地面に倒れた。即死だった。そしてもう一発が女性に命中する。アドミラ・イスミッチは恋人のもとまで這《は》っていき、彼を抱きしめた。目撃者の証言では、彼女は一五分ほど生きていたという。

二人の遺体は抱き合ったまま、七日間放置された。

二人は二五歳で、一五歳のときからの恋仲だった。その当時のサラエボは、宗教も文化も混じり合った五〇〇年の歴史をもつ街だったのだ。

アレクサンドリアのように。

スレブレニツァでは、国連による安全地帯宣言後の一九九五年七月に、八〇〇〇人を超えるムスリムの男たちが子どもも含めて殺されている。セルビア人はほかの二つの「安全地帯」を攻撃し、サラエボ奪還を目指した。一九八四年にオリンピックが開かれたこの街は、アメリカ人にもよく知られている。フィギュアスケートのドイツ代表であるカタリーナ・ビットが、氷上で金メダルの舞を披露したときのティアラと鮮やかなピンクのスカート姿。アメリカ代表のスコット・ハミルトンは、男子フィギュアスケートで金メダルを獲得した。彼の代名詞の後方宙返りには世界中が注目した。ソ連のアイスホッケー代表がほかのチームを圧倒したのもこのときだ。前回大会でアメリカ代表がソ連代表を下した「氷上の奇跡」から、たった四年後のことだった。

アメリカのホロコースト博物館によれば、そのわずか一〇年後に一〇万人が殺されたという。

北太平洋条約機構（ＮＡＴＯ）が、八月から九月にかけて三三八の目標地点に空爆を行ったのち、対立する三者の代表が会談に同意した。最終的にアメリカが和平交渉を先導し、一九九五年秋にオハイオで「デイトン合意」がまとまった。そこで決定されたのが、ボスニャク人とクロアチア人を中心とした「ボスニア・ヘルツェゴヴィナ連邦」と、ボスニアのセルビア人を主体とした「スルプスカ共和国」という二つの共和国政体の創設である。それぞれ独自の政府を持つものの、中央政府の監督下に置かれる。中央政府の大統領は、八か月ごとにセルビア人、ボスニャク人、クロアチア人が持ち回りで務めるとされた。

この合意の執行のため、ＮＡＴＯは六万人の平和維持部隊を派遣した。その中には、この任務から若き日に学びを得たエジプト出身の兵士もいたというわけだ。アメリカとその同盟国は、この活動についてはムスリムであるボスニャク人の支援に入った。これは9・11前のことであり、自国第一主義的な大統領のもとだったら、また違った対応になっていたかもしれない。二〇一九年に、シリアのクルド人に対するトルコの攻撃が放置されたように。しかし一九九五年の時点では、二万のアメリカ兵と四万の同盟国部隊が支援に入った。侵略者がキリスト教徒で、犠牲者がイスラム教徒であるという構図は問題にはならなかった。

米軍は一九九五年一二月からボスニアに駐留していた。平和維持活動の継続のため、一九九六年に交代で派遣されたのが私たちだった。

テキサスの所属部隊でボスニア派遣の準備をしていると、グリーン一等軍曹がラップトップをくれた。私が管理部門の事務作業をできるようにと配慮してくれたようだ。

やったぞ、と私は思った。ついにラップトップを手に入れたのだ。

ところがボスニアに来てすぐに、自分がもっと大きな野望を抱いていることに気づいた。そもそも私の希望は管理部門ではない。文字を打つために陸軍に入る人間がどこにいる？　私は陸軍らしいことをするために陸軍に入ったのだ。だがアメリカの市民権がないために、機密情報の取り扱いが認められなかった。

この派遣前に憲兵（ＭＰ）の訓練はしたことがなかった。だがボスニアに来てみると、ＭＰを務めるのは背の低い兵士だった。「この男を推薦する」とグリーン一等軍曹は言ってくれた。私の体調は絶好調だったし、演習場で射撃練習をするのが好きで、腕のよさも知られていた。とくに得意な武器は、「ＭＫ19自動擲弾銃《てきだんじゅう》」と呼ばれる、ベルト給弾方式の自動発射装置だ。これは四〇ミリ榴弾を毎分三五〇個発射することができる。後部にバタフライ式のトリガーがついていて、引き絞ると連続で榴弾が発射される。非常に重いため車両の上に設置するが、その際は二人がかりで作業する必要があった。建物一棟を吹き飛ばすほどの威力を持つ武器だが、演習場での射撃は楽しかった。だから今回の派遣でのパトロールは、私が射撃手に指名された。

グリーン一等軍曹は憲兵隊員でもあったから、私の職務の幅を広げるように計らってくれたのだ。

一三〇万人のボスニア人難民が故郷に帰還できるよう、私たちは安全の維持に努めた。派遣の途中で、職務は合意の施行から地域の安定化へと変わり、米軍は地雷撤去の監督にあたったり、武器のある場所の検査を行うとともに、異なる勢力の接触が殺し合いに発展しないように、各勢力地のあいだに設けられた緩衝地帯を警備した。セルビア側にある昔の家に戻ろうとするムスリムは少なくなかったし、セルビア人はそれを銃弾のシャワーで盛大に歓迎した。また、地雷原に人が立ち入らないように監視するのも私たちの仕事だった。

それにしても、信じられないほど寒い。サラエボでは、気温が摂氏二〇度を超えることは、八月でさえまれで、九月には一〇度を下回る。雨が降り、雪になり、霧が出た。一二月には気温は氷点下だ。住民は破壊しつくされた街の復興にあたっていたが、暖房なしで暮らしているのを少なからず目にした。

駐留の初めのころは、部隊の拠点はテントだった。そのため兵士の付き合いは自然と密なものになった。職務に就いていないときは、石油ストーブでホットココアを淹《い》れ、トランプをした。ゲームはもちろん「スペード」だ。兵士がつねに行動をともにすることについては、知らない人も多い。だが、私たちは家族のようにいつも一緒にいようとした。私がシャワーを浴びるあいだ見張りをしてくれる相棒もいたほどだ。

私たちはなんでも分け合った。電子機器から音楽や本まで。仕事がないときは退屈だったというのもあるが、経験を共有したいからでもあった。それがまた話のネタになる。私はこの派遣期間に初めて英語の本を読んだ。ジョン・グリシャムの『評決のとき』だ。とても気に入り、これを機に彼の本を片っ端から読み始めた。

ある大隊が去ったあと、私たちはようやく彼らのいた移動式シェルターに移ることができた。各シェルターには二段式ベッドが三、四台あり、ここでもみんなで肩を寄せ合って過ごした。

九か月間は昼夜を問わず兵士として働いた。そのあいだにどれほど多くのことを学び、それをありがたく思ったことか。ともに仕事をした仲間も大切な存在だった。そしてまた、自分が確かにこの世界に貢献していると感じられたことは大きな喜びだった。

自分の武器は常に手入れをし、運動もたっぷりした。A地点からB地点にはどう行くかというようなことを、車両部隊のルールに則《のっと》って決めなくてはならなかった。リスクアセスメントも行った。道路の真ん中をキープすることで地雷を避ける方法を学び、何かあれば誰が指揮を執るかを考えるといったことだ。幸いなことに、私たちには何も起きなかった。

私はまた、牛をはねないようにすることも学んだ。

そんなことは当然だと思うかもしれない。もちろん、牛にぶつかればトラックにはかなりの損害があるだろうし、その後始末など誰もしたくはない。一方で、地元の農民にとってはどうだろう？　その牛は、彼の人生のすべてだったかもしれない。一家の収入の大半を稼ぐ糧だったかもしれないし、市場で売るチーズを作れるのもその牛のおかげだったかもしれない。牛が死んで賠償金を受け取れるとしても、ややこしい手続きにやたらと時間を取られてしまうだろう。畑を耕し、鶏の世話をして、トラクターを修理するはずだった時間を失うのだ。私たちが牛を殺したりすれば、農民は激しい怒りを抱く。反感を抱いた住民が兵士を歓迎することはない。

夜を迎えて、地雷や牛にぶつかることなく一日を終えれば、温かい食事にありつけた。温かい食事というのは、兵士にとってこのうえなくありがたいものだ。外は寒いが、MREのスパゲッティあたりをプラスチックのパウチから出して朝食にした。ランチは残りのMREのどれかを食べた。腹ごしらえできるものならなんでもいいが、豚肉以外のものを選ぶ。ユダヤ人やムスリムは豚肉が食べられないからだ。とにかく温かい食事はごちそうだった。

だが私は、パトロールを終えてもまだ管理業務が待っていた。私たちがパトロールから遅く帰ると、ほかの兵士たちはすでにみな食事にありついていた。彼らの小隊軍曹は必ず誰かに食事を取っておかせて、仲間が帰ってきたときに備えていたからだ。私はそこに加わることはできず、ひとりだった。

ただし、私にはグリーン一等軍曹がいた。彼は必ず、私が温かい夕食をとれるようにしてくれた。小隊軍曹として、監督者として、また兄のような存在として接してくれた。クリスマスになると、大量のプレゼントが送られてくる。クリスマスを祝うことのない私にも、彼は必ずプレゼントを渡してくれた。靴下やスナックの入った、アメリカからのちょっとした慰めの品があったのだ。

グリーン一等軍曹は、そういう心遣いも含めて、存在そのものが私にとっての学びだった。彼のようなNCO（下士官）になりたいと思えた。

彼は私があまり睡眠をとれていないことも知っていた。ボスニアに駐留するあいだに、メリーランド大学の授業を取り始めたからだ。英語と西洋文明の歴史の授業だった。

私はその時期、ボスニアの現状も理解しようとしていた。それはエジプトで見てきたものとはまったく違う現実だった。

おかしな話だ。私が底冷えするテント生活を送るはめになったのは、宗教を理由に、キリスト教徒がイスラム教徒を殺したからだ。ところが、そこで暮らすムスリムに宗教について尋ねても、彼らはあまり教義を知らなかった。この地域の人々は過激派ではない。彼らはいわゆる「軽めのムスリム」なのだ。文化的にはムスリムの一派でも、日常的に教義を実践してはいない。男性も女性も自由に交流する。女性が男性の気を引きたければ、本人もまわりも深く考えることはない。ボスニアの人々は、人生で断食などしたことがないのが普通だった。彼らのムスリムとしての定義は、文化的な要素によるところが大きかった。

それでは筋が通らないように思えるかもしれない。しかし、同じような例をアメリカでもよく目にしているはずだ。文化的な面で自らをユダヤ人だと言う人は、教義は学んでいて、ろうそくに火を灯したりもするが、必ずしも「モーセ五書」が神の言葉だと信じているわけではない。キリスト教徒にも、ツリーを飾ったり、イースターエッグに色を付けたりはするものの、処女懐胎やイエスの復活は真に受けないという人もいる。「贖罪の日」には罪を悔い改め許しを請うユダヤ人も、一年のほかの日にはエビを食べる。教会に足を運ぶのはクリスマスだけというキリスト教徒もいる。こうしたことを批判するつもりはない。私だってビールの一、二杯はたしなむことで知られているのだから。人は伝統を好むし、価値観を共有するコミュニティの中で子どもを育てたいと思う。いずれにせよ、ボスニアの人は自分たちをムスリムと言うわりには、ラマダンについて尋ねると「ああ、聞いたことあるよ」という答えが返ってきたりする。

　何年も「それは禁忌《ハラム》だ」と言われ続けた私にとって、彼らのイスラム教はかなりあっさりしているように思えた。

　このような違いを見るにつけ、疑問が生まれる。子どものころからイスラム教に触れ、その教えを読むのが好きだった私は、イスラム教に関する本にも親しんできた。キリスト教と同様に、そこには心に響く話があった。言うまでもなく、どちらにも同じ話が登場する。キリスト教とユダヤ教の関係のように、イスラム教は旧約聖書にその起源がある。ムスリムは、キリストを神の息子というよりは預言者の一人だと考えている。ムハンマドはその後に現れた預言者だが、イスラム教にとっては最も重要な存在である。ムハンマドの言葉の根幹には、モーセやアダム、エイブラハムやイエスの言葉がある。それは「人間は神の意図から逸脱してしまったのだから、ものごとをよりよく行う努力を続けなくてはならない」というものだ。コーランは、ムハンマドが神から授かった教えの一語一句を伝えるものだが、そこにアラブの文化を融合させ、当時のアラブ世界が抱える問題に応えようとしてもいた。富裕層に一〇分の一税を課して、誰もが最低限の収入を得られるように図ったことや、女性の幼児殺しを非難したことは、その一例だろう。
しかし、ボスニアで「軽めのムスリム」に囲まれながらイスラムの説話を読むうちに、各国のイスラム教における文化的な相違点に気がつき始めた。ある本はこんな調子だ。こんなことをすれば、地獄に落ちる。死後はおまえの墓に蛇がやってきて、おまえの尻に毎日かみつくだろう。永遠に。

上等だ。

地獄はつらいよ、とでも言うかのようだ。その本や、同じ系統の本の多くには、恐怖心を利用した言葉ばかりが載っていた。それは私が幼年期から親しんできた教えではない。そこから、そういった本がどこで出版されているかをチェックするようになった。

サウジアラビア。

サウジアラビア。

サウジアラビア。

過激派のイスラム教を売りにする本は、どれもサウジアラビアで出版されたものだった。

私はサウジアラビアで出版された本を買うのはやめた。

アデン・アイロも、そういう本を読んで育ったのだ。新米兵士の私でさえ「悪」だとわかるすべてのものを、この男は象徴していた。

テキサスの基地でも、ちょっとした違和感に遭遇した。フォートフッドにはアフリカ系アメリカ人のイスラム教徒がいたのだが、彼はあるとき、自分はイスラム教徒だからひげを剃《そ》ることはできないと主張した。

「イスラムの教えでは、ひげを生やせとは言っていない」と、私たちが通っていたモスクの説教師が彼に言った。

「いや、ひげはおれのアイデンティティの一部なんでね」と、その男は答えた。彼は兵役中にイスラム教に改宗したのだが、おそらく街角の説教師の誰かにこう言われたのだろう。自分がムスリムだと周囲にわからせるために、ひげをそってはならないと。私は思った。〝そんなことをする理由は？　なぜおまえの宗教をまわりが知らなきゃならないんだ？〟改宗者のこの男は、ほかのイスラム教徒に吹き込まれたことを片っ端から取り入れたのだろう。

ボスニアで大事にされているのは文化的アイデンティティであり、そこにイスラム教の片鱗《へんりん》がのぞいているというのが実際のところだった。

ある日、私たちは何度目かの国連チームの警備についていた。大虐殺が疑われる場所の調査に彼らがあたっていたからだ。私たちは倉庫に足を踏み入れた。窓ガラスのない窓から太陽の光が差し込んでいたが、それでも寒く薄暗く、あたりは静まり返っていた。コンクリートの床と、頭上を走るパイプの列。壁の銃弾の痕。

その痕がどの高さにあるかで、犠牲者が子どもだったか大人だったかがわかる。調査官は検出薬を持って倉庫内を調べた。その薬は接触した物質に反応し、色が変わる。これは血、こっちは脳みその破片だ。

大量虐殺の調査には何年もかかった。ボスニアのセルビア人による周到な隠蔽《いんぺい》工作のせいだ。

彼らはショベルカーを使って集団埋葬地を掘り返し、虐殺の場所から遠く離れたところに埋葬する、といったことをしていた。アメリカの情報機関は、のちに衛星画像でこうした埋葬地を見つけ、ＤＮＡ検査で人物を特定した。調査官は目撃者の話を突き合わせ、行方不明者の親戚に話を聞き、攻撃に参加した人物から事情聴取を行った。セルビア人の供述から、彼らがボスニャク人を収容したという場所も調べたが、誰も見つからなかった。

ここで起きたことについては、いろいろと考えさせられた。犠牲者の犯した唯一の罪があるとすれば、それはこの地でムスリムの両親のもとに生まれたということだ。それは自らの選択ではない。宗教はたいてい、瞳の色と同じで親から引き継ぐものだ。思想の自由がないところでは、そうした傾向はとりわけ顕著になる。たとえば、共産主義国家だったユーゴスラヴィアのようなところでは。自分が何を信じるかを考えることもできないのだ。

その時点では、ボスニアのムスリムが過激化するなど誰も想定していなかった。ちょうど私自身が、子どものころにエジプトで見ていたような状況だ。ところが、イスラム教徒の女性がレイプされ、男や子どもが殺されていたことが、世界中のムスリムの知るところとなった。ボスニャク人は、すでにサウジアラビアやイランから資金援助を受けていた。米軍がやってくるずっと前から、アフガニスタンやイラン、エジプト、ほかのアラブ諸国のムジャヒディンが、ボスニャク人に加勢するために集まり始めていた。

米軍がボスニアから撤退すると、サウジアラビアから来た者たちがこう言った。「みなさんがイスラム教について学ぶお手伝いに来ましたよ。モスクも建ててあげましょう。みなさんはムスリムの兄弟ですからね」と。そしてイスラム過激派の教義を教えた。ボスニアでもコソボでも、人々は彼らを見て思ったのだ。〝この人たちはすばらしいムスリムに違いない。メッカはサウジアラビアにあるし、預言者ムハンマドはサウジ出身だ。コーランもサウジアラビアで生まれた。彼らはよくわかったうえでやっているはずだ〟。人々は紛争地域の傷跡の中で生きていた。そこは、地雷や仕掛け爆弾が眠る、敵意の根強い環境だ。セルビア人は爆発物をあらゆる場所に残していった――路傍に置かれたトレーナーから、廃屋の皿の中にまで。サウジアラビアからやってきた者たちが、心のよりどころになる慰めや誇りを差し出したとき、この国のムスリムたちは耳を傾けてしまったのだ。

ぽっかりと開いた穴をそのままにしておくとどうなるか。それに知らん顔をする者もいれば、いったんかかわってから撤退する者もいるだろうが、必ず誰かがその穴を埋めにやってくる。実際、数年後のイラクでボスニア人に遭遇することになった。彼らは、過激派に合流して戦うためにやってきた者たちだった。

治安維持活動自体はどうだったのか？　それについては責務をまっとうできたと思う。九月になってからは、国政選挙のため私たちもパトロールを強化し、投票場の警備や投票用紙の運搬の警護を行った。

ボスニアのムスリムは多くがドイツに亡命していたが、今回の選挙のために帰国してきた。そのため彼らをエスコートし、帰りも安全確保のためにバスの警護にあたった。

私は友人や家族のことを思い出していた。軍に入隊するのは禁忌《ハラム》だと言った彼らのことを。世界の目、とくにアラブ世界の目が集まっているのはわかっていたので、私が所属する軍や新たな家族である仲間について、友人たちに知ってもらえることを誇りに思った。

それは救いだった。なぜなら、憂鬱なことが多い仕事だったからだ。毎日、朝の四時か五時には活動を開始し、ときには真夜中すぎまで仕事が続く。選挙のためにバスの警護をしたときは雨が降っていた。いつまで経っても止まなかった。骨の髄まで凍える冷たい雨に降られながら、もう二度と体が温かくならないのではないかと思った。それは、護衛する側にとっても民衆にとっても気が滅入る状況だった。

しかし、まわりを見渡すと、兵士もムスリムのボスニア人も、みなうれしそうに興奮していた。彼らはようやくここまできた。何か大きなことに参加しているのだ。雨について不満をこぼす者はいない。寒さも空腹も平気だ。民衆が投票し、私たちは彼らのために一帯を警備する。子どもたちが灰色の景色の中で遊ぶ姿が目に入る。彼らはこちらのエネルギーに反応し、私たちも彼らのエネルギーに触発された。

自分が誰を助けているのか、私はその相手の顔を見ることができた。気づけば私は、よりインパクトのあるやり方で役に立ちたいと考えるようになった。戦わなければならないなら、相手の顔が見えるほうがいい。机の向かいに書類を回すような戦い方はごめんだ。自分の成果をこの目で見たかった。これはビデオゲームではない。こざっぱりした部屋の大テーブルで、大量の地図を広げて行うブリーフィングでもなければ、遠い場所から眺めるビデオ映像でもない。自分の任務がもたらす結果を目にできれば、よくも悪くも、そこには深い意味がある。

雨の中に腰を下ろし、子どもたちが遊ぶのを眺めながら、違う道に進む時がきたのを感じていた。

まずは下積みからだ。

10　年間最優秀兵士

一九九八年八月七日、テロリストがケニアとタンザニアの米国大使館を爆破した。ムスリムのテロリストの犯行だった。

八月の金曜日の朝。いつもなら急いで仕事を片付けて、廊下を磨き、ゴミ箱を空にする。そして、誰かが思いついたろくでもない仕事のせいで週末を台無しにされる前に、急いでオフィスを出る。そんな一日になるはずだった。

それなのに、またしても打ちのめされる思いだった。

〝テロリストがムスリムではありませんように〟

〝どうか死傷者があまり出ませんように〟

まもなく、米軍放送網AFNのテレビチャンネルが報道を始めた。そこに映し出されたのは、瓦礫《がれき》の山と化した建物と、険しい顔で生存者の手がかりを探す救援隊の姿だった。

今回、テロリストたちが殺したのはアフリカのムスリムだった。故郷の仲間だ。大使館にいた人はみな、仕事で来ているだけだった。料理人。事務員。掃除係。当然、そこで働くアメリカ人もいた。二〇〇人以上が亡くなったが、そのうちアメリカ人は一二人だ。そして四〇〇〇人以上が負傷した。茶色い肌の人も、黒い肌の人も、白い肌の人も。私の二つの故郷の人々だ。

そのニュースを見ながら考えていたことは、ただ一つ。テロリストは私の宗教を口実に、人々の虐殺を正当化した。そして殺されたのは、大半がこの二つの国で暮らす貧しいイスラム教徒とキリスト教徒なのだ。最悪の気分だった。この事件のために、またもやイスラム教徒全体に影響が及ぶことはわかりきっていた。

だがそのころの私は思いもしなかった。自分がいずれ、大使館爆破事件の実行犯やそれを教唆する連中を捕まえる任務に、キャリアの大半を捧げることになるなどとは。

ボスニアに駐留したことで、世界をもっと見てみたいという気持ちが強くなっていた。所属部門の管理職に電話で問い合わせると、ドイツのポストに空きが出ると教えてくれた。そこで、一九九七年四月にボスニアからフォート・フッドに戻り、七月にはもうヴュルツブルクにいた。そこで「ようこそドイツ語」クラスに参加し、「小サイズのビールを一杯ください」と繰り返していた。誰の役にも立たないフレーズだ。私には、情報部門のユニットと第一歩兵師団本部でささやかなポストを与えられていた。

ドイツは楽しかった。新米兵士にとっては、かなり申し分のない生活だった。身体を鍛え、仕事に向かう。兵舎に帰り、またジムに行く。いつも一緒に過ごす仲間は四人だった。白人が二人に黒人が一人、そして私だ。クラブに遊びに行くと、黒人の仲間だけ入れないことがあった。あれには全員の怒りが収まらなかったが、たいていは踊って楽しいひとときを過ごせた。ワイン畑や地元の公園を走りまわって自然を満喫することもあれば、アムステルダムやフランスやウィーンに旅行に出かけたこともある。仲間と大いに楽しんだ、かけがえのない時間だった。だが、その爆破事件があってからは生活が一変した。クラブに行くことはできなくなり、現地の友人は基地に立ち入れなくなった。警備のシフトが組まれ、自分の身と軍全体の安全を守らなければならなくなったのだ。

当時の私が通っていたモスク（実際は普通の部屋にすぎなかったが）は、基地の近くの大学に併設されていたものだ。そこにやってくる者のなかには過激派らしき人間もいたが、そのころはまだ、人を色眼鏡で見たりはしなかった。長いひげを生やした男がいても、単に長いひげを生やした男としか思わなかった。しかしそのモスクで、オサマ・ビン・ラディンという名の男が宗教見解《ファトワ》を出したと耳にした。兵士一人につき、一万ドルの懸賞金がかけられていた。

ビン・ラディンの父親はサウジアラビアの大富豪だった。王族出身の者を除けば最も裕福なサウジ人だが、もとはイエメンの人間だ。母親は、宗教とはかかわりの薄いシリアの一族の出身で、当時のシリアはかなり西洋化した社会だった。一九七九年、ビン・ラディンはアフガニスタンでソ連と戦うムジャヒディン部隊に参加した。一九八八年までにアルカイダを組織し、一九九二年にはサウジアラビアから追放処分になった。その後は、私の故郷からほど近いスーダンで活動を始めた。アメリカがスーダンに圧力をかけると、一九九六年までにビン・ラディンはアフガニスタンに拠点を移す。そのときにアメリカに対して宣戦布告を行っていた。

そして、あのろくでもない宗教見解《ファトワ》を出した。

私は軍服姿でモスクに行って礼拝をしていたが、身の安全を考えるとやめたほうがいい。それが腹立たしかった。私はアメリカ陸軍に従軍し、別の国でイスラム教徒を支援する任務から戻ったばかりだ。そのイスラム教徒は、信仰のために迫害された人々だった。それなのに、アフガニスタンの間抜けどものせいで、モスクに行くのを邪魔されるはめになったのだ。

ただでさえ、ムスリムというだけで肩身の狭い思いをさせられていた。テロリストのせいでイスラム教に対する偏見がいっそう大きくなっていることに、私は心から憤っていた。コーランにはこういう一節がある。「罪のない人間を殺《あや》める者は、この世のすべての人間を殺めたに等しい。誰かの命を救う者は、この世の人間すべての命を救ったのと同じである」（第五章三十二節）。そこには、イスラム教徒ともキリスト教徒とも書いていない。「すべての人間」だ。私はムスリムで、ほかの人たちと同じだけの価値をもつ人間だ。私の職務は、すべての人々に分け隔てなく奉仕するためにある。

ところが、あの爆破事件で事態は厳しいものになった。

当時の私は、「NBC（核・生物・化学兵器）」という部門で、上級曹長と中佐に直接仕える仕事をしていた。階級が大きく離れた上官につくのは、管理部門の仕事ではよくあることだった。

その中佐は、事を荒立てるのをとにかく嫌がり、何かが起きても対処しないタイプだった。結果的に、問題はいっそう深刻化することになる。人柄はいいが、弱腰な人だった。

そして、ラマダンを迎えると、上級曹長は中佐とはまったく違うタイプだと知ることになった。

私が所属する師団の司令官は、イスラム教徒の兵士に対して断食中の身体訓練を免除すると通達を出した。ムスリムの兵士に配慮して司令官が通達を出すとは、粋な計らいだ。私は心から感激した。

とはいえ、私は身体訓練を続けた。空腹で一日を過ごすことにはなったが、それも断食という心身鍛錬のギアを上げる一つの方法だと思ったのだ。重要事項について考えをめぐらせ、とりあえずは平穏な一日であったことに感謝し、自分に何ができるかをより深く探るための時間だった。

私たちはウォームアップをしながら、スキージャンプ運動の準備を行っていた。これは基本的にはスクワットジャンプの類で、ジャンプしながら左右交互に着地する運動だった。

「ガマルにはスキージャンプは無理だ」と上級曹長は言った。「あいつもラクダ乗りの仲間だからな」

今回は、その言葉の意味がわかっていた。

人はいいが気の弱い中佐は、それを聞いても何も言わなかった。

師団の司令官からの通達には、断食を行う兵士は早退させるよう指示されてもいた。終日何も食べずに過ごした兵士が、少しでも早く断食を終えるための配慮だ。

しかし、上級曹長は暗くなっても私を解放することはなかった。

「おい、うちの伍長は断食中だぞ」と管理部門の上官が声をかけた。

「知ったことか」それが上級曹長の答えだった。

仕事では、自分の大学のレポートを私にタイプさせた。祭りなどのイベントでは、制服姿で妻のブースに立った。その姿を見た兵士たちが「自発的に」そのブースで買い物するようにしたのだ。さらに、私を自分の運転手に指名してからは、来る日も来る日も醜悪な緑のフォルクスワーゲンのバンを洗わせた。車に乗る予定があろうがなかろうが関係なかった。

ある日、上級曹長を乗せて車を走らせていると、「デルタフォース」の大きな宣伝看板のそばを通り過ぎた。もちろん、デルタフォースとは「第一特殊部隊デルタ作戦分遣隊」のことだ***。それが何を意味するかはまったくもってわからなかったが、彼らがとんでもない精鋭部隊だということは知っていた。

「おまえはこの説明会に行ったほうがいいぞ」と上級曹長に言われ、私は意気込んだ。本気で言っていると思ったのだ。

「私にデルタフォースに入る能力があると思われますか?」

「ああ」と彼は答えた。「やつらはいつでもテロリストが使えるようになるぞ」

こんなひどい口をきく人間がいるだろうか? 私はまだ二十代で、陸軍に入れ込んで、がむしゃらに学んでいる最中だった。この男の指導次第で、私はもっと陸軍を好きになり、優れた兵士になれるというのに、その機会を無駄にするというのか。

とにかく、その説明会には行っておいた。管理部門で机に向かってやる仕事はごめんだと、ボスニアではっきり悟ったからだ。レンジャーの訓練所に行き、陸軍らしいことを片っ端から経験したいと思っていた。

だが私はアメリカの市民権をもっていない。雑兵の一人にすぎない。

上級曹長にそんなことは言わなかった。

どんな問題にも解決策がある。そのことはすでに学んでいた。

まず、この男の弱点を探ってみることにした。どうやら上級曹長はレイシストの落ちこぼれで、やたらと喧嘩っ早いらしかった。

上等だ。

このような問題を丸く収める手はないだろう。この男は、何かにつけ私にがみがみ言い、私という人間と向き合おうとはしなかった。私に法律の知識があることなど知りもしなかった。私は、休み時間になると陸軍規則の研究に没頭した。あの男が誰かの人生を生き地獄に変えるなんて、絶対に許してはならない。

六か月間、あらゆることをフロッピーディスクに記録した。管理部門という事務方の権力をとことん行使するつもりだった。

そこからさまざまな知識を身につけていった。利益相反について調べ、国有財産の不正使用について調査し、「機会の公平性」に対する申し立てを、公式なものも非公式なものも照らし合わせてチェックした。公式な申し立ての裏付けを認めるかどうかを判断する際、司令官はどれだけの時間をかけるのか。認められた場合は、次に何が待っているのか。

その一方で、ＮＢＣの上級曹長にこのまま邪魔立てさせるつもりはなかったので、管理部門の上官に電話してこう言った。「Ｅ５（三等軍曹）選考委員会に行かせてもらえませんか」。これは三等軍曹に昇進する選考を行う委員会だ。私はボスニアで特技兵に昇進し、それから二週間ほどで伍長になっていた。三等軍曹の職務に相当する階級だった。

「おまえにはまだ早い」と彼は答えた。「入隊して二年しか経っていないんだぞ」

「お願いします」。私は重ねて言った。

すでに私の英語力はだいぶ進歩していて、選考委員会にも参加し始めたところだった。委員のお偉方の前に立ち、行進の方法から兵器や部隊の歴史まで、あらゆる質問を浴びせられる場だ。基礎訓練のスマートブックを暗記したことが役に立っていた。私は順調に成果を出し続けた。「月間最優秀兵士」に選ばれたかと思えば、「四半期最優秀兵士」の栄誉まで与えられた。委員会に参加する前から、私は大隊レベルでは名の知られた存在になっていた。生意気な性格と、生来の負けず嫌いのなせる業だった。

ここに配属されてまもないころ、体調を崩して強い抗生剤を処方されたことがあった。ひどい脱力感に襲われたが、それでもゆっくりと身体訓練をした。その日、大隊の上級曹長（私の直属の上官とは別の人だ）が、人柄のいい弱腰の中佐とともに私を呼んでこう言った。

「おまえは二十代だぞ。われわれより足が遅いとはどういうことだ」

私は二人よりずっと足が速いと自覚していたし、私の記録を少しでも調べれば、彼らだってそのことがわかったはずだ。

「そうだ、ランニングで私を負かしたら、四日間の休暇パスをやろう」と中佐が言った。

「私が勝つごとに毎回ですか？　それとも一度だけの話ですか？」私は尋ねた。

「毎回だ」。中佐は、私に勝ち目などないと思ったのだろう。

「わかりました。来週の木曜に私が勝ったら、次の週末は休暇をいただけますか？」

「約束してやる」

私は彼だけでなく、全員を置き去りにした。

中佐は四日間の休暇パスをくれてから、私にこう言った。「こんなことは二度とないからな」

そのときの大隊の上級曹長は、いまやＥ５選考委員会の議長を務めている。彼はスペイン系だった。だから彼を見て、いつかは自分もそうなりたいと思っていた。私が三等軍曹の職務をこなしていることも、選考委員会で成果を出し続けていることも彼は知っていて、Ｅ５選考委員会にはいつ出席するのかと尋ねてきた。

「私の上官にお尋ねください」と私は答えておいた。

すると彼は、例のレイシスト上級曹長に、必ず私を委員会に送るようにと伝えてくれた。おかげで翌月の委員会に出席することができた。

私は、Ｅ５選考委員会で自分の能力をしっかりと示してから、所属する中隊の「機会の公平性」の担当者に面会に行った。彼女はレイシスト上級曹長の友人だった。

「ランチのあとにしてちょうだい」明らかにそっけない態度であしらわれた。

私は、グアム出身の第一曹長のところに向かった。厳密に言えば、第一曹長は上級曹長よりも地位が低いが、中隊内では下士官のトップだ。

彼からすると、私は優秀な兵士だった。選考委員会で認められてきたし、足も速い。酒は飲まず、馬鹿騒ぎもしなければ、ドラッグもやらない。非の打ちどころがなかった。

「第一曹長殿、『オープンドア・ポリシー』〔直属の上司以外にも相談できる制度〕に則りご相談があるのですが、よろしいでしょうか」と私は尋ねた。

彼はどういう話になるのか察したのだろう。あるいは彼も、やっかいな重石《おもし》を外せる理由を探していたのかもしれない。私は詳細を話した。

そして「経緯はすべてフロッピーディスクに保存してあります」と付け加えた。

彼は中隊の指揮官を呼んだ。

「『機会の公平性』の担当者のところにも行きました」と私は説明した。「しかし、話も聞いてもらえませんでした。お二人が同じことをされるなら、思いつくかぎりの国会議員にメールを送るつもりです」

「そんなことをする必要はない」と二人は答えた。

だが、私はそれも必要ではないかと思っていた。そして、私がそう思うという事実こそが、この一連のプロセスに存在する問題を物語っていた。組織のシステムに裏切られる人は多い。暴行やハラスメントを受けた女性は、そのときに身に着けていた服を選んだ理由や、一人で出かけた理由を聞かれる。上司によるレイプを訴えた人は、その後も加害者のもとで働き続けた理由を話さなければならない。下級兵士が上官に対する不服の申し立てをしても、指揮系統が何もしないなら彼らに頼みの綱はない。仲間意識の強い古風な男社会が、こうした問題の解決を阻んでいた。

システムがきちんと機能していれば、レイシストの上級曹長もああいうふうにはならなかっただろう。

二人の上官は、私に昼食をとってくるよう命じ、すぐにオフィスに戻ってこないでほしいと言った。私がいないあいだに、二人は気弱な中佐とレイシストの上級曹長を呼び、私が彼らに対して正式な不服申し立てを行ったことを話した。そして自分たちが、私の側につくことも伝えていた。

中隊指揮官は第一曹長を全面的に支持し、数時間以内に「私の指揮権を用いて調査を開始する」と宣言した。調査の対象は、指揮官よりも階級が高い相手だ。そこに至るまでの彼の胸中を想像すると、胸を打たれる思いがする。この一件は、移民としてまだ日の浅い私に、ここは夢をもつことができる場所だと確信させてくれた。同時に、伍長として、公平性の推進にひと役買ったことにもなった。

私の申し立ては大隊まで上げられることになり、アジア系アメリカ人の中佐がその担当に任命された。「私もマイノリティだ、きみと同じ立場だよ」と彼は言った。「何があったか話してくれ」。そのとき、この組織は私にきちんと向き合うつもりなのだと感じた。上官たちの対応はいまでも忘れることはない。彼らのような指導者になりたいと思えた。

そのころには、マイノリティ男性としての戦い方について、それまでよりは理解できるようになっていた。マイノリティでありながら兵士としての成功を手にした例は、私のまわりに女性も含めて何人もいた。彼らがいかにして固定観念を打ち破り、成功を手にしたかをじっくりと見るようにした。

誰かが四時間費やすなら、私は八時間やるようにした。一二分で三キロ走れる人がいれば、私は一一分で走る。学士号をもつ人がいれば修士号を取り、誰かが修士号を一つもっていれば二つ獲得する。

この組織のシステムは言う。「教育を受けろ。身体能力のポイントを稼げ。選考委員会のポイントを集めろ。昇進を勝ち取れ」と。

まわりと立場が違うなら、ほかの誰よりも優れていなくてはならない。それでようやく、まわりと同じ地点に立つことができる。私の出世が格差是正措置《アファーマティブ・アクション》のおかげだと言う者がいるなら、私が獲得した賞や業績をそいつの尻に突っ込んでやるつもりだ。

申し立ての結果、ついに私は異動することになった。上官はデヴィッド・グランジ少将――師団司令官を務める人物だ。ヴェトナムでは第一〇一空挺師団で戦い、カリブ海のグレナダでは陸軍特別作戦部隊（ＳＯＦ）に参加、一九九一年の砂漠の嵐作戦では副司令官を務めていた。

学べることはすべて、このグランジ少将とカーター・ハム大佐から学んだと言ってもいい。ハム大佐は当時、私たちの作戦将校を務めていた人物で、その後は師団の参謀総長となった。私にＥ５のバッジをつけてくれたのもハム大佐だった。彼は志願兵からスタートし、のちに師団司令官になった人物だ。

かつて大佐とともに作戦区域にいたときのことだ。ポータブルトイレを片付けるために何人かがやってきた。

「あの臭いをどう思う？」とハム大佐が尋ねた。

「ひどい臭いです」と私は答えた。

「いや、それは違う」と大佐は返した。「金《かね》の臭いだ。彼らがどれだけ稼いでいるか知っているか。誰もやりたがらない仕事には、それだけのうまみがあるんだよ」

退役後、そのアドバイスについてじっくり考えた。私のビジネスがいまだに競争力を失わないのは、このアドバイスのおかげだ。

ポータブルトイレを掃除しているわけではなく、誰もが躊躇《ちゅうちょ》することを仕事にしているという意味で、だが。

「きみは情報部に配属されたほうがいい」。ある日のランニング中、ハム大佐が私に言った。

「私はまだアメリカの市民権をもっていないのです」

そのころは、兵役に三年間ついていないと市民権はとれなかった。私がその要件を満たすと、すぐに上層部が書類作成に協力してくれて、市民権テストを受験するためにアメリカへの帰国が許された。

アメリカで市民権テストに合格すると、移民局の係官が私のグリーンカード（実際はピンクだった）を投げ捨てた。「これでもうアメリカ人だと証明するものは何もいらないぞ」と係官は言った。「これから何をするつもりなんだ？」

「そうですね」と私は答えた。「自分の能力の限りやれることを」

これは、当時の陸軍のスローガンだった。安っぽく聞こえるかもしれないが、私はこのスローガンを全身でかみしめていた。移民局が私に早く市民権を与えたのは、私が軍にいたからだ。ビル・クリントン大統領からの手紙を受け取り、私はドイツに戻った。まるで別人になったような気分だった。

そしてすぐに機密情報取扱適格審査を申し込んだ。

それが認められると、プリングル一等軍曹という女性から、国防総省語学学校でアラビア語を教えるポストを提示された。思考型の人間にとっては夢のような仕事だ。カリフォルニアで働く——最高じゃないか。

しかし、私は答えた。「いや、私はフォート・ブラッグに行きたいんです」

プリングル一等軍曹は言った。「あなたは陸軍きっての大馬鹿ね」

11 ものごとの要は女である

私たちの車両部隊は、一九九九年にコソボに一番乗りした部隊だった。部隊を率いた中尉はまだ若く、経験も浅いが、やる気に満ち溢《あふ》れていた。

この先どうなるかは想像がつくだろう。

私たちの部隊は一二〇人ほどだった。私は最後尾から二番目の軍用四輪駆動車《ハンヴィー》を運転し、ほかに二人の三等軍曹が乗っていた。その一人は、レンジャー部隊員としての資格をもち、何かにつけすばらしい働きを見せるM軍曹だった。

車を走らせるにせよ、その時間が長すぎる気がした。太陽の方角がおかしい。

「おい、レンジャー」とM軍曹に声をかけた。「方角を間違えている気がしないか」

キリスト教徒とイスラム教徒のあいだで、また別の争いが起きていた。今回は多数派のセルビア正教徒と、やはり多数派のアルバニア人イスラム教徒による、コソボを舞台にした紛争だった。

第二次世界大戦後、コソボはセルビアとともにユーゴスラヴィアの領土となった。ボスニアヘルツェゴヴィナと同じだ。コソボはセルビアのなかの一つの州という位置づけだったが、自治権を求めてコソボ解放軍（ＫＬＡ）が戦闘を開始した。そしてまたもや虐殺が行われ、今回は一八人の女性と一〇人の子どもを含む、六〇人のイスラム教徒が犠牲になった。国連とロシアが和平を仲介したが、うまくはいかなかった。ＫＬＡはコソボの民間人を攻撃し、ユーゴ人とセルビア人はイスラム教徒を殺し始めた。彼らは何百人もの人々を殺害し、家屋やモスクを破壊し、八〇万人がこの地域から逃れていった。ＮＡＴＯ軍が軍事目標に爆撃を行い、また別の和平合意がまとめられた結果、ようやく私たちは平和維持軍として中尉に率いられ、コソボにやってきたというわけだ。

「中尉についていかないと」とＭ三等軍曹が言った。「たとえ彼が間違っているとしてもだ。そうすることになっているからな」

中尉は気立てのいい男だったし、私たちも彼に不満はなかった。無線で呼び出して恥をかかせたくはない。

その代わり、トイレ休憩を願い出た。

「ボトルですませろ」と中尉から返事が返ってきた。「遅くなるわけにはいかん」

Ｍ三等軍曹が、助手席から私に微笑んでみせた。

間違いなく道に迷っている。

それから二〇分経ったところで「ギリシャへようこそ」という標識が見えた。

「どうやら曲がるところを見逃したらしい」とＭ三等軍曹が言った。

全車列が回れ右で引き返し、ようやくコソボに到着するころには、すっかり暗くなっていた。しかも、大粒の雨が降り始めていた。これからテントの設営にかからなければならない。

これが、私にとって二度目となる在外派遣の始まりだった。私たちの中隊は、現在「ボンドスティール基地」と呼ばれる拠点の設営を行うことになっていた。コソボでの任務を続けるNATOの本部となる場所だ。しかしその夜は、一人用のテントでほかの四人の仲間と寝るという、蒸し暑いひと晩を過ごすはめになった。それから三〇日間はシャワーを浴びることもなかった。

私はコソボでもいつもの日課をこなしていた。パトロール、勉強、訓練、運動。そして、すご腕の事務方として仕事に精を出した。同じ毎日が、違う駐留地でも続いた。

その間に、兄はアレクサンドリアに一時帰国した。そろそろ私も身を固める年だというのが兄の考えだった。この件に関しては、私の意見は兄と同じではなかった。おれはドイツで一人楽しくやってるよ、悪いけど焦ることはないさ――そんなふうに思っていた。

ところが、兄は一人の女性を見つけてしまった。その女性の家族は、エジプトの私の家族と仲がよかった。もちろん、エジプトは私が逃げ出そうとした国だ。故郷で所帯をもつなど、とんでもない話だった。

「おまえにいい人を見つけたぞ。とにかく彼女に電話をかけろ」と兄が言う。

「なあ、おれはコソボにいるんだ。紛争地にいるってのに、故郷の娘に電話しろって言うのか？」

「この娘には会っておくべきだ」

「興味がない。おれは忙しいんだ。とにかく、そういう気分にはなれない」

「まあ待てよ」。そして兄はその女性に代わった。

恋に落ちた理由は、その声だ。初めて話をした日に、私は彼女に心を奪われた。兄は当然ながら、私の女性の好みを心得ていた。そしてもちろん彼女は魅力的だった。私が求めていたのは、自分と同じような相手だ。黒髪で頭がよく、アレクサンドリア出身。私と世界中を旅してくれる人。海外派遣のときは待っていてくれて、私と同じくらい小柄。

なんとも贅沢《ぜいたく》な条件だ。

彼女にはしょっちゅう電話をかけた。おかげで、電話代は途方もない額になってしまった。子どものころにしばらくアルジェリアに住んでいた彼女は、高校と大学に進学するためエジプトに移住してきていた。私より頭がいいのは間違いなかったし、とにかく落ち着いた人だった。彼女がいれば、自分は地に足をつけていられる――私がそう感じるまでに時間はかからなかった。

駐留が終わると、休暇をとってエジプトに帰省した。その二か月後、私がフォート・ブラッグに移ったあとに、彼女がペンシルヴェニアに住むおじを訪ねてきた。そこで私もペンシルヴェニアに行き、彼女にあれこれ質問をした。とにかく質問を投げかけて、二人で将来をともに歩めるかが知りたかった。

「エジプトで家を買うのはいやなんだ」と私は言ってみた。「エジプトに住む気がないんだよ」

「私もそうよ」と彼女は答えた。

話好きな私とは違い、彼女は聞き上手だった。なにしろ私は、誰かが英語とアラビア語を半々で話したりするのを聞くと、頭が痛くなるたちだ。どっちかにしろと言いたくなる。だから、彼女にはアラビア語だけで話をしていた。ひと月経ったころ、彼女が私に尋ねた。「英語は話せるの？」

とにかくすべてに気が合った。何もかもがしっくりくる。

私は彼女に結婚を申し込んだ。これまでに自分が決めたことのなかで、これは間違いなく最高の決断だった。

12

オール・アメリカンドリーム

ノースカロライナのフォート・ブラッグ基地ではなく、始まりの場所に私は立っていた。通りの少し先には、ニュージャージーに住んでいたころに働いたマンハッタンのデリがある。あれから五、六年が過ぎて、いまはＦＢＩ本部の入館バッジを手にしていた。

グリーン一等軍曹がラップトップをくれたときよりも、すごい話には違いない。青バッジ。すべての場所への出入りが許される証。毎日、フェデラルプラザのガラスの正面玄関を通り抜けるたびに、天にも昇る心地だった。

ここに来られるとは思いもしなかった。フォート・ブラッグで配属された新しい部隊の上級曹長が、足が速く、そのうえ遠くまで走る人だった。彼に並走して、ここまで来ることができたのだ。部隊の中で起きていることについて話すのが好きな人だった。ものごとがどう動くか、どうやって指揮を執ればいいのかについて、彼から多くを教わった。その人――ワシントン上級曹長は、心身ともに壮健で、空挺部隊の優れた指導教官であり、つねに穏やかな人だった。願ってもないメンターだ。ある朝のランニング中に、機密書類を翻訳する人材をＦＢＩが探していると彼から聞かされた。二〇〇〇年のことだった。

部隊は最初、モハメドという名前の男をＦＢＩに派遣しようとした。この旅団内でアラビア語を話せる唯一の人間なのだと、上級曹長は走りながら言った。ところがモハメドはアラビア語にはまったく縁のない人間で、名前がアラブ風というだと判明した。上級曹長は、私がエジプト出身だとは知らない。グリーンカードの手違いで、私の名前にスペイン語のような響きがあったせいだ。

だが、管理部門の士官は知っていた。

「きみのランニング相手はアラビア語の使い手だぞ」と、その士官が情報を入れた。

「いったいなぜ、わざわざアラビア語を？」と、ワシントン上級曹長が私に尋ねた。

「生まれたときからアラビア語を話しております」

「おまえのことは、プエルトリコ野郎だとばかり思っていたぞ」

「いえ、実はエジプト野郎です」

新婚の妻はアメリカに来たばかりだった。

妻には誰一人知り合いはいなかったし、フォート・ブラッグは醜悪な場所だった。ぱっとしないショッピングセンターと、ストリップクラブとコインランドリーと質屋しかない。友人のいる慣れ親しんだ土地を離れてやってきたというのに、小さな家と小さな玄関しかない。右も左もわからない場所に放り出されたようなものだった。

そんなときに、小さな玄関先に置いていた自転車が誰かに盗まれてしまった。妻が怖がるのも無理はない。近所にそんなことをする人間がいるのか？　もっとひどいのは、職場の仲間がやった可能性もあるのだろうか？

だが、妻がアメリカに来てまもなく、ＦＢＩへの一時的な出向の打診が舞い込んだ。

イギリスのマンチェスターで、警察がアルカイダのメンバーの家宅捜索をした際にマニュアルを発見したのだという。その男は、コンピュータのフォルダにマニュアルを保管していた。『軍事関係‥聖戦の呼びかけ』とかいったタイトルだった。あるいは、こんなふうに呼んでいたかもしれない。『おまわりさんへ‥お探しのものはこちらです』

私はこう考えたい。もしもアラーがイスラムの大義のために戦う者を選ぶなら、頭のいい人間を選ぶはずだと。しかしほとんどの宗教戦争と同じく、それは権力をめぐる戦いであって、宗教ではなかった。見たところ、そこにアラーは関係なさそうだ。

いずれにせよ司法省は、ケニアとタンザニアで起きた大使館爆破事件の容疑者二人の公判に、そのマニュアルを証拠として用いる予定だという。ドイツ駐留中に起きたあの事件だった。

その時点では、任務の内容はあまりわかっていなかったが、妻と私はあれこれと推測した。「これは本当に重要な仕事だと思う。アメリカのためであり、二人のためにもなるはずだ」。ああでもない、こうでもないと話し合いは続いた。

「行ってきて」。彼女が言った。「話を受けましょう」

妻は私よりも芯が強い。彼女がアメリカにやってきてまだ三週間なのに、三か月一人きりで残されるのだ。友人たちが夫人とともにすぐに動いて、妻を仲間として迎え入れてくれたのは幸いだった。

ニューヨークでは、広いオープンなフロアに並べられた間仕切りつきのデスクが仕事場だった。そこでは非常に多くの人が働いていた。ＦＢＩが軍から招いたのは四人。陸軍から女性と男性が一人ずつ、空軍から感じのいい上品な男性が一人、そして私だ。母語がアラビア語なのは私だけだった。最初にちょっとした仕事を渡されて二日ほど過ぎたところで、膨大なマニュアルを渡された。

「アルカイダのマニュアルだ」と担当者が言った。「この翻訳を終えてから軍の仕事に戻ってもらう」

一見して、永遠に終わりそうにもないボリュームだと誰もが思った。だが気を取り直して、みんなでページをめくり始めた。

「なんだ、こんな朝飯前の仕事は初めてだ」。最初の数ページを繰ったところで、私は声を上げた。

それは半分が米陸軍野戦教本からの引用だった。ご丁寧に、小さな写真や図まで載っている。基礎訓練でスマートブックを暗記し、数々の選考委員会の準備をしてきたおかげで、私はその大部分を諳《そら》んじられるようになっていた。

これを持ち出したのは、米軍で補給兵として働いていたエジプト系アメリカ人の若者だと、私たちはあたりを付けた。彼は大量のマニュアルを盗んで――いまではそのほとんどがネットに載っているのだが――アラビア語に翻訳していた。飛行場の乗っ取り方に地図の読み方、奇襲の仕掛け方までコピーされている。

私たちの考えの甘さがそこに現れていた。自分たちの敵に使われかねないものを、簡単に人の手に渡るようにしていたのだから。

だがマニュアルのなかにはこんな一節もあった。

イスラム教による統治は、これまでもこれからも平和的解決や協調的議会によって確立されることは断じてないつねにそうであったように、それを確立するのは

ペンと銃

言葉と銃弾

舌と歯である

あの連中が、自分の舌で何をするつもりなのかは知らないが、私がコーランで覚えた内容ではないことは確かだった。

マニュアルには、でたらめな脅し文句も並んでいた。

「軍事組織に求める任務」

軍事組織が取り組むべき主な任務は、アラーを信じぬ体制の転覆と、イスラム体制への転換

である。
その他の任務は次のとおり。
一　敵、土地、施設や近隣住民に関する情報の収集
二　敵の人員の誘拐、書類、機密情報、武器の強奪
三　敵の人員および外国人旅行者の暗殺
四　敵に拘束された仲間の解放
五　敵に対して民衆を扇動することを目的とした噂の拡散と、声明の作成
六　娯楽や不道徳、罪が行われる施設の爆破と破壊　ただし重要目標にあらず
七　大使館の爆破と破壊および重要な経済中心地の攻撃
八　都市をつなぐ橋梁の爆破と破壊

訓練マニュアルを使って、悪行が正当化されていた。数年後にわかったのは、テロリスト組織の新入りを洗脳する効果的なツールとして、イラクやほかの地域でこのマニュアルが使われていたことだった。人を殴ってもかまわないのは、情報を得るための方策だと理由づけができる。情報を秘匿した人間を殺すことも正当化できる。金のために捕虜の交換も可能とする「聖典」を連中は見つけたのだ。

それは私の知るイスラム教ではなかった。多数派の信じるイスラム教でもない。アメリカ在住かどうかにかかわらず、ムスリムのほとんどはマニュアルに関する報道に触れて震撼《しんかん》したことだ

ろう。

仕事仲間に一人の男がいた。求職者のアラビア語運用力をテストし、ＦＢＩが求めるレベルにあるかどうかを判断する役目だった。御年七〇あまり、エジプト生まれのキリスト教徒である彼は、それまで数年かけてコーランを英訳する仕事もしていた。

「よかったら、近所の本屋に行って一冊二〇ドルで買ってきますよ」と私は言った。

「まあな……だがニュアンスが違うんだ」と彼は答えた。たしかにそうには違いない。

ある日、彼が新規の応募者の試験をするので、仕事を代わってくれと頼まれたことがある。戻ってきた彼によると、一人は合格で、もう一人は不合格だったという。二人ともエジプト系アメリカ人だ。

「どっちが合格で、どっちが不合格か当てましょう」と私は持ちかけた。「名前を教えてください」

彼が名前を言うと、私は合格者と不合格者をそれぞれ挙げた。

「なぜわかった？」と彼が聞いた。

「合格者はキリスト教徒の名前で、不合格者はムスリムの名前だからですよ」と私は答えた。中東では、相手の名前でキリスト教徒かイスラム教徒かがわかる。スンニ派かシーア派か、あるいはクルド人かも明らかなのだ。

「まさか、そんなことはしない」と彼は否定した。

しかし、ＦＢＩ本部にはアラビア語のネイティヴ・スピーカーが一〇人ほどいたが、一人を除いて全員がキリスト教徒だった。その唯一のムスリムはアメリカ風の名前にしていたので、彼がどのタイプのアラブ人かがわからなかっただけだ。

「そういうところが、あなたがたのシステムの弱点なんです」と私は言った。「アラブ世界の人口は、ざっと九割がムスリムで、一割がクリスチャンです。そのなかから人を雇うなら、同じ比率にするのが当然でしょう。ここにいるアラビア語話者のうち、少なくとも七人はムスリムにするべきです」

コーランを翻訳している男に、試験では実際に何を素材にするのかを聞いてみた。

詩、文学、格言だという。

「それを口実にして、都合よく人を欺くのですね」と私は返した。「アラビア語をテストするなら、私だったら電話で五分も話せば事足ります。あなたはこの仕事を二〇年続けてこられた。詩の翻訳をすることがそんなにあるのですか?」

私はおかしなことなど言ってはいない。私たちは何も、ノーベル文学賞作品を訳しているわけではないのだ。たいていは、どこかの馬鹿が別の馬鹿に宛てたものを訳している。頭のいいやつなら、カルト集団に入ったりはしない。

また、イスラム教徒の職員や語学専門官の数もあまりに少なかった。つまり、彼らは敵のことをたいして知らないまま戦っていたのだ。私たちは敵の頭の中を知り、敵の戦術を学ぶべきだった。どれも文書にはっきり記されていたというのに。

FBIでも、三、四人の職員の仕事ぶりは堅実だった。しかし、彼らは他部署の人間とは一緒に仕事をしなかった。現に、彼らがいるのは別の独立したフロアだったので、翻訳スタッフが作業の中で気づいたことについて聞きに来る者はいなかった。

　また、危機意識というものもなかった。政府はそのマニュアルを二、三年寝かしておいてから、私たちを呼んで翻訳を始めたのだ。それも、大使館事件の公判に必要になって初めて重い腰を上げたということだ。これから起こることを誰かが予見できたかもしれない、などと言うつもりはない。そんなことはわからなかったに違いない。しかし、過去を振り返れば、はたしてどうだったのか。

　なんてこった。私たちはとんだ間抜けだった。

　9・11後は、何もかもががらりと変わった。頭脳明晰で献身的なプロフェッショナルがオフィスに集められ、多くのムスリムもそこに加わった。これは大きな方針転換だったし、彼らは目をみはるような働きを見せた。愛国心について言えば、こうしたムスリムの工作員は胸に国旗をつけていた。彼らはみな、あの攻撃が自分に向けられたように感じていた。同じ宗教の人間がやったことなのだから、自分はこの国のために必死で働かなければと思っていたのだ。

　私たちがマニュアルの翻訳を終えると、プリングル一等軍曹からふたたび電話があった。事務方ではなく「98ゴルフ」に専門を変更する気はないか、という打診だった。「98ゴルフ」とは、外国語の通信を解析する専門官のことだ。

　私の希望は尋問官だったが、陸軍はアラビア語の尋問官を必要とはしていなかった。皮肉な話だが、それまでの私のキャリアのなかで最もありがたい出来事だった。尋問官になれなかったからそう言うわけではない。

この話を受けて再入隊すれば、98ゴルフなら二万ドルのボーナスがもらえる。基本的な職務は、信号の傍受と解析をする諜報活動（SIGINT）を行うこと、つまりアラビア語のメッセージを盗聴し、読み、翻訳するのだ。冷戦時には、無線を傍受できる場所にキャタピラ車を配置し、ロシア語のメッセージを拾って暗号解読を試みた。それも携帯電話やパソコンを使う部隊が登場する前の話だ。

私はテキサスの基地に行き、分析術と、情報処理に必要なツールの扱い方を学んだ。どちらの授業もマイノリティは二人だけで、アラビア語のネイティヴスピーカーは私一人という状況だった。アラビア語を流暢に話せたおかげで、自分のペースで学ばせてもらえた。「テストを受ける準備ができたらいつでも言ってくれ」といった調子だ。五か月半の課程だったが、私は二か月半ほどで終了した。なぜか？

A）アラビア語は子どものときから使ってきたから。それだけでなく、法科大学院でもアラビア語で学んだから

B）新婚の妻が待っていたから

結果として、私より先に学び始めていた人たちと同時に卒業できた。

そこからさらに空挺学校に進んだ。

ここでは、訓練生は機体ごとのグループに分けられていた。パラシュート展開用の自動開傘索から最初に降下するのは、最も体重が軽い者だった。ただし、通常は将校が一番とされる。だから私は二番目に飛ぶことが多かったのだが、私のグループで最初に降下するのは従軍牧師だった。空に舞い上がった戦術輸送機C130ハーキュリーズには、七〇人ほどの訓練生が搭乗していた。いつも誰かが吐いていたので、つられて吐かないよう気をつけなければならなかった。教官のかけ声は、「立て、フックをかけろ、すり足《シャッフル》で扉に進め」というものだ。

〝シャッフルってなんだ？〟

訓練生は全員、自分の前に飛ぶ生徒の装備を確認することになっていた。そこで私は背伸びをしながら、従軍牧師のメインパラシュート、ハーネス、自動開傘索を、手で一つひとつチェックした。彼の向こうに広がる地上の景色は見ないようにしていた。震え上がるような恐怖はまだなかったが、いまからやることを前にして、どうにも落ち着かない気分だ。だから、それまではせめて、これから自分がすることについては考えたくもなかった。

ところが、この生真面目な牧師は、思いつく限りの祈りの言葉を唱えた。もっとも、びっしょりと汗をかくか、吐いているか、そのどちらでもないときの話だ。

ああ、神よ。ひどい臭いだ。

〝吐くもんか、吐くもんか、吐くもんか〟

私だって怖かったが、なんとかこらえていた。

とにかく毎回、飛行機から飛ぶたびにこのありさまだった。従軍牧師は祈りを捧げ、冷や汗をかき、吐いた。

三回目の降下のとき、彼に話をしてみることにした。

「なぜそれほど怖がるんですか?」と私は声をかけた。「あなたが怖がると私も怖くなるんです。あなたは牧師なんですから、亡くなれば天国に行けることをご存じでしょう?」

彼は私を見つめるばかりだった。

「お願いですから、少し落ち着いてください。そうじゃないと、私までますます怖くなるんです」と、私はさらに頼んだ。

正直なところ、私には牧師よりも怖がる理由があった。そんな牧師も、何の問題もなく降下を終えていたからだ。

私の最初の降下はそうはいかなかった。着地のときに、スーパーボール並みにバウンドしたのだ。体重が軽かったこともあり、少なくとも五回は弾んだと思う。

もちろん、ブラックハット(インストラクターのことを訓練生はこう呼ぶ)がこちらに走ってきた。これは心配してもらえるぞ、と私は思った。もしかしたら、私が死にかけてやしないかとバイタルのチェックを始めるかもしれない。「この指は何本だ?」と指を立てて見せるのだろうか。あるいは、「大丈夫か」と優しく声をかけてくるのかもしれない。

インストラクターは拡声器を取り出した。

「ノベンバー!」と彼は私に向かって怒鳴った。下士官の訓練生は、みなノベンバーと呼ばれていたのだ。私の目の前に拡声器があった。

「ノベンバー！」彼が叫ぶ。「へっぴり腰の骨が折れたか？」

私は動けなかった。

〝天の神よ、どうか私をいますぐ死なせてください〟

「ノベンバー！　へっぴり腰の骨が折れたのか？」

〝ああ神よ、どうも話が違うようです。死の床では処女に囲まれるのではないのですか〟

「へっぴり腰の骨が折れたのか？」

〝最悪だ。おれの前から消えてくれ〟

「へっぴり腰の骨が折れたのか？」

彼の怒鳴り声を聞きながら、私は心の中で繰り返していた。立たなければ。歩かなければ。なのに思うように動けない。〝ああ神様、へっぴり腰の骨が折れているかもしれません〟

なんとか私は立ち上がった。

太ももにものすごい大きさのあざができていた。膝から尻にかけて広がるあざを見るのは初めてだった。

「おい、骨が折れたかと思ったよ」とルームメイトが声をかけてきた。

「歩けるんだから折れてなかったたってことさ」

そして、医者がいつも指示することをしておいた。口に鎮痛薬を放り込むのだ。

それから無事に同期と一緒に卒業を迎えた。

あの牧師はどうなったのだろう？

二回目の降下のときに、彼がなぜあんなに怖がっていたのかはわからない。

数年後には、ザ・ユニットでも自由降下訓練をした。自由降下では、体重のいちばん軽い者が最後に飛ぶ。

牧師とともにやったような低高度降下のほうが、私にははるかに恐ろしいものだった。あまり時間がないせいだ。何かを間違えたら手遅れだし、パラシュートが開かなくても手遅れだ。死が待っている。だが自由降下の場合は、あれこれ手を打つだけの時間があった。

言い換えれば、地面に叩きつけられる前にパニックで下着を濡らすだけの時間がある、ということでもある。

ただし自由降下の最中は、地面ははるか下にあって何も見えない。だから高い高度からのほうが怖さを感じなかった。低高度降下の場合は地上が見えるのだ。

〝地面にぶつかったら痛いだろうな〟

その点、高高度は暗がりの中を落ちていくだけだ。

そして楽しくもあった。降下速度は時速二〇〇キロ弱。高度が非常に高いときは、酸素ボンベとフルフェイスのマスクを着けた。もちろん陸軍の手にかかれば、あらゆる楽しみが奪われるのがお約束だ。マスクを装着する場合、酸素ボンベにつながるチューブがあるため、頭は動かせず何も見えない。

自由降下中は、左右のバランスを取らないと体が回転してしまう。体を動かせばその方向に回転する。つまり、装備品の左右のバランスも完璧にしなければならない。降下では順番がうしろの人間が装着を手伝うことになっているのだが、その仲間が私のリュックサックのストラップを片方だけきつく締め、もう片方は緩いままになっていたことがあった。わざとではなかったが、そいつが締め忘れたのか、何かに気を取られたのか、あるいはほかに理由があったのか。とにかく、私が飛び出すと同時にリュックサックが傾いた。

すぐに体が回転し始めた。

ここで言う回転とは、のんびり楽しめるようなものではない。カーニバルにやってくるドーム型の絶叫アトラクションで体験するような、強い遠心力の働くスピンだ。回転の速さのために乗客が壁に張り付き、誰かが飛んでいきはしないかと心配になるあれだ。

少なくとも、体感としてはそうだった。違うのは、体の向きが垂直ではないところだ。私はうつぶせの状態だったが、ホットドッグを食べた直後ではなかったし、気をしっかりもたなくてはならなかった。でなければ、郊外の一家がトラウマに襲われることになりかねない。二、三人の子どもと犬一匹のいる彼らの裏庭が、惨劇の現場と化してしまう。

しかし、どうにもならない。まず、訓練で教わったとおりに背中を丸めてみる。

スピン。

完全に動きを止めてみる。

スピン。

回転と逆方向に体を回してみる。

スピン。

今度は酸素マスクがずれ始めた。コマみたいに回されたあげく、酸素までなくなるのだろうか。

それだけは避けなければならない。

ばたばたする亀のような体勢から腕を引き、マスクを戻すと姿勢が安定した。

〝よし、おれは冷静だ、おれは冷静だ〟と自分に言い聞かせた。〝もう動いたりはしない〟

ところが、今度は高度計を見ることができなくなった。ある高度に到達したら、パラシュートを開かなければならないのに。高度計を見ようとして体を動かせば、また回転が始まってしまうだろう。

ちくしょう。

だが……訓練の成果がそこで表れた。仲間たちがどこにいて、何をしているかに目を向けたのだ。彼らがパラシュートを開くのを見て、自分も同じようにした。

おかげで、その後はずっと幸せに暮らせている。

妻からは、降下のたびに、終わったら電話をかけてほしいと頼まれていた。たとえそれが早朝三時であっても必ずだ。そうしなければ、妻は眠りにつけなかった。私は国のために働いていたが、私を奮い立たせてくれるのは妻だった。

空挺学校のあとは、第八二空挺師団《オール・アメリカン》に配属された。エリート中のエリートの陸軍正規部隊だ。夢がかなった瞬間だった。訓練をすべてやり遂げ、妻はそばにいてくれる。こんなにすばらしいことはない。まさにこれこそ、私が入隊した理由だった。

体調は万全だった。小柄な私は周囲からあまり期待されないのだが、逆にそれが痛快だった。だが第八二空挺師団には奇妙な力学が働いていた。九割を白人男性が占めていたのだ。私の部隊には、補給係の黒人が一人と、女性が二人。残りは全員が白人男性だった。前にいた部隊とはだいぶ事情が異なっている。そして、まわりから浮いている新入りは、同じように浮いている人間に注目するものだ。

この話が重要だと言える理由はいくつかあるが、ここでは二つ挙げておきたい。

歩兵隊（あるいはほかの分野）で実際の戦闘経験を積まなければ、出世するのは難しい。その黒人兵は補給係だった。立派な男だったが、補給係が将官や上級曹長になることはない。兵士を率いて戦うために必要な経験が得られないからだ。二人の女性にも同じことが言えた。

マイノリティの有能な指導者を増やすには、女性やマイノリティの兵士を専門技術職や諜報活動のような仕事に就かせることが必要だ。そうした職種なら、出世のチャンスが広がっているからだ。

そして二つめは、ＦＢＩでもそうだったように、多様性の欠如は多様な視点の欠如を意味する。世界を見るという意味でも、文化的背景や経験のとらえ方という意味でもだ。視野の狭さは、部隊にも国家にも必ず弊害をもたらす。

私にとって、ザ・ユニットへの参加は大きなチャンスだった。まさしく望んできた場所、それが諜報部隊だった。ほぼ全員が外国語を操ったが、当時、全員が学んでいたのはロシア語だった。私たちの頭の中は、まだ冷戦時代のままだった。砂漠の嵐作戦のときにはそれがうまくいったが、モガデシュではそうはいかなかった。ただ、ロシアが中国と同じく敵であることに変わりはなかった。訓練のためにキャタピラ車で出かけてはアンテナを設置した。通信に耳を澄まし、翻訳して、メッセージを届ける。仲間はみな、優秀な切れ者ぞろいだった。読書を好み、国際情勢を論じて盛り上がる。聴いていたのは公共ラジオ放送ＮＰＲだ。仲間の中には、サルサダンスに夢中なロサンゼルス出身の男もいた。みんなでテキーラを飲んで葉巻を吸いながら、国際問題を語り合ったものだ。

事務方の仕事とは一味違っていた。

ついにやったぞ、と私は思った。

13　エセ預言者

部隊の第一曹長が、説明会に行ってこいと私に言った。私たちの部隊あてに、秘密のベールに包まれた部隊からの案内が届いていた。「きっとおまえなら気に入る」と曹長は続けた。それがどういう部隊なのかは、さっぱりわからない。この「ザ・ユニット」という部隊は、名前すらも機密扱いだった。「月曜日の午前一〇時に、ザ・ユニットについて知っておくべきことを全部教えよう」といったメモが届けられることなど、あるわけがないのだ。だとしても何も問題はない。私はそれまで、ザ・ユニットについては聞いたこともなかった。トップが行けと言うなら行く、それだけだ。

採用説明会では、最初の一〇分間は本当に何も説明されなかった。少なくとも、参加者からすると何が行われているのかもわからない。すると担当者が言った。「この部隊がどういうものかを話すことはできない。具体的な仕事についても話せない。興味がある者は残ってくれ。なければ退席してくれ」

約半数が退席した。そんな雲をつかむような話に乗るわけにはいかない。だが、私はとりあえず残ることにした。ほかの者がいなくなると、担当者が面接を始め、奇妙な質問を大量に浴びせてきた。哲学的な質問もあれば、世界で最も大きな問題は何かとか、好きな本を尋ねられたりもした。

そのリクルーターは、私が何をやれるかはわからないと言った。つまり、私にどんな能力があるかがわからないという意味だ。私に適正があるかどうかも、彼には判断できない。彼が話したのは、この部隊の選考がこれまで以上に厳しいものになるということと、その経験が私個人にとって役立つかもしれないということだった。私の職務がどういうものになるかも、任務のほんのさわりも教えてはもらえなかった。

「ですが、いったい私たちは――」

「教えることはできない」

彼らが欲しいのは、何に賭けるかもわからないのに、あえてリスクをとるような人間なのだ。金のために志願する連中は向いていない。

最も向いているのは、自分で状況を打開しようとする、任務を信じてやまない者だ。その実現のためなら未知のことにも挑戦できるクレイジーな人間、ものごとに真剣に向き合える人材だ。

しかし、私にはまだそこまでの気持ちはなかった。

リクルーターには、幹部候補生学校の願書を取り寄せたことを打ち明けた。加えて、妻が妊娠中であることや、すべてから足を洗い、何か新しいことを始めるときが来たと思うようになっていることも。もう十分借りは返したし、アラビア語のスペシャリストが必要だとは思われていない。引き揚げどきだった。

担当から受け取った書類を車のトランクに入れ、二度と思い出すことはなかった。

二〇〇一年になるころには、何かしらの不満を抱くようになっていた。仕事仲間のことは変わらず好きだったが、自分のキャリアに関しては頭打ちになった気がした。アラビア語のネイティヴなど、誰も大事だとは思っていないようだった。アルカイダの脅威が周知の事実となったというのに。ビン・ラディンがこの組織を立ち上げたのは一九八八年のことだが、アメリカ連邦政府の建物に飛行機を衝突させる計画をアルカイダが練っていたことは、フィリピンで逮捕された男の供述で一九九五年に明らかになっていた。

一九九三年に、アルカイダにつながる連中が世界貿易センタービルで爆破事件を起こし、数年後にはタンザニアとケニアでアメリカ大使館が攻撃を受けた。映画『ブラックホーク・ダウン』で描かれたソマリア内戦のきっかけをつくった男で、ソマリアの軍閥のトップであるモハメド・ファラー・アイディードは、ムスリム同胞団に対して危機感を募らせ、宣伝工作として自身の過激派グループを作って対抗しようとした。それでも、アメリカ政府の役人たちは何も聞こえないかのように振る舞った。一九九九年には、テロリズムに関する連邦政府調査において、アルカイダがアメリカにとっての最大の脅威であると米軍高官が警告を発している（ちょうど現在、白人至上主義者が最大の脅威だと彼らが警告しているのと同じだ。見て見ぬふりをすれば、連中が復活したときにつきまとわれる。それはわかりきったことだ）。

一九九九年にＣＩＡがアルカイダの攻撃計画をつかみ、その年のうちにメンバーを逮捕した。

その男はカナダを経由して入国し、爆発物の材料を六〇キロ近くも持ち込んでいた。爆破目標はロサンゼルス国際空港だった。

そして二〇〇〇年。自爆テロ犯がイエメンに停泊中の米ミサイル駆逐艦コールに突っ込み、アルカイダが犯行声明を出した。〝おれだよ。おれがやったんだ。ここにいるぞ。こっちを向けよ。覚悟しておくんだな〟。八月までに、ジョージ・W・ブッシュ大統領は「アルカイダが攻撃の計画を立てている」というメモを受け取っていた。ＣＩＡは、同月に別の書簡をＦＢＩと国務省に送っている。

〝それでも、アラビア語ができるやつなど必要ない〟

個人的なことを言えば、私のキャリアは順調だった。四年で二等軍曹（Ｅ６）に昇進した。平均なら八年ぐらいはかかる。私はまだ自分の力を示すことに必死だった。倍の努力、倍のスピード。倍の時間をかけて、倍の学びを得るのだと。

だがその時点では、これほど長く軍にいるつもりではなかったと思う。二〇代そこそこの若者が往々にしてそうであるように、陸軍に入隊したいという気持ちだけはあっても、その後のことまでは考えていなかった。初めて海に行くようなものだ。思い切って飛び込んではみたものの、海が好きになるかどうかはわからない。最初は少し冷たく感じる。波は荒く、何もかもが塩辛い。ところが、しばらくするとこう思う。〝悪くない。いや、むしろ楽しいぞ。いろんな魚がいるのも気に入った。がんばって浮かんでいるのも面白いし、海と一体化した気分になるのも最高だ〟

二〇〇一年九月の第一週は、野外演習に出ていた。その週の締めくくりは夜間降下訓練で、それから荷物を背負って午前八時に宿舎に戻った。誰もがぐったりしていたが、戻れば武器の手入れをしなくてはならない。綿棒とオイルと銃身クリーナーを手に、思い思いの場所に散らばる。銃の手入れ用のオイルと火薬の匂いがあたりに充満していた。手入れを終えて、私は第一曹長のオフィスで立ってテレビを見ていた。飛行機が世界貿易センタービルに突っ込むところだった。もう、よそへ行くことはないとわかった。すぐに派遣命令が下されるだろう。

妻に電話して無事を確かめる。妻はそのニュースを知らなかったので、テレビをつけるように言った。二人でよく世界貿易センターを訪れたし、ツインタワーを背景に写真もたくさん撮った。この二つのビルは、私たちにとっては力と自由の象徴だった。ニューヨークを訪れるたびに最上階に上り、空に手が届いたような気分になったものだ。

妻はわっと泣き崩れた。

「神様、どうかムスリムではありませんように」

妻の祈りをかなえるには、もう手遅れだった。

第一曹長の部屋を出て廊下を歩いていると、一人の男に声をかけられた。「おい、おまえの仲間がとんでもないことをしたぞ」

「ふざけるな」と私は返した。「おれの仲間？　それを言うなら、おまえのことだろうが」

だが、起きてしまったことについて考えるのは止められなかった。

自分たちはなんて馬鹿だったのだろう。

私はＦＢＩ本部で目にしたことを思い出していた。イスラム教徒もいなければ、会話の盗聴もしない。すでに世界貿易センタービルで爆破事件を起こし、アメリカ大使館を攻撃したことはわかっていたのに、そのコミュニティのマークすらしない。

どうしようもない馬鹿だ。

９・11が起きたとき、アラブ世界のアルカイダのやつらは、自分でも信じられなかったはずだ。やつらはずっとこう思ってきたのだ。〝アメリカ人はおれたちの下着のサイズだって調べられる。それだけ見張られているんだ。やつらはなんでも知っている〟。だが９・11が起きて、アメリカ人が何も警戒していなかったことを彼らは知った。そのときまでは、神の御慈悲でなんとかなっていただけだ。あるいは、やつらが私たちのことを買い被って、勝手に恐れていただけのことか。〝あんなことはしたくない、捕まっちまうからな〟と。

だが、ふたを開けてみれば誰も見張ってなどいなかった。

二〇二一年一月六日の連邦議会議事堂襲撃事件と同じだ。誰も警戒せず、誰も注意を払っていなかった。白人愛国者たちが大挙して、国旗を掲げてあんな真似をするなんて、あるはずがないと。

しかし、彼らはやってしまった。自分の家で油断して、ドアの鍵を開けたままにしているときに、誰かが強盗に入ってくる。きっと、〝ここに押し入るのは簡単だ〟とわかる何かがあるのだろう。だから彼らは、国会議事堂にまっすぐ行進してきて中に入ることができたのだ。

アルカイダの連中はどうだ？　彼らもまた、狙いやすい標的を見つけていた。当時は別人の航空券を使うことができた。では、そんなことを知っていたのは誰か——移民だ。航空券は片道よりも往復のほうが安い。私がアレクサンドリアからニューヨークに飛べば、復路のチケットを兄に渡すことができた。兄がアレクサンドリアに帰るときに、そのチケットをパスポートと照らし合わせる者はいなかった。誰が飛行機に乗っていようと、気にする者はいない。移民たちは、何か悪い目的のためにそうしていたわけではなく、ただそのほうが安上がりだったというだけだ。しかし、くぐり抜けるのは簡単だった。アメリカでは、政府が個人の自由に制約を設けることを望まなかったからだ。

突入から数時間のうちに、ペンタゴンにいるＦＢＩの担当者に電話をかけた。

「私にできることがあれば、なんでもします」。すると相手は、できることなら戻ってきてほしいが、軍は所属部隊外の任務をすべて凍結させたのだと言った。

「軍にはあなたたちが必要よ」と彼女は続けた。

「いまはフォート・ブラッグの駐車場で、車両修理をしています」と私は伝えた。

「私では力になれないわ」と彼女は答えた。「でも軍にはあなたが必要なの」

二日経つと、イスラム教徒を皆殺しにするという行進歌を第一曹長が歌い始めた。そこで、彼に少し時間をもらえますかと願い出た。

「口ずさんでいらっしゃる歌のことは、ご承知ですか？」と尋ねてみた。「あなたの部隊にはイスラム教徒が二人います」。彼は恐縮したようだった。その歌の意味をよくわかっていなかったし、私がその一人だとは思ってもみなかったらしい。もう一人のムスリム仲間は、自分の宗教を隠しておきたいと思っていることを説明した。私が尊敬してやまない第一曹長は、すまなかったと謝ってくれた。

曹長は部隊を整列させてもう一度謝罪した。そして、私にイスラム教について講義をしてほしいと持ちかけた。私が一夜にしてこの件の専門家になった瞬間だった。私はこんな話をした。9・11はイスラム教とはなんの関係もないこと。アルカイダはムスリム同胞団と同じく宗教を乗っ取り、その評判を地に落としたこと。正当なアメリカ市民である私でさえ、隣人からうとましく思われ、テロリスト扱いされるようになったこと。

同時に、アメリカのすばらしさについてもあらためて伝えた。ユダヤ人と仕事を通じて親しくなったこと。雇ってくれたうえに、ビジネスでも信頼を置いてくれた恩人だ。キリスト教徒とも、同性愛者とも、ヒンドゥー教徒や神を信じない人間とも一緒に働いてきて、人の良し悪しは、宗教や性的指向や人種や国籍とはなんの関係もないとわかったことも。

アルカイダの連中は、私が子どものころに戦ったやつらと同じ人種だった。彼らのルーツはムスリム同胞団にある。

私は、自分には道義的な責任があると感じた。ああいう連中がこれ以上何もできないようにしなくてはならない。仲間であるアメリカ人に対しても、私が心のよりどころにしている宗教に対してもだ。ひと握りの連中がやったことで、私たち全体が偏見の目で見られるわけにはいかない。アメリカのイスラム教徒にとって、ロールモデルが必要だとも感じた。この国に来て兵役に就いただけでなく、ほかの誰よりも活躍した移民として、私は立ち上がりたいと思った。

THE UNIT

特殊部隊のリクルーターから電話がかかった。
「一週間後に私の応募書類を届けます」。私はそう答えた。

14 セレクション

手錠をかけられ、頭に袋を被せられると、すぐにそこらじゅうで爆発音がし始めた。まるで突然、戦闘地域に放り込まれたかのようだ。

被せられた袋の下から、あちこちで声が上がるのが聞こえる。「おれは降りる」

何日も歩きどおしで、自分の体から酸っぱい匂いがする。袋が外されてからも、事態は少しも好転しなかった。あれこれと尋問を受け、街の薄暗い通りにあるバーで男から受け取ったメッセージについて問い詰められたりする。

「知らない」と私が答える。

ドスッ！

思い切り殴られて気を失いそうになったところで、もう一発。これは現実だ。冗談ではない。女性だろうと殴られる。連中の一人は、少なくとも背丈が一九五センチ、体重は一〇〇キロを超える巨漢だった。怪物のようなひげを生やしているところは、ある種の宗教過激派テロリストか、でなければバイク乗りのように見える。頭はスキンヘッドだった。

「殴らないでくれ」と言いながら立ち上がると、自分の目の高さが相手のへその位置にある。これほど大きな男を見たのは初めてだった。「もう一度殴ったら、おまえはおれを殺すことになる。だからやめてくれ」

相手はにこりともしなかった。

ここは戦闘地域ではない。

私たちは何日も歩き詰めだった。三〇キロ。五〇キロ。八〇キロ。砂漠、街、森の中をひたすら歩く。その日がどんなものになるのかさえわからない。MREは一日一袋だ。街にいるときは一日一四ドルが渡された。下ろされる場所は最悪だった。見渡す限りなんの目印もない砂漠の真ん中や、治安の悪い街の一角。あるときなど、私の身なりがあまりにひどかったので、通りがかった女性にホームレスだと思われたほどだ。

「昨日、あなたが歩いているところを見かけたわ」と彼女に声をかけられた。

〝これも仕組まれたものなのか？〟頭の中で疑問が駆け巡る。〝これもセレクションの一環なのだろうか？〟

すでに、何に対しても疑心暗鬼になっていた。誰かが自分を陥れようとしているという思いが拭えない。

何日も同じ服を着たままで、一週間もひげを剃っていない。その女性は金を恵んでくれようとした。

「それはもらえない」と言っても、女性は譲らない。「違うんだ。私はホームレスじゃない」

結局、その女性はセレクションとはなんの関係もなかった。親切なだけだったのだ。

私たちに出された指示は、荷物をバッグ一個にまとめろというものだった。到着したら、その荷物を試験官に渡す。すると、その初日に着るものを指定された。初日のウォーキングで、ある女性はバッグに入れておいたハイヒールを渡されていた。彼女はその日、少なくとも三〇キロは歩いただろう。痛くてたまらなかったはずだが、彼女は驚くほどタフだった。

大半はセレクションの途中で脱落する。訓練中も多くの脱落者が出た。私は途中で怪我を悪化させ、ステロイド注射を打たれた。足の裏の皮が両足ともすべて剝けていた。

これは体力試験なのだろうか？

そのとおり。

だが、それ以上に精神的に追い詰められるのだ。

セレクションの内容は機密情報ではない。それでも、セレクションや訓練の詳細をありのままに書くつもりはない。その過程にある高潔なものは、私にとっても、ザ・ユニットでいまなお活動を続ける仲間にとっても、重要な意味をもつからだ。これから紹介するセレクションとその後の訓練には、重複する部分がある。ザ・ユニットに加わってからの活動や、私自身が幹部となってからの訓練についても同じだ（このあとの話に触れてしまうが、私は訓練もセレクションもどうにか切り抜けられた。その過程では、私の見せ場といえる場面も数多くあったことを付け加えておきたい）。訓練の詳細は伏せると言ったが、そうした訓練がいかに自分を変えたかや、いかに任務に役立ったかについては包み隠さず伝えるつもりだ。

工作員全員が同じ経験をするわけではないので、これから書くことは私の個人的な経験にすぎない。

セレクションはいつでも同じように始まるわけではない。私の場合は、まず指示があり、その指示に従って空港に出向くと待っている者がいた。参加者は腕時計を合わせるように言われて、電話は取り上げられた。

「エゴは持ち込むなよ」と初日に言われた。それができなかった者はみな落とされた。

私は自分が特別な存在になったような気分で参加していた。陸軍に入隊したときは英語もしゃべれない移民だったばかりか、グループ内で最も背が低いということがよくあった。いや、いつもそうだった。にもかかわらず、訓練や身体能力、昇進や学業で勝ってきたのだと。

だがそれは、たとえるなら、高校でいちばん上手かったサッカー選手が、大学に上がったら同じような人に囲まれて、自分がいちばんではなくなったという状況だ。

セレクションの第一週に、私たちは全員集められて自己紹介をした。

私は特別ではなかった——少なくとも、この世界では。

ブラジルとアルゼンチンを行ったり来たりしながら育った男もいれば、父親に強引にレバノンに連れて行かれ、さらにリビアに行かされた男もいた。アラスカで漁をしながら育った男や、ウクライナ出身の家族のもとに生まれた男、世界レベルの水泳選手だという女性もいた。生まれ故郷の市長を一日務めたところでその国でクーデターが起き、命からがら逃亡するはめになった男もいた。それを知って感嘆せずにはいられなかった。〝すごい経験だ。こんなやつが同期なのか〟

ほかにも、ネブラスカ出身で、バスに乗ったことがないという女性もいた。それは別にたいした話ではないと思ったが、彼女は語学の達人でもあった。ジェイコブという男は顔面を撃たれたことがあった。幸い弾は脳を逸れていたが、片目を摘出しなくてはならなかった。彼の一発芸は、義眼をパッと取り出してみせることだった。候補生の半分が大きな苦難に遭いながら成長し、猛烈に努力してここまで来ていた。そして、誰もが自分の苦労を誇りに思っていた。その経験は、いまや彼らの一部だった。それがあったからこそ強くなり、逆境にも負けない創造的な人間になれたのだ。

謙虚にならずにはいられない。

誰もがそうだった。

ここにやってくる前に、私たちは階級章やワッペンを外していた。空挺師団、空挺攻撃部隊、レンジャーといった自らの出身や、射撃の腕前などを大々的にアピールする者は、どこにもいなかった（射撃に関しては、私はそもそもそれほどの腕ではない）。みな制服こそ着ていたが、そこには名札すらついていなかった。

なかには、自分の経歴をほのめかそうとする者もいた。だがもし、明らかにワッペンを剝がしたとわかるような跡が制服に残っていたらどうだろう？　それは自分の臆病さを全員の前でさらしているのと同じだ。何もついていない制服を着るには、内面からの自信が必要になる。さらに、ほかのメンバーと同じように扱われることも意味する。なまりの強いプエルトリコの女性も、何語を話すのか見当もつかない褐色の肌の男も、ここでは同列だ。そもそも人種差別や性差別をするのは、その人に真の自信がないからだ。どうにかして「誰か」よりも上の立場でいようとする感情が生み出すのが、差別なのだから。

制服やワッペンや階級章といった、ひと目でそれとわかるものなしでは動けない人間も世の中にはいる。彼らは、そういう小道具がないと自分が以前のような尊敬を受けられないと思い込んでいる。自分の言葉が誰にも聞いてもらえなくなると思っているのかもしれない。小道具がないなら、知識や技術や人間性で自分の価値を示す必要がある。

もちろん、それは簡単なことではない。これまでは、上下関係に基づいて行動するよう訓練され、それに適応してきたからだ。だが、セレクション後に行われた訓練では――そしてザ・ユニットでも――特定の仕事や任務に最適の人間が指揮を執る。つまり、二等軍曹が少佐にゴミ出しを頼んでもおかしくはない。

私たちを再教育し、考え方を変える――そのための徹底した取り組みが行われた。飾りのない制服を脱いでいるときは、服装は自由に決めてよかった。いちばん自分にしっくりくるもの、たとえば軍パンにTシャツ、あるいはジーンズ。

それに茶色の靴だ。

そこからは柔軟に対応することを学んだ。世界は迷彩色だけではない。組織に染まったマインドセットから抜け出すことを教えられた。入隊後の基礎訓練では、軍という社会に適合するための再教育が行われる。一度バラバラにして、また組み立てるプロセスだ。それから各部隊が、その上に少しずつ肉付けしていく。たとえば、階級というヒエラルキーや、極端なサボり術や、部隊の歴史といったものがそこで伝えられる。ブーツをかっこよくたるませる方法や、アイロンをかけてはいけない制服にうまくアイロンがけをする方法も教え込まれる。

ザ・ユニットのセレクションと訓練では、参加者はふたたびバラバラに分解された。だが、今回は集団にならって行動するわけではない。なんでも言われたとおりにするタイプの人間もいたが、この部隊のメンバーの多くは、立派な陸軍の顔の下に反逆精神を宿していた。ザ・ユニットにイエスマンはいらない。創造的にものごとを考え、任務をやり遂げる方法を見つけ出せる人材が求められていた。

それを可能にするのは内なる自信だ。志願者にその自信があるかどうかが見極められるのだ。「気力があれば乗り越えられる」という言葉をよく耳にする。本気で取り組めばなんとかなる、といったような精神論だ。確かにある意味では正しいし、朝の身体トレーニングのときはいい励ましになる。

しかし特殊部隊の工作員は、そういう精神論とは無縁のタイプだ。生まれ育った環境や経験によるものかもしれないが、正確なところはわからない。

私は別に与太話をしたいわけではない。

一九八〇年代後半になって、陸軍は重要なことに気がついた。候補者をセレクションでふるい落とすことで、多大な金を無駄にしているという事実だ。考えてみてほしい。人材をスカウトし、異動させ、装備一式を与え、訓練を受けさせるものの、その大事な人材が一週間もたずに辞めていく。いや、早く辞めるならまだいいが、訓練の終盤で脱落したらどうだろう？　軍はすでにその候補者に何千ドルも費やしているのに、そいつはオフィスの仕事に戻るかもしれないのだ。

軍はすべてを見直した。身体訓練が候補者の合格力にどのように影響するのか。やり抜く力《グリット》、ストレスホルモン、男性ホルモン、身長といった要素はどう関係するのか。工作員は、ポーカーで勝つ確率が高いという研究結果があった。それは、彼らがリスクを、それも正しい種類のリスクを取れるからだ。私たちには走力だけでなく、倫理に則った決定を下し、プレッシャーにさらされた状況で打開策を思いつき、苦しいときもやり続ける傾向が強いという特性をもっている。仲間の多くがなんらかの苦難を経験していることを考えると、こうした特性は成長する過程で身につくものなのかもしれない。あるいは、生まれながらにこうした特性をもっていたからこそ、苦難を乗り越えられたのだろうか。

私は自分が幸運だったと思う。それまで知らなかった自分を知ることができたし、自分が想像以上のことを成し遂げられるということも知った。精神的にも試練を乗り越えたことで自信を手に入れ、私は変わった。

こうしたプログラムを構築した心理学者たちは天才だ。

ところで、セレクションの最初の二日間はどうだったか？

やることなすことがうまくいかなかった。

私は第八二空挺部隊出身で、肉体的には何も問題はなかった。しかし、装備品を背負っての行軍が始まってまもなくは進路を完全に間違えていた。二段ベッドに戻ると、脚がちぎれそうなほど痛んだ。毎日、重いリュックを担いで七〇キロも八〇キロも歩くのはたまったものではない。

ベッドの上段からベルトを吊るして、そこに脚をかけられるようにした。横になって脚を吊った状態で、私は頭上のベッドの底板をにらんだ。

〝おれは何かを間違ってるのか？〟

誰もフィードバックなどくれない。腕立て伏せのうまさも、身体能力テストでの足の速さについても評価は聞けず、座標で示された行軍目標地点まであとどれくらいかも、教えてもらえない。だから自分の出来がどれだけひどいかもわからないし、いずれ肩を叩かれてセレクションから脱落することになるのかもわからない。極端な負けず嫌いである私に、「おまえはよくやっている」とか「まだまだだ」といった言葉をかけてくれる者もいない。それまでの人生では、「おれは特別な人間だ、だから特別扱いしてもらおうか」という考えをもっていた。だがこのときの私は、足首をベルトで吊った凡庸な男だった。痛む脚を抱えた特別でもなんでもない男は、一メートルの高さの迷路から脱出もできない。私は不安に駆られた。

失敗するわけにはいかない、と思った。失敗したら、私が書く本は薄っぺらいものになってしまう、と。

選択肢は一つしかなかった。

〝ここには呼ばれて来たんだ〟と私は考えた。〝だからおれは間抜けでもなければ、ほかの誰かより劣るわけでもない。呼ばれたのは見込みがあるからだ。おれはここにいたい。妻やチームメイトにだめだったなどと言うのは絶対にお断りだ〟

必要なのは、とにかく落ち着くことだと気がついた。

水ぶくれができていたので、まずはそのケアをした。そして祈りの言葉を唱えた。イスラム教のすばらしい点の一つは、祈りの際に決まった姿勢をとることだ。額を地につけ、頭はメッカの方角に向ける。瞑想を誘う安らぎの時間が訪れる。息を吸い、吐くという動作が自然に促される。過去のさまざまな場面を思い出した。ラマダンの断食。ペンシルヴェニアでの雪の中の行軍。フォート・ブラッグでのさらなる行軍。とにかく自分の行動を整理することが必要だった。自分の強さを信じ、これまで訓練してきたことをやるだけだ。

〝おいチビ、心配はいらないぞ〟。私は自分に言い聞かせた。〝おまえならやれる〟

この時間が私に心を決めさせた。明日の朝、目を覚ましたら、ほかの誰かを見たりしない。まわりの人間には気を取られない。ほかの誰かの存在も考えない。全員、透明人間だ。勝利を手にした瞬間を想像し、セレクションが終わったらどんな気分になるかを考えた。アメリカで最も優れた人たちの仲間入りをするのは、どんな感じなのだろう。

そして眠りについた。

翌日は、うんざりするほど広大な砂漠を地図とコンパスを頼りに進むという課題が待っていた。ひたすら歩き続けるのだ。

その日は、すべてがうまくいったような気がした。

周囲のことや採点者の目を気にするのをやめると、人にほめられるかどうかも気にならなくなる。私はただベストを尽くした。それがセレクションで得た初めての学びだった。それは、多くの人にとってはつらい教訓だ。フィードバックがほしいと思うのは自然なことなのだから。大隊で隊列を組んで走るプログラムで、部隊旗を掲げて走り回る役を務める男にとってはなおさらだ。だがその代わり、やるべきことをやる、やるべきだとわかっているからやる、という姿勢を身につけた。誰かが褒美をくれるかどうかはもう関係ない。

そして、もう一つ心に決めたことがある。それもまた、私を成功に導いた要因だ。指示が出されるときはいつも早口で告げられた。冗談かと思うほど早口だった。私は指示を聞き取ろうと必死だったが、英語はまだ私の第一言語とまでは言えない。たぶん指示の二割ほどしか聞き取れていなかったし、私が取り組んだことも出された指示の二割にすぎなかった。だが、残りの八割は気にしないことにした。私にはもう、不安も恐れもない。ただ、とてつもなく大きな挑戦が目の前にあるだけだ。

言うまでもなく、早口の指示も意図されたものだった。セレクションでも訓練でも、候補者はあらゆる方法で負荷をかけられるのだ。

しかも、そんなのはまだ序の口だった。

いつまでそれが続くのかも知らされなかった。

特殊部隊のグリーンベレーたちもセレクションに参加していたが、彼らは私たちとは条件が違った。参加した時点で、セレクションの二一日間に何があるのかを正確に知っていたのだ。三週間耐えれば勝算があることも、毎日どんなことをするかもわかっていた。つまり、今日はこの課題だから、食料と水はこれくらい必要だとか、三〇キロと少し道路を歩いたら、今夜はこの場所で寝ようといったことが判断できる。ほとんどのプログラムがノースカロライナのマッコール陸軍飛行場で行われることも、彼らは知っていた。

たいしたことではないと思うかもしれない。だが、いまはまだプログラムが始まったばかりなのか、中盤まで来ているのか、もうすぐ終わりなのかといったことを知っていれば、知らないよりもずっと有利だ。あと二時間だけ、あと一〇キロだけ、あと三日だけ……彼らには終わりが見えていた。人が最初に知りたいと思うのは、「いつまでやればいいのか？」ということだ。その情報は、私たちには知らされなかった。いつまで続くのかわからないまま、セレクションを受けていた。六週間？　八週間？　私たちがあえてリスクを取るタイプなのかどうかや、手探りの状況でがむしゃらに進む力があるのかを見られていたのだ。

ザ・ユニットの目標はグリーンベレーとは違っていた。私たちは、軍のほかのエリート組織とは性格が異なる。ザ・ユニットは、筋肉よりも頭脳を使う特殊部隊だ。そして、それが苦にならない非常に頭のいい仲間たちがいた。ほかの部隊とは仕事の中身が違うのだ。海軍のネイビー・シールズのような特殊部隊には、鍛えれば鍛えるほど能力が上がる者たちがいる。彼らはあらゆる武器に精通し、接近戦の専門家になることが求められる。いわゆる「技術的能力」に特化した人材だ。一二か月のうち四か月はそのための訓練に費やしてきたのだろう。

私たちの場合は、正解をどのように導き出し、情報をどのように見定めて考えるかが選考基準になる。では、私たちは住居に突入して人を撃てるのか？　もちろんだ。だが、その必要はめったになかった。たとえ必要があっても、やみくもにそうするわけではない。

だがそれとともに、私たちには誰が悪者なのかを突きとめることが求められた。そのためには、非常に高度な分析能力が必要だった。「過剰」なほどの能力だと言ってもいいかもしれない。さらに、役者としての才能も欠かせない。カメレオンのように、あらゆる状況に自分を合わせなければならなかった。

軍のほかのエリート組織との主な違いは、ザ・ユニットがきわめて高い専門性を備えていたことだ。ザ・ユニットは、情報を得ることにかけても、それに基づいて行動することにかけても優秀だった。見つけて、監視して、片付ける。最後の部分は、ほかのエリート部隊から来たオペレーターが担当することも少なくなかった。「片付ける」ことに関しては私たちよりはるかに優れた者たちだ。

セレクション後の訓練は一年近く続き、そのプログラムは三段階に分けられていた。戦術的な軍事訓練、非軍事的な戦略訓練、そして「両方を組み合わせて試す」訓練だ。そこでは新たに身につけた技術を使い、特定の任務を遂行する――そしてパズルを解くのだ。

訓練生は、合否だけでなく精神面や心理面も精査された。人とどう接するか。性格が曲がっているかどうか（曲がった性格の人間には任務を遂行できないからだ）。自分自身に対してはどうか。一人のときはどう行動するか。自分をどう鼓舞するか。どれほど頭がいいか。どれくらい臆病か。あきらめるまでの時間。泣き出すまでの時間。虐待や拘束にどう対応するか。

私たちは、選考と評価というまな板に載せられた米軍兵だった。身体能力と精神力の両面で、最も重要な任務を遂行するための訓練に値する人材かを見られていたのだ。

しかし、適性を見込まれて選ばれたにもかかわらず、セレクションや訓練でも、その後においいても、すべては「白黒つけられない」と強調されるばかりだった。それでも参加を続けたのは、大きな使命のためだったのだろうか？　それとも、バーで目当ての女性（または男性）の気を惹くためだろうか。バーの客から見た私たちは、歩兵か、諜報機関の人間か、出張中のお偉方だったはずだ。

私の入隊時にＳＮＳはなかったが、登場してからも私たちが使うことはなかった。いっさい使わなかった。ザ・ユニットにいるあいだは、グーグルサーチで私たちを見つけるのは不可能だ。誰かがザ・ユニットに所属していることを自慢して、自分のフェイスブックにあげているとしたら、その人物は嘘をついている。

評価がはっきりしないということは、生き残るチャンスがあるということでもある。ターゲットになりたいなら、乗り込んだその場で自分が兵士だとアピールすればいい。自分は誰よりも強く、誰よりも早く、誰よりも頭が切れるのだ、と。

すると、いの一番に狙われるのは誰になるだろうか？

何人かは姿を消した。幹部に追い払われ、二度と姿を見ることはなかった。私のセレクションのときは、途中で半分以上が脱落した。訓練でさらに半分がいなくなった。このあたりの事情はグループごとに異なる。

ある男はＧＰＳが操作できずに脱落した。

「こんなものに用はない！」と彼は叫び、機器を地面に叩きつけて粉々にした。レンジャーだった——彼の色褪せた制服に残るワッペンの跡で、私にはそうとわかった。

おそらく、彼は精神的に少しまいっていたのだろう。実際、日々のプレッシャーは相当なものだった。だがこの頑健な兵士がたかがGPSのせいで脱落するなら、現実世界のあれこれに立ち向かうことはできないだろう。

これがセレクションの狙いだった。タフガイは平静を保てるのか。寡黙な男に仲間を率いることができるのか。それを試しているのだ。

同期には海兵隊員もいた。体の大きい立派な男で、誇り高かった。彼が海兵隊員であることをどれだけ誇りに思っているか、それを知らない者はいなかった。

しかし、彼も心が折れてしまった。

白黒がはっきりしないことに耐えられない者もいるのだ。

しかし、彼は立ち直って立派に兵役を務め、その後のキャリアで最も優れた兵士のひとりとして活躍した。

二〇〇二年に訓練を受けていたころのことだ。ワシントンDCにいた私は、陸軍の友人たちとウォルターリード陸軍病院に入院した仲間を見舞うところだった。そのとき、ワシントンDC連続狙撃犯による無差別殺人が始まった。ガソリンスタンドと通りをはさんだ向かい側に立っていると、銃声が聞こえた。男性が撃たれていた。仲間と三人で通りを渡り、彼を助けようとしたがすでに手遅れの状態だった。私たちが走り出したときには、もう亡くなっていたのかもしれない。

そのことで私たちは表彰されたが、私は内心「どうか騒ぎ立てないでくれ」と思っていた。ただ影のような存在でいたかった。宣伝したり、私たちの名前を出したりしないよう頼んだ。

私が教官を務めたときは、仲のよい友人の一人が精神面の審査を担当した。彼は、誰が合格するかを正確に予想することができた。「ボブは無理だね。脱落する」といったように。政府が訓練に時間を費やす前に、幹部はそういう人間を排除しようとしていた。工作員一人の養成にかかる費用は一〇〇万ドルを超えると言われていた（確認したことはないが、妥当な線に思える）。ザ・ユニットの予算は機密情報だが、限られた国会議員には知らされている。

そのころに一度、最初に脱落するのが誰かを賭けたことがある。ボードを持ってきて仲間うちで予想し合った。

その期のメンバーには大男がいた。レンジャーの資格をもち、がっちりとした体つきをしていた。友人は彼を最初の脱落者としてボードに貼った。

「まさか」と私は声を上げた。

候補生たちは最初の行軍に出かけた。言うまでもなくそれは長い道のりだった。腹立たしいほど長い。ルートに沿って、さまざまなポイントで幹部が待っている。候補生がそこでなんらかの報告をすると、次の指示が与えられる。

レンジャーの大男が私のほうにやってくるのが見えた。

かなり苦労していた。

レンジャーの資格保有者でも苦労するのだ。

首を垂れ、脚を引きずっていた。

この最初の段階で脱落するものはいない。先はまだ長い。

しかし、彼の目を見ればわかる。

限界に近づいている。

〝やめるなよ〟と私は思った。〝絶対にやめるんじゃないぞ〟

私のところにやってくると、リュックサックを下ろして彼は言った。

「もうこりごりだ」

私は彼をコースから外し、誰の目にも触れないようにした。

本音を偽る者は多い。「苦痛にあえぎ、もがき、苦悶《くもん》の表情を浮かべた自分を誰かに見せるわけにはいかない」などと言ってみたりする。私もそういう人間の一人だったかもしれない。脱落したレンジャーは、そんなことは気にもしなかった。

心理学者に無線で連絡した。

「ジェイか。おまえの勝ちだ。あいつは降りたよ」

あと三時間ですべてが終わるというところで脱落した者たちも見てきた。あと一歩のところまで来ていたことなど、彼らには知る由もない。

だが人はときに、自分でものごとを難しくしてしまう。余計なことをしすぎるのだ。セレクションの担当教官を務めたときに、おそらく候補生には意味がわからない指示を出したことがある――腰を下ろすときはこういうふうに座り、装備はこの位置に置くように。彼らには、細かなことに常に注意を払ってほしかった。しかし、なかには口を酸っぱくして言わなくてはならない者もいた。疲れていたのだろうか？　腰を下ろせるのがうれしくて忘れてしまうのだろうか？

そういう細かい部分を見れば、彼らがものごとに取り組む姿勢がよくわかる。靴の磨き方からは、空挺学校で靴紐をしまうように言われたときにどういう行動をとるかがわかる。候補生には理解できなくても、私たちの指示には意味があった。彼らにはただ信じてもらわなければならなかった。

また、近道をするのがどうしようもなく好きな者もいる。候補生の一挙手一投足はほぼすべて観察されているが（これは審査のためでもあり、彼らの安全のためでもある）、どうしても自制できない人間がいるのだ。このプログラムに参加するために懸命に努力を重ねてきたというのに、簡単に切り抜けられる道を目の前にぶら下げられると、そっちを選んでしまう。彼らは楽なほうを選びながら、自分にこう言い訳しているかもしれない。「おれは与えられたチャンスをつかんだから、こいつは見込みがあると思われるんじゃないか？」

答えはノーだ。

信頼のおけない怠け者で、指示に従えない人間だと思われるだけだ。

候補生はどこに行くにも徒歩で行くことになっていた。教官はそう指示を出す。しかし、バスが来ると飛び乗ってしまう者もいた。〝なるほど〟と私たちは思う。〝誠実さのかけらもないやつだ〟。実際の任務では、それが誰かの命にかかわるかもしれないのだ。

そういう人間はここにはいらない。一人か二人はこうした落とし穴に落ちていったが、それは珍しいことだった。セレクションが始まる前に、すでに候補生は心理面の審査を受けていたからだ。その意味で、彼らは選ばれた人間なのだ。きちんとした心得があった。一方で教官は全員が工作員であり、任務をともにしたいのはどんな人間なのかを知り尽くしていた。絶対にお断りという人間についても同様だ。

強靱《きょうじん》で、有能で、特殊部隊のワッペンをつけていたキャリアの長い候補生でさえ、失格を告げられると泣き出すことがあった。彼らは懸命に努力したが、ザ・ユニットにふさわしい人物ではなかったということだ。

セレクションの日々は並大抵ではなかった。誰にとっても簡単なものではない。全員が例外なく、身体的にも精神的にも限界まで追い込まれる。

プログラムのなかで、非常に重い荷物を持って歩かされることが何度かあった。しかも、その荷物が扱いやすかったためしはなく、持ち手がついていないこともあった。ダンベルというよりも、むしろボウリングの球を運ぶようなものと言えばいいだろうか。とにかく、これ以上ないほどやっかいな荷物が用意されていた。

体格や性別に関係なく、全員が同じ課題に取り組むことになっていた。私は陸軍でいちばん小柄な男だったと確信しているが、ほかの候補者と同じ重さの荷物を運んだ。飛行機から降下するときは、最も重いリュックを渡された。私が最も体重が軽かったからだ。そして降下したあとは、無線と予備のバッテリーの入ったリュックを背負い、二〇キロの道のりを歩く。

私の歩幅は、背の高い候補者の半分しかなかったので、ついていくのに小走りになった。

背が低いのはあまり有利とは言えなかった。

障害物のあるコースがいくつか用意されていたが、それも普通の障害物ではない。巨人用かと思うような梯子《はしご》があったり、井戸を這い上がって脱出するはめになったり、頭のうしろに両手を回した格好をさせられる場面もあるだろう。もちろん雲梯《うんてい》もあったが、そこに来るころには、もう筋肉は限界を超えていた。

自分にひどい恐怖症がある場合は、それもセレクションで明らかになった。高いところから飛んだり、水に潜ったり、森の中で一人きりで寝たりするからだ。

「熊に遭遇したら、闘おうとするんじゃないぞ」と言われて森の中に送り出された。来る日も来る日も（そして夜も）、地形や地図を頼りに歩く。

ウエストヴァージニア州の名もない場所の真ん中で、GPSもないまま目標地点を目指して歩く。これをさんざんやった。地図を持たされ、目的地を告げられる。それからどこかに場所を見つけて野営する。田舎育ちなら、こんなのはたいしたことではないかもしれない。だが私は、森のような場所とは縁のないところで育ったのだ。

エジプトでは、熊など見たことがないと断言できる。

熊は思ったより早く走る。やつらは人間を追いかけることができる。そしてあたりは暗い。森の中に一人でいると、ありとあらゆる音が聞こえてきて不安になる。熊に遭遇しても闘ってはならないし、走ってもいけないのなら、いったいどうすればいいのか。

「お茶でもどうだい？」と声をかければいいのだろうか。

そうしよう。気持ちのいい場所を見つけて寝袋を広げる。与えられたMREを八分の一袋だけ食べると、そのうちあたりは暗くなる。

いま、何か聞こえたか？

確かに聞こえた。近くを歩く人間の足音だ。たぶんほかの訓練生だろう。進路が交わってはいけないと言われていたのだが。

私が教官をしていたときは、多くの生徒がこの訓練で盛大に道に迷い、足がかりをつかむことさえできなかった。ただし、そのまま失格になるわけではない。彼らに改善点があるというのは確かだが、組織はあくまでも全体を見て判断する。野外ナビの成績が悪くても、言語や計画立案、問題解決では優秀だったかもしれないのだ。生徒は恐怖に駆られて失敗したのか？　パニックになったせいで、隠れ場所を見つけてそこに三日間いたのか？　あきらめてしまったのか？　解決策を思いついたのは、降りやまない雨で靴下が濡れたから？　派手に迷ったものの、真摯に取り組んで前進を続けたのか？

私の頭にもこんな考えがよぎることがあった。〝迷ってしまったのか？　すっかりルートを外れているのだろうか？〟

すると車の音が聞こえてくる。

〝いや、たぶん大丈夫だ〟

この訓練の直前に行われた長距離行軍では、路面に張った氷で滑って足に怪我をして、ステロイド注射を打たれたことがあった。重いリュックを背負うと足の痛みがひどくなったが、痛みを感じないようにする術が身についた。あまりに集中していたから、やめることなど頭になかった。成功することだけに意識を向けていたら、余計な感覚がすべてなくなったのだ。

不思議だが、私のような人間にはよくそういうことが起こる。やり遂げる者は、やめることなど考えないのだ。意図的にそうしているわけではない気がする。固い決意や強い意志が勝るあまり、ほかのことは感じさえしなくなるのだろう。〝もうやめようか？　それともこの訓練をやり終えられるか、もう少し様子を見たほうがいいのか？〟。こんなことを考える人間なら、もうとっくにやめている。

ときには、いかがわしい一角に宿をとることもあった。一泊ではなく、時間決めで部屋を貸すようなホテルがそこにはあった。浴室でシャワーを浴びるのも躊躇するほどだ。隣の部屋にはドラッグの売人が、反対側の部屋には娼婦がいるかもしれなかった。奇妙な音や叫び声を耳にしたし、ある夜は女性がドアをノックしてきた。ドラッグを売ってもらえると思ったのだ。

目覚ましもなく、電話もなく、腕時計もなかった。一日が終わると、その都度違う場所の違うホテルに降ろされて、こう言われる。「五時半に活動開始だ」。どういうわけか、毎朝目が覚めて、時間どおりに準備ができた。それが何時だとしても関係なかった。誰かがやってきて次の指示を出すまで、ただ腰を下ろして待つのだ。

それこそが、教官が私たちに教えたいことだった。体内時計を身につけて使いこなせ、あとはただそれを信じればいい、と。

時間の価値を理解することも求められた——一分でどれほどのことができるのか。午前九時に整列するなら、その時間に全員が魔法のように姿を現した。だから八時五八分にトイレに行く事態が生じれば、実際に用を足す（そして手を洗う）ことができると知った。短時間のあいだに何ができるかを、私たちは理解し始めた。

ある朝、午前一〇時にバーで一人の男に会うように言われた。わかっているのはそれだけだ。その日は朝の六時に行動を開始したので、すでに四時間は歩き回ったことになる。現場には午前九時半ごろに着いて、通りに頃合いの場所を見つけて待った。十分に離れた場所で、誰にも気づかれないようにした。時間には正確であるように言われていたからだ。私はぐったりと疲れ、時間がくるまで通りの角に座っていた。

それからバーに向かった。四ドルしか持ち合わせがないので、コーラを注文した。男がやってきて、隣に座る。話しかけてくる。

何を言っているのかがわからない。なまりがあるのか、なまりがあるように装っているのかさえわからない。そもそもこれが筋書きなのかもわからない。この男の言うことが理解できなくてかまわないのだろうか？　だが男が腹を立てていることはわかった。自分にもなまりがあるから、男がどれほど苛立っているかはわかる。もう一度聞き返す。男はもう一度繰り返すが、やはりわからない。

すると男は席を立って出て行った。自分の飲み代を払いもしなかった。私にはチップを置く金もなく、肩身が狭く感じた。

冷静さを保ち、現実と想像――あるいは妄想――を区別するのは骨が折れた。

太陽の位置を確認し、はるか遠くにある目印を探すことを学んだ。日中は暑く、夜は寒かった。朝になると水筒の水が凍っていた。ＭＲＥは一日一袋だ。

辛かった。

さまざまな課題が、あるときは一人ひとりに、またあるときはグループごとに与えられたが、必ずしもそれに正解があるわけではない。正解があったとしても、見つけるのは簡単ではなかった。たとえばこんな問題が出る。「リビアでヘリが墜落した。五人が瀕死の状態だ。彼らを見つけ、A地点からB地点へ運べ」。道具を渡されることもあるし、墜落現場で見つけたものだけを使うように言われるかもしれない。現場には、ロープ一本と椅子一脚、ベルトが一、二本と木の切り株が一つ見つかるかもしれない。そして、例のお粗末なスープと食パンを食べるというわけだ。

現場では、心理学者が私たちを観察し、評価した。すべてが客観的に行われるので、自分がうまくやっているのか、そうではないのかもわからなかった。最高の解決策を見つけたと思っても、彼らの評価は最低かもしれない。時間がかかりすぎたとか、一人が場を仕切ってほかの人間に意見を言わせていないとかで減点される可能性もある。いかに協力して問題解決にあたるかが見られていたのだが、その評価は、観察される私たちにはまったくわからなかった。

権力を握るために戦う者もいれば、いたって自然体の者もいた。選考側にとって、その場でいちばん声の大きい候補者は好ましい人材ではなかった。まわりを押しのけて指示するような人間は求められていない。階級も、人種も、性別も関係なかった。

そして、私たちはさらに歩かされた。

武闘訓練もたっぷりやった。つかみ合いの闘いだ。訓練だというのに、実戦と同じような強度が求められた。それでいて、パートナーに怪我をさせないよう気をつけなくてはならない。ある日の訓練中に故国から亡命せざるを得なかった元市長が、相手の手首をねじって痛めあげる技を習っていた。練習相手も訓練生だった。

ボキッ、という音があたりに響いた。

彼女の手が折れた音だった。自分の力がどれほど強いかが、彼にはわかっていなかったようだ。

彼の練習相手は何か月もギプスをはめていたが、それでも最後までやり抜いた。

訓練課程では、それぞれの分野の専門家からも教えを受けた。状況に応じた振る舞いや車の運転の仕方、群衆に紛れる方法、尾行のテクニックなどを学ぶ。

ほかにも、なんの意味があるのかわからないようなこともさせられた。まず、この本を読むようにと教官から言われる。その後、内容について尋ねられることもあれば、なんの音沙汰もないこともある。前に見た何かの地図を書けとか、絵を描けとか言われるかもしれない。目的もわからないまま、見つけられないままに、さまざまなことをした。そうしたすべてのことが、未知の状況に対する私の反応の評価につながっていた。

教官が手を緩めることはなかった。危険回避と安全確保を目的とする運転訓練は、教官が項目にチェックを入れ終われば「終了」と言われる類のものではなかった。疲れ果てるまで訓練は続いた。そろそろいいだろうと思ってからが長いのだ。教わったことを無意識にできるようにならなくてはいけなかった。

尋問を受けるテクニックの訓練では、尋問のプロがやってきた。

バシッ！　あのときの音が耳に残っている。

筋書きは毎回異なるが、私たちの場合はこうだった。場所は西海岸、うっとりするような上天気で、きつい訓練を終えた私たちはリラックスしたひとときを過ごしていた。すでに、全員がお互いのことをよく知っていた。言うまでもなく、すばらしい仲間たちだった。

ある夜、全員でホテルに泊まっていたときのことだ。いきなり男の一団が部屋に押し入ってきて、私たちを縛り上げた。

〝落ち着け。いったい何事だ？〟

隣の部屋の老婦人は一部始終を目にして、かなり震えあがっていた。だが、警察の暴力沙汰としてネットにアップされなかっただけ幸いだったのかもしれない。

彼らは真似事ですませたわけではない。私は思い切り平手打ちを食らった。

そのときの仲間の一人を、マイクと呼ぶことにしよう。彼はとびきり頭がいいやつで、そのせいで何もかも過剰にでっちあげる癖があった。ほかの誰よりも頭が切れるため、人と一緒に働くことができないほどだった。だがとても楽しい男で、私は彼が好きだった。ある尋問の場面で、彼と私は同じ部屋に入れられた。スポーツジムや旧式の兵舎にあるような、仕切りのないシャワーブースを想像してみてほしい。実際に、汗臭い靴下と漂白剤と制汗剤の混じった臭いがしたと思う。

私への尋問が始まった。

「知らない」と答える。

バシッ！　途端に平手打ちが飛んできた。

口数は少ないほうがいいと教わっていた。

そしてマイクの番だ。

すると彼は、長々としたつくり話を始めた。

「マイク」と相手がさえぎった。「おまえの話は長すぎる」

だがマイクはやめられない。口を開くたびにビンタをくらう。彼を襲う一撃は、冗談ではすまないほど激しかった。

これは本気のやつだ、と私は思った。

〝頼むから黙ってくれ。とにかくその口をつぐむんだ〟

バシッ！

あまりに強く殴られて気を失いそうになっているのに、マイクはしゃべるのをやめなかった。それは彼なりの処世術だったのだろう。恐ろしく頭のいい彼は、それでうまく生きてきたのだ。今回の相手は、親切にもマイクに忠告してやろうとしたが、マイクは自分を抑えられなかった。

何かの映画で見たことがあるのではないだろうか。悪者が相手に口を割らせようとすると、その相手が気の利いたジョークで返すシーンを。それを聞いた悪者はビンタをお見舞いする。あるいは指の爪を剝がしたり、小指を切り落としたりする。そのシーンを見た人はこう思うだろう。〝ああ……セリフとしてはうまいけど、あれを口にするのはやっぱり馬鹿だよなあ〟

その感想は正しい。

そんなのは馬鹿な振る舞いというものだ。

私は、とある常識がここでも通用することを知った。答えがイエスかノーなら、イエスかノーで答える。頭がいいふりをしない。長話は控える。話せば話すほど説得力のある嘘になると思ってはならない。

例の映画を見たことがある人もいるだろう。だがあんなやり口は通用しない。

相手を殴り返すのもだめだ。まずいことになるのはわかりきっている。

「名前は？」と仲間が尋ねられる。

すると彼は本名を答えた。

次に、尋問官は私のほうにやってきて、＊＊＊＊＊＊＊＊＊＊＊＊＊＊＊。

「あいつの本名はマイクなのか？」と聞いた。

〝勘弁してくれ〟

「なあ」と私は絞り出す。「あんたに殴られすぎたせいで、あいつは自分の名前を忘れちまったんだ。それはおれの問題じゃない。あんたの問題だ」

「やつは自分の名前はマイクだと言っている」

「おれは知ってる。あいつの名前はジョージだ。マイクじゃない。マイクなんてやつは知らない」

すると袋叩きに遭う。食事も与えられていない私の頭は、必死で燃料を探している。しかし、何を話して何を話さないほうがいいのか、相変わらずさっぱりつかめない。さらにバーの男から聞いたことを問われた。

「わからない」と私は答えた。

「二度繰り返しただろう」

「正直なところ、何を言われたのかまったくわからなかった。なまりがひどかったからな」

「あいつの母語は何語だと思った？」

「スペイン語だ」

「じゃあ、スペイン語で話してくれとなぜ言わなかった？」

「おれはスペイン語はできない」

「おまえはメキシコのくそ野郎じゃないのか」

「おれはエジプトのくそ野郎だ」

ドスッ！

ところが、私たちにはずる賢さも求められた。手持ちのカードを最大限に活用するという意味だ。

ときには、手持ちにないカードを使うことさえもあった。ジェイコブの場合だ。

バシッ！　尋問官がジェイコブの頭を殴った。

その衝撃で彼の義眼が目から飛び出した。

「くそったれ！」尋問官が声を上げた。

「ああ、なんてこった！」私は叫び声を上げた。「なんてことをしてくれたんだ？」

正真正銘、オスカーものの演技だった。私は目を見開いて言った。

「あいつは目が見えなくなったぞ！」

それこそまさに訓練で学んだことだった。尋問者たちは真っ青になり、完全にパニックを起こした。すばらしい見ものだ。私は必死に笑いをこらえていた。

なんとか私たちは二人とも訓練を終えた。

訓練は私たちに注意喚起を求めるものだった。これから巻き込まれるであろう状況を、身をもって知らせようという意図があった。任務は遊びではない。正しい選択をすることが、自分自身と同僚だけでなく、国家の安全保障にも影響を及ぼすのだ。

場合によっては、下した決断が大きな個人的犠牲をともなうこともありえる。

一兵士として、私もまた犠牲を覚悟する必要があった。だがたいていは、悪いやつらが私を殺せば、筋骨隆々の一団が追いかけてくる。一人の兵士も取り残されることはない。

訓練が終わると、透明人間のように相手にされなくなることがあった。私は一人だった。もし任務が失敗したら、自分一人でなんとかしろと何度も言われた。

アデン・アイロ。

大当たり《ジャックポット》を引き当てる。

尋問の訓練で学んだ教訓は、重要なものだった。

そしてダニエル・パールの事件で事態は一変した。パールは、『ウォール・ストリート・

ジャーナル』紙に記事を送っていた二〇〇二年二月に、だまされてパキスタンへ取材に行き、そこで拉致された。私が訓練を受けていたころのことだ。彼はアルカイダのテロリストに首をはねられ、その様子を収めたビデオが公開された。この事件は、私たち全員に警鐘を鳴らした。これを契機に訓練の手法も変わることとなった。

ある車の窃盗犯は、後部座席で手錠を外す方法や、トランクのロックを内側から開ける方法を教えてくれた。しかし、教官はこうも教えてくれた。誰かに車のトランクに入れられてしまえば、万事休すだと。トランクを開けるころには、もうまずい場所に運ばれているからだ。

危機から逃れる。そこからすぐに脱出する。銃を取り出すのは相手を脅すためではなく、殺すためだ。怪我を負わせ、これ以上追ってこられないようにするなどと悠長なことは言っていられない。足を狙えば外すかもしれない。撃つときは殺すときだ。誰かを殺したくなければ、その状況から抜け出せる最善の策は何か。それは、そもそもそんな状況に陥らないことなのだ。

とにかく、どうにかして切り抜けるしかない。

そうしなければ首をはねられる。イスラム教徒の米軍兵士なら、なおさらそうなる可能性が高い。やつらはきっと、そういう行為を楽しみさえするだろう。

私たちは、イラクでそのような状況に陥った何人かを救出したことがある。そこには民間人も含まれていた。彼らは幸運だったし、二四時間以内に彼らを救い出せた私たちも幸運だった。

ダニエル・パール。彼のことを思うと、胸が張り裂けるようだった。

尋問訓練では、「ボスの特命大使」が現れたら質問に答えてもよいことを学んだ。

口を割らず、とにかく回答を拒み、拒み続ける。すると、やがて「ボスの特命大使」が連れてこられる。

「よし、この数日でおまえが覚えていることを話してもらおう」と彼が言う。「おまえの記憶力を試させてもらうからな」

ペンと紙を手にして腰を下ろし、すべてを書き出した。記憶力はかなりいいほうだ。細かい内容まで何ひとつ漏らさなかった。誰を見たか。朝食に何を食べたか。どこを歩いたか。任務をどうやり遂げたか。

一時間半ほど経ったところで、ストップがかかった。

二年後にそのときの尋問官に再会した。すでにザ・ユニットに配属されてからのことだ。

「あのなまりのある男の話は、誰も聞き取れないんだ」と彼は言った。「やつの英語がうまくないことは私たちも織り込みずみだ」

あの尋問官、ひげの大男は誰だったのか？　彼は僧侶だった。最高に優しい男だった。殴らないでくれと私が言ったときは、吹き出すのをこらえるのに必死だったようだ。

彼の体格の大きさは、それだけで立派な尋問官に見えた。できるかぎりリアルな状況がつくられるのが常なのだ。

訓練に訓練を重ねる日々だった。私たちがすべてをものにするまでは、合格が与えられることはなかった。

その間ずっと、私たちは歩かされっぱなしだった。私は足の裏の皮がすべて剝けていた。ブラックホークからロープで降下するときに斜めの体勢で勢いよく着地し、足首をひどくひねったこともある。路面の氷で滑ったときの怪我で、膝はまだ痛んだ。医者には半年は走るなと言われたものだ。すっかり疲れ切っていた。体重を維持するだけの食事もとれなくなり、限界が来ていることを感じていた。

死ぬほど喉が渇いていた。

〝やめたほうがいいんじゃないか?〟

もはや動くこともできなかった。脚を上げることさえままならない。

一人の教官が私のそばに車をつけた。

〝ちくしょう〟

これで終わりだと思った。失格を告げにきたのだと。私は車に乗り込んだ。

ところが教官は何も言わない。

〝どこかに連れて行ってまだ歩かせるつもりか。もう歩けないと言ってしまおうか?〟

教官は袋を渡して言った。

「食べろ。帰るぞ」

それは、これまでに食べたなかでいちばんおいしいハンバーガーだった。

15 北風と太陽

『スパイ大作戦』さながらの大胆不敵かつ過酷な特殊部隊訓練を終え、いよいよ世界に飛び立つときが来ていた。オークリーのサングラスをかけ、腕まくりをして、「ＵＳＡ」のロゴ入りキャップをかぶる。

典型的な尋問官スタイルだ。

すでに書いたように、私は尋問官になりたいと希望を出したことがある。軍が一〇〇万ドルもの大金をつぎ込んで、私を真新しい戦闘マシンに仕立て上げるよりはるかに前の話だ。

政府はまさに血眼で、アラビア語や、アフガニスタンで使われるパシュトー語にダリー語、そしてペルシャ語の使い手を探していた。

ザ・ユニットに到着すると、私はすぐさま海外派遣命令を受けた。最初の任地はある湾岸の国だった。テロリストになるために国境を越える者たちの移動経路を探るのが目的だった。

二〇〇三年三月に始まったアメリカのイラク侵攻以前の話だ。

実は、ここでの最初の動きはすぐに終わりを迎えた。当初の想定では、着いたらひと息入れ、時差ボケがあれば解消して、荷物をほどくはずだった。

ところが現実は違った。イラクに着いた最初の夜、二トン半トラックの荷台に荷物を積んで、その上に腰を下ろした班長のロビーと私は、荷物とともに宮殿の前で降ろされた。すぐにそこを出ることになるとは思いもせず、私たちは部屋に入って荷物を置いた。そこに上級曹長が入ってきた。

「おい、ここを出るぞ。おまえたちの力を貸してくれ」

装備の準備もできていない状態だ。

「わかりました」とロビーが答えた。「なんとかしましょう」。これは彼の人生を象徴するような言葉だった。肩の力の抜けた、禅の境地とでもいうべき態度。彼は仲間たちから「スノーモンキー」と呼ばれていた。巨大なひげをたくわえ、好んでしゃがみこむ姿が、仏教徒のオランウータンを思わせたからだ。ヘルメットと暗視スコープ、無線、私の体重の三分の一もある防弾チョッキに、もろもろの荷物。これらを私が身に着けるのを、彼は手伝ってくれた。私はふたたび、どこをどう見ても新入りにしか見えなかった。ロビーと二人で外に出て、私は年配の男のいる車に乗り込んだ。その男には、老いぼれの上級曹長に対するような調子で口をきいていた。まさにそのとおりの見た目だったからだ。煙草をふかしながら冗談を飛ばすこの男が、几帳面《きちょうめん》に整えられた装備をつけているのを訝《いぶか》しく思ったりした。

突入のあいだにひと息ついたときのことだ。

「おい」とロビーが声をかけてきた。「あのお年寄りには、もう少し敬意をもって接したほうがいい」

「わかってるよ」と私は答える。「さっきのはただの雑談だ」

「ああ、でも向こうは将軍だぞ」

「なんて言った?」私は思わず聞き返した。「あの人が将軍だなんて……わかるわけないじゃないか」

相手はマクリスタルだった。

私たちは、計六回の突入を経て悪党どもを連行し、ミッションを終えた。そのあとは部隊に戻り、活動の総括をする必要があった。マクリスタルが防弾チョッキを脱ぐと、制服の襟に星が一、二個のぞいていた。すばらしい——この人がスタンリー・マクリスタルか。二〇〇三年末には、特殊作戦部隊のタスクフォース司令官を務めることになる人物だ。彼はみんなから慕われていた。理由は、彼が自分の考えをはっきり述べるからだ。相手が自分の部隊であれ、上官であれ、メディアであれ、大統領であっても例外ではなかった。砂漠の嵐作戦のときにはペルシャ湾に派遣され、厳しい実戦訓練も余すところなく経験していた。私は彼を尊敬していたが、私の尊敬の念ではまったく足りないほど偉大な人物だった。一方で、先ほどの場面では冗談を楽しんでいたようだ。マクリスタルが前に出て、話を始めた。

〝まさか、こんなとんでもない人の隣にいたなんて〟と私は思った。〝年老いた軍曹を相手にするような口をきいてしまった〟

だが、そういうところもいかにもマクリスタルらしい。タスクフォース司令官であろうと、彼は私たちと行動をともにしてくれた。だから、部下はどこまでも彼についていったのだ。

私たちは（マクリスタルを除いて）、宮殿の中の美しく眺めのいい場所で生活をともにしていた。そこは、「グリーン・ゾーン」と呼ばれるバグダッド中心部の米軍管理地域にあった。「シービーズ」（米海軍の建設部隊で、どんなものでも作る）がやってきて、二段ベッドを作ってくれた。ひと部屋で五人が生活した。壮麗なモザイクや金色の柱に囲まれ、スイミングプールさえある――そして、兵士はひたすら退屈だった。軍の上層部は、私たちのことを、何もないところから何かを生み出すマジシャンとでも思っていたようだ。だが、そんなミッションのための装備など、誰も持ち合わせてはいなかった。

とはいえ、私たちが何よりも訓練を積んできたのは、ほかでもない適応力だ。そして、必要なのは尋問官だった。

同時多発テロが起きたのは二〇〇一年のことだ。だから、普通に考えればアラビア語のできる人間が可能なかぎり多く軍に雇われたと思うはずだ。だが、そうはならなかった。軍はまるで変わった様子がない。9・11のテロから二年が経っても、テロ以前に私がFBIでアルカイダのマニュアルを翻訳した当時と比べて、翻訳者に関してはなんの変化もなかった。

二〇〇二年の陸軍の報告によれば、軍が必要とするアラビア語の専門家八四人のうち、四二人しか雇用できなかった。カンザス州フォート・レヴンワースにある陸軍の情報収集分析センターは、「有能な通訳者が戦域にいなかったことが作戦を遅滞させた」と分析している。

ところが軍は、こうした能力をもつ人間をしっかり引き止めておくどころか、議会の命により彼らを排除する方向に動いていた。

実際、一九九四年から二〇〇三年にかけて、軍はアラビア語、ペルシャ語、韓国語といった重要外国語が使える兵士三二二人を、同性愛者であることを理由に解雇している。この時期はまさに、事態が激化し始めたころだった。性的指向について「尋ねるな、話すな」政策の時代だ。

しかし、こうした翻訳者がなんとしてでも必要であること、できるかぎり多くの兵士の配置が求められていることを政府が認識してからも、状況は改善しなかった。能力のある人材。型にはまらない考え方をする人。そういう人は、必要に迫られるからこそ生まれる。二〇〇六年までに、一万一〇〇〇人を超えるゲイとレズビアンの兵士が、例の政策のもとで解雇された。二〇〇五年に解雇されたのは七二六人で、そのうち三〇〇人は重要言語の技能を有していた。五五人がアラビア語話者だったことが、米国会計検査院の資料から明らかになっている。

お見事だ。

つまり、軍は社会実験の場ではないという主張だろうか？

だが、彼らの代わりを見つけるには何百万ドルもかかる。それに多大な時間もだ。

軍の話というだけにはとどまらなかった。メリーランド大学の研究によれば、ＦＢＩ、ＣＩＡ、ほかの政府機関の多くが、アラビア語専門家の「深刻な不足」に直面しているという。それはまさに、ＦＢＩ本部で私が目にしたことだった。

私の所属部隊でも、予想どおりというべきか、アラビア語の尋問官がまったく足りていなかった。そこでフランキーという男が派遣されてきたが、彼はカリフォルニア州兵出身で、中国語が堪能ときていた。

まったく……ありがたい話だ。

いずれにせよ、私のアラビア語能力が必要になった。

仕事場は、空港施設の中にある小部屋が並ぶ古い刑務所のような一角だった。まずまずの環境で、収容者の待遇は悪くはないものの、王族のように扱われもしなかった。最初は尋問に立ち会い、どんな情報を入手しているかを観察した。民間人の通訳、つまりはアラビア語のネイティヴスピーカーも、ミシガン州ディアボーンや、アメリカのほかの地域から集められていた。しかし見たところ、尋問を専門とする者と単に通訳をする者とでは、中身に大きな差があった。

通訳は派遣労働者だった。陸軍は、国防総省の大手契約業者に「通訳が五〇人ほしい」などと言うのだろう。すると会社は、五〇人をすぐに用意して、政府から金を巻き上げようとする。アラビア語で「おはよう」が言えれば合格、というわけだ。しまいには、アラビア語が話せると言うペルシャ語通訳さえ現れる始末だった。たしかに、イランやアフガニスタンにいるなら、それで十分だろう。だが私たちはイラクにいる。ここではペルシャ語はなんの役にも立たない。

軍の兵士が、悪質な通訳をただちに取り押さえるような事態が何度かあった。

彼らは「タープス（terps）」と呼ばれた。「インタープリターズ（interpreters）」の略で、「通訳者未満」の意味も込められていた。好意的に語る言葉ではないが、それが現実だった。いずれにしても、きちんと聞いていれば、彼らが正確に訳していないことに気がつく。でなければ彼らの主観が入っていた。イラクのスンニ派の取り調べにシーア派の通訳を介すと、内容を変えたり省略したりした。民間人通訳が収容者に怒鳴る場面も、一度ならず目にした。それはやってはならないことだ。

私たちが知りたいのは、外国人戦闘員がどうやってイラクに入国したかだった。

そのため、二〇〇三年はイラクに何度も出入りしたし、別の湾岸の国にも赴いた。アルカイダの訓練キャンプのある国だった。政府は何かと頭文字で呼ぶ癖があるが、たとえば「アラビア半島のアルカイダ」はAQAP、「東アフリカのアルカイダ」はAQEA、「モロッコのアルカイダ」はAQMと呼ばれた。ただしAQMの管轄は、モロッコとチュニジア、アルジェリアにまたがっていた。彼らはまるでアルカイダの支店だ。この組織の巨大さを、私たちが初めて認識したときだった。

また、タスクフォース司令官のスタンリー・マクリスタルが、「組織を倒したいなら、組織として動け」と口にし始めたのもこのころだ。

私たちはそういう組織の一員だった。さまざまな肌の色、体格、ジェンダーの仲間とともに、一から組織を作り上げてきた。こちらのルールとは違う戦い方をする相手には、普通の陸軍のやり方ではだめだというのがマクリスタルの考えだった。私たちがそんなルールで動いていないのは明らかだったが、マクリスタルはあらゆる障害を力ずくで取り除いていった。

必要なものを洗い出す作業も、彼は私たちを信頼して任せた。だから二〇〇三年の時点で二等軍曹（基本的には班を率いるレベル）だった私でも、重要任務の遂行のために五〇〇万ドル分の装備が必要だと言えば、役所的な手続きは不要だった。アルカイダを倒すには機敏に動かなければならない。マクリスタルはそのことを知っていた。

私たちはすべてを共有した。これはそれまでになかったことだ。人は往々にして、情報に関しては出し惜しみする——それがゴシップでなければ、だが。しかし、マリにいるアルカイダの男がエジプトからシリアへ、さらにイラクへと発つ用意をしていれば、アフリカにいる仲間が関係者全員に必ず知らせた。

いまもそうであってほしいと思う。だが、どうもそうではなさそうだ。なにしろ、マクリスタルは信じられないことをやってのける人物だったからだ。彼は政府機関同士の垣根も取り払った。だからこそ、統合特殊作戦コマンドを、ほかの多くの政府機関とのタスクフォースにすることができたのだ。そのおかげで、ニューヨーク市警の警官数人がイラクでのタスクフォースに加わったときには、群衆の交通整理訓練という名目がついていた。マクリスタルは、協調性のない人間の味方はしなかった。真の外交力をもった軍人だった。

彼はよく持ち回りで話をさせ、誰もがこぞって参加した。彼は任務について話すだけではなかった。「このところ、このイラクの歴史に関する本を読んでいるんだ」といった話もした。それを聞いて、いったいこの人はいつ本を読む時間があるのだろうと、驚嘆せずにはいられなかった。

彼はまた、それぞれの考えやその理由を話してほしいとも言った。

私たちを率いるだけでなく、教え導いてもいたのだ。

彼はイラクとアフガニスタンに長らく駐留した。いったいどうやって結婚生活を維持したのか、まるで想像もつかない。どうやら奥さんのアニーも、かなり立派な人のようだ。

仕事のコツを覚えると同時に、チームというものについても学べる時間だった。それまでの経験とは内容がすっかり変わったものの、一貫して変わらないこともあった。それは仲間同士の交流を欠かさなかったことだ。仲間意識を育て、ストレスを発散する一つの方法だが、それによって互いを知ることもできた。私はすぐに、自分が温かく迎え入れられたような気がした。とくに、ロビーが私をわきに呼んで働きぶりをほめ、何か自分にできることがあれば知らせてほしいと言ってくれたときのことはよく覚えている。誰もがみな、装備やアドバイスや何かの話を持ってやってきた。直接の付き合いのあった仲間からは、どんな人種差別も受けなかった。彼らはみな自分の能力に自信をもち、世の中に対してあまりにオープンマインドだった。だから、そんなくだらないことには縁がないのだ。

ときには、やや自信過剰と言えることもあったかもしれない。

ロビーは小柄だったので（私より七、八センチ高いだけだった）、彼を知らない連中が何かとちょっかいを出してきた。ある年の感謝祭の前日、中東地域のとある大使館でアメフトを楽しんでいたときのことだ。その場に姿を見せたロビーがドクターマーチンを履いていた。厚底で、身長を少し盛れる靴だ。すると、ある政府機関に所属する体格のいい男が、ロビーの背の低さをからかい始めた。明らかに喧嘩をふっかける態度だった。男はたぶん、身長が一九〇センチ近くはあっただろう。ロビーは一六〇センチあまりだった。

最初はロビーも笑って受け流した。なんとでも言えよ、と。

ところが、そいつはしつこかった。その場にいた誰もが「なんだこいつは」と、眉をひそめるほどに。

だが、その男が大使館のナンバー2だということは周知の事実だった。この集まりには大使館付きの海兵隊員や警備担当もいる。私たちは成り行きに任せることにした。どこにでも嫌なやつはいる。

その男がまたジョークを飛ばした。

すると、いきなりロビーが飛びかかった。男の膝をつかんで空中に高々と持ち上げたかと思うと、振り回して地面に叩き落とした。

相手は腰から地面に落ち、どさっという音が響いた。あたりは静まり返った。

ロビーはレスリングの名手だ。相手を傷つけずに激しいショックを与えるにはどうすればいいかを心得ていた。

翌日は感謝祭だ。二四時間経っても、相手の男はまだ腑に落ちない顔をしていた。ロビーは彼を見ると、何事もなかったように微笑みかけた。

これがわがチームリーダーだ。彼はまた、恐ろしいほど冷静だった。どんなときも「私たちがなんとかしましょう」という態度を崩さない。マクリスタルとともに出動した、あの現地での最初の夜もそうだった。部隊のほかのメンバーも最高にすばらしい連中だった。非常に頭の切れる、クリエイティブで機敏な仲間たち。そこではいつも、自分がいちばん出来が悪いような気分になった。彼らに備わる技術と経験と知識は、とてつもないものだったのだ。

ついに本当の仲間を見つけたと思った。

突入隊がことを運ぶときには、ネットワーク作りというマクリスタルの理念に則り、たいてい私たちの仲間から一人が同行して情報収集や先導役を務めた。

つまり私は、日中は彼らの作戦に同行し、夜になると、拘束した者がいれば取り調べを続けるという日々だった。それは好都合でもあった。拘束者の住まいがどんなところかも、家族の顔を見ることもできたからだ。すでにちょっとした知り合いもできていたが、彼らはそれが私だとはわからない。仲間たちの準備は抜かりなく、私も作戦中はアラビア語を話さなかった。

尋問官としては十分な経験を積んでいなかったので、私は少し違う方向からアプローチすることにした。人間味を出してはどうかと考えたのだ。私自身、尋問官も人の子だと考えていた。私のような見た目の尋問官であれば、そういう面が自然に出てくることもあれば、尋問のやり方に現れることもあるだろう。もちろん、全員を「ハッジ」と呼んだわけではない（ハッジとは、メッカ巡礼をすませた男性の敬称で、私もメッカ巡礼をすませている）。それにアフメド呼ばわりもしなかった（相手の名前が本当にアフメドであれば別だが）。どんなことをすればうまくいき、どんなことをすれば絶対にうまくいかないのか。そういった文化的特性については、私のほうが確実によく理解していた。

ビル・クリントンがルワンダについて話をしたことがある。そのときの言葉が、おそらく最もわかりやすいだろう。相手を非人間的な存在に貶めれば、手をかけるのに抵抗がなくなる、というものだ。各国の陸軍は、何世代にもわたってこのとおりにしてきた。わが国でもそうだし、かの国でもそうだ。そのおかげで、復興はいっそう困難になった。ジョージ・W・ブッシュはよく、イラクを第二次世界大戦後のドイツになぞらえていた。まるで、ドイツがずっとアメリカの敵だったかのような調子だった。しかし、アメリカは戦後のドイツ再建を支援したし、その後はお互い平穏に暮らしてきたのだ。

ただしドイツは、わが同盟国と何世紀にもわたる宿敵だったわけではない。ドイツ人の見た目は、同盟国の人々の見た目と変わらない。彼らの大多数はキリスト教徒であり、それは同盟国も同じだ。

ドイツ人のほうでも、十字軍のよみがえりを見るような目で同盟国を見たりはしなかった。また、部族間の覇権をめぐる争いも経験していない。

第二次世界大戦後のアメリカを振り返ってみてもいいだろう。日系アメリカ人はどんな目にあっただろうか。あるいは、9・11後のアラブ系アメリカ人はどうだっただろうか。アメリカの若者に対して、特定の集団を非人間的に扱うように教育すれば、「平和維持」活動の様相はがらりと変わるはずだ。その教育によって、集団への憎悪を生涯にわたって持ち続けるかもしれない。クリントンはイラクでその話をした。米軍には、人を犬よりもひどく扱う部隊がある、と。いまでも、兵士や退役軍人のなかには「中東を核兵器で壊滅してやれ」と口にする連中がいるのが現実だ。

私たちがイラクで平和維持活動を始めてから長い時間が経っても、有益な情報は得られず、安定的なパートナーシップや強い信頼関係を築くこともできなかった。その理由を探すのは難しくない。アメリカから人を派遣し、学校の壁を塗ったり、発電機を設置したり、医療従事者の教育を援助したりはしてきたが、イラクの人々に私たちが味方だと思わせるには、それでも十分ではないからだ。『ロボコップ』のような装備の私たちも、「男性用ワンピース」を着た彼らも、これまで互いを人間として認めてこなかった。そのギャップをどう埋めたらいいのか。

私たちは、自前の拘置所を＊＊＊＊＊＊＊＊に置いていた。そこでは、二一日間の拘束を行うことが許された。その後は釈放するか、陸軍に移送することになる。拘置所を管轄していたのは陸軍の正規部隊だった。彼らをイラクに派遣した当初の目的は、軍が発見した大量破壊兵器をすべて処分することだった。だからその部隊はＮＢＣ（核兵器、生物兵器、化学兵器）を専門にしていた。だが、結果は誰もがよく知るとおりだ。大量破壊兵器など出てこなかった。部隊はほかにすることがなく、憲兵としての訓練もしていないのに、囚人警護にあたることになった。ともに活動した彼らがひどい仕事をしたと言うつもりはない。ただ、その仕事をする訓練を受けていなかったのは確かだ。こうしろと言われれば、彼らは基本的に誰の言うことでも聞いた。

尋問官のほうも、あまり仕事が進んではいなかった。私も通訳として尋問に同席することがあったが、こんな質問を投げていた。「シリアのどのモスクにいたんだ？　おまえが洗脳を受け、イラクで戦えと言われたのはどこだ？」

「その質問は間抜けだよ」と私は尋問官に言った。「おまえのために、いまのは通訳しないでおく」

「何が間抜けなんだ？」

「シリアのモスクならどこでもやってるからだ。特定のモスクってわけじゃない」

それでも、彼は私に通訳させた。相手は答えた。「どのモスクもやってるよ」

「おれに質問させてくれ」私は思わず声を上げた。

それを機に、私はさらに多くの取り調べを担当することになり、より多くの情報が得られるようになった。尋問官は私の取り調べに同席して報告書を書いた。

その担当者が抜けていたというわけではない。彼はただ、文化的な背景を知らなかっただけだ。だから、自分の質問がいい情報を引き出せない理由を理解できずにいたのだ。

私には、多少なりとも拘束者との信頼関係が生まれていた。彼らと床に座り、食べ物を渡し、それからただ雑談をした。彼らのなかには、自分がどこにいるのかさえ知らない者もいた――北部のモスルで捕らえられ、バグダッドに移送された連中だ。移送の機内では、みな頭に袋を被せられた。そこに私が現れて、エジプトのアラビア語で話し始める。

だから、彼らはそこがエジプトだと思っていた。

尋問では、もちろん伝統的なテクニックを使った。親切な警官と怖い警官の組み合わせだ。親切な警官が少しばかり優しくする。それから怖い警官が少しばかり締め上げる。

相手が協力すれば、情報や協力行為と引き換えに待遇をよくした。

しかしそれは拷問ではなかった。殴ることは認められていなかったし、そんな場面を私が目にしたことはない。

私たちは、訓練でまさに同じ状況に置かれた。居心地は悪く、つらい状況だ。訓練中のあれこれは拷問だったのだろうか？　殴打されたあの場面は？　そこから学んだのは、自分が傷つけば傷つくほど、口を割る気をなくすということだ。尋問官に腹を立てれば、何も話したくなくなる。だから、手を出すのは効果的なやり方とは言えない。しかし、時間をかけて辛抱強く事を進めれば、人は話を始めるものだ。取り調べの時間はあらかじめ決まっていることが多く、時間になれば次の拘束者の取り調べに回る。そのことを知ってからというもの、もっぱらやることはただ待つだけだ。アルカイダもおそらくそれを知っていたのではないだろうか。

私には、あまり睡眠を必要としないという強みがあった。取り調べの相手と何時間でも向き合うことができた。食事をともにし、相手が煙草を吸うあいだも付き合った（煙の臭いは苦手だが）。冗談を言って笑わせたりもした。そこに座ること以外に私の用事はないのだと、相手が理解するまでそうした。向こうはやがて、しびれを切らすというわけだ。

私にとってそれは本能の導きのようなものだった。アレクサンドリアで育った子ども時代を思い出し、当時のことに思いをめぐらせた。似たような街で育った相手なら、子どものころの話を聞いてみた。制服はあったか。兄弟と歩いて学校に通ったか。兄弟で同じ部屋に寝ていたか。すると、こうした話から相手の家族が見えてくるし、家庭の経済事情もわかってくる。では、動機はなんだったのか。自慢話のタネがほしかったのか、あるいはそれが聖戦だと信じていたのか。

文化的な観点から言えば、東洋の文化は恥の文化だ。私はそれを利用した。「人を殺すのは悪いことだ」などとは言わなかった。そんな言い方は通用しない。相手からは「知ったことか」と返ってくるだろう。しかし「おまえの母親はどんな気持ちになると思う？」は効果があった。恥ずかしく思わせるのだ。

尋問官の訓練に、こうした要素を考えることが取り入れられているかまではわからない。いずれにしろ、あらゆる場面に応用できるお決まりのプログラムなどありはしない。チェチェンのイスラム教徒を尋問するときに、サウジアラビアのイスラム教徒を尋問するのと同じ手法は使えないのだ。

拘束者の一人に、いつも私についてくる者がいた。モロッコ出身の若者で、おそらく一八歳くらいだった。家族がシリアの学校に行かせていたのだが、夏休みのあいだにイラクで戦闘に参加することを決意したという。誇大宣伝にひっかかった世間知らずの大学生というわけだ。

彼は地球でいちばん運の悪い男に違いない。イラクの農場にやってきて（そこは外国人兵士を受け入れて訓練する場所だった）、二時間ほど経ったところで、私たちが踏み込んで全員を拘束したのだから。彼らは仕掛け爆弾を作り、爆破する方法を教えているところだった。彼らの一番のターゲットは、シーア派のイスラム教徒だった。

かつて、アブ・ムサブ・アル・ザルカウィの手紙が届けられる前に押収したことがある。のちにインターネットで公開されたその手紙は、不信心者の殺害を扇動する内容だった。標的はシーア派だ。これは別に驚くようなことではない。ザルカウィは、二〇〇二年にヨルダンで起きた米外交官ローレンス・フォリーの暗殺にかかわり、しばらく獄中で過ごしていた。ヨルダンに生まれ、金も学もないまま街のごろつきとして成長した彼は、アフガニスタンでビン・ラディンに傾倒した。ビン・ラディンでさえも、この男を過激だと考えたほどだ。アフガニスタンではテロリスト訓練キャンプを運営し、その一方でイラクでも活動した。米兵を狙った自爆攻撃や、単に人を恐怖に陥れる目的での斬首が、ザルカウィのもとで行われた。イラク国内のシーア派とスンニ派による内戦の口火を切ったとまでは断言できないが、彼は少なくとも火に油を注ぐ役割を果たし、二〇〇四年にアルカイダに参加した。

ところが米軍は、この地域でどの層がどの宗派を支持しているかという社会構造を理解していなかった。ネイビーシールズの隊員が、同盟国としてのバーレーンを評価していたのを思い出す。彼はわかっていなかった。バーレーンの立憲君主政体は同盟相手だと言えるかもしれないが、その統治下の多数派であるシーア派の民衆は、アメリカ人にさほど肩入れしていないかもしれないのだ。

参考までに整理してみよう。イラクでは、サダム・フセインはスンニ派で、配下の将軍もスンニ派ぞろいだ。一方で、イラク民衆の大多数はシーア派が占めていた。

ではイランは？　シーア派。

サウジアラビアは？　スンニ派。

エジプトは？　スンニ派。

イスラム世界の大半がスンニ派だが、イラク、バーレーン、イランでは、シーア派が大多数を占めている。スンニ派もシーア派もコーランに書かれていることを信じているが、預言者言行録《ハディース》の異なる部分を問題にする。言行録とは、基本的にはムハンマドの言葉や行動を記した記録であり、人々の行動の規範として用いられるものだ。

二つの宗派では、礼拝のやり方が異なる。また、シーア派は一時婚という婚姻形態を認めるが、スンニ派は認めていない。スンニ派もシーア派も女性はヒジャブ（頭に被るベール）を身につけるが、そのスタイルは異なる。子どもの名づけ方も違うため、スンニ派かシーア派かは名前を聞けば簡単に判別がつく。

スンニ派とシーア派は、そもそも何をもって袂《たもと》を分かつことになったのか？　スンニ派が支持するのは、アブ・バクルだ。その娘が預言者ムハンマドと結婚したことから、ムハンマドが亡くなったときにその地位を継承したと彼らは信じている。

一方でシーア派は、ムハンマドの後継者はアリだと思っている。預言者のいとこだったアリは、ムハンマドのお気に入りの娘ファティマの結婚相手だった。

これらはすべて七世紀の話だ。

イラクでは少数派が多数派を統治し、サダム・フセインのもとで、スンニ派が指導的地位を独占していた。

とにかく、私たちがモロッコの若者から知りたかったのは、外国人兵士がどうやってイラクにやってくるかだった。この若者にとってのきっかけは、夏のキャンプだ。もはや同情を禁じ得ないような話だった。彼は弱々しく内向的な性格で、それまでずっといじめられてきたという。イラクに来たのも、自分が男であることを証明するためだった。問題は、その金がどこからきたかだったが、スペインで皿洗いをしていた彼の兄が費用を工面したことがわかった。父親はすでに亡くなっていた。

私はモロッコ文化にはなじみがあった。彼の家族がよかれと思って彼をシリアに送ったこともわかった。教育のためだ。

「二人の妹は、きみをロールモデルとして見ているぞ」と私は言った。「兄さんが必死に皿洗いで稼いだ金を、ここに来るためにきみが使ったと知ったら、母さんはいったいどう思うだろうな？」

彼が泣き出すまでに一五分もかからなかった。そしていつまでも泣きやまなかった。彼は恥の意識に反応したわけだが、アラビア語で優しく話しかける人間に反応してもいたはずだ。それに、私たちに痛めつけられるのではないかと怯えていた。なにしろ当時は、アブグレイブ刑務所での捕虜虐待事件のあとだったのだ。

若者は洗いざらい白状した。

私たちが地図を見せると、シリアのどの旅行会社が彼を手伝ったのか、どこで勧誘を受け、どうやって国境を越えてキャンプまで来たかを、包み隠さず説明した。

私も彼に話をした。この若者がテロリスト以外の何かになるために、その手助けをするチャンスを失いたくはなかったからだ。彼に人生に望むものは何かと聞いてみた。彼の望みは、ほかの誰もが願うもの――家と妻と犬だった。

このときの突入作戦では、外国人兵士の訓練に使われた農場の経営者も拘束していた。その男は何も口を割らなかった。名前さえ明かさない。その農場は実際に農場として使われていたが、大規模だったため兵士の訓練にも使われていた。警備員も置かれ、安全面の不安はまったくない場所だった。ここで新入りに武器の使い方を教え、テロリストの思考に洗脳するのだ。

かつて大学時代に、学生自治会襲撃を主導したムスリム同胞団の男は嘘をついた――最初に彼を襲ったのは私で、私たちのほうが彼らよりも数が多かったと。なぜ平気で嘘をつけるんだ、と私は彼に詰め寄った。

「これは戦争だからだ」その男は答えた。

いくらでも嘘がつけるのは、ムスリム同胞団があらゆる「非イスラム教の政府」と戦っていて、自分はそのメンバーだと彼が考えていたからだ。その「非イスラム教の政府」の定義とは、「非イスラム過激派の政府」にほかならなかった。

イラクで尋問をしていたときに思い出したのは、そういう人間がなんの罪悪感ももたずに嘘をつくことだった。平然と嘘をつける彼らは、嘘発見器にもかからない。

「おまえたちにできることといえば、せいぜい私を殺すことぐらいだろう」と農場主は言った。「私は死にたい。殉教者として死ぬのだ」。食べ物を運んでも、彼は断食をしていると断った。

数日後に、この男はアブグレイブ刑務所に送られた。そこで重要拘留者として扱われることになる。もう、ここにとどめておく意味はなかった。彼が情報を出したとしても、それは嘘だとわかっていた。

リビア人を捕まえて拘束したこともある。家族に電話をかけさせると、出てきた兄と妻に対して、明日自ら命を絶つと彼は話した。

「必ずできるだけたくさんの連中を道連れにしてちょうだい」妻が答えた。

私たちは唖然《あぜん》とした。夫を亡くそうというときに、妻はまったく悲しんではいない。兄も同じだ。私にとっては、目から鱗《うろこ》が落ちる出来事だった。この男の家族は、男が大義のために命を投げ出すことを喜んでいた。こんな人間を相手にしても無意味だ――もはや手遅れなのだから。

前にも述べたように、こういう連中から拷問で情報を得ようとしても、徒労に終わるだけだ。いや、相手が誰であれ、拷問をすれば同じ結果になるだろう。私がイラクにいたときは、水責めによる自白の強要を目にしたことはないし、誰かがやったと耳にしたこともない。ニュースで見ただけだ（訓練中に水責めを受けたことはないが、氷がたっぷり入ったバスタブに入ったことはある。もし水責めの訓練があるなら、その目的は、水責めがどれほどひどい拷問かを身をもって理解させることだろう。方法を教えるのではなく、やってはならないことだと教えるのだ）。

軍の人間が誰かを拷問している場面も見たことはない。アブグレイブ刑務所の事件が報じられたときは、私たちは心底嫌な気持ちにさせられた。若い兵士たちが囚人を裸にして人間ピラミッドを組ませたり、犬の首輪をつけて裸で歩かせたり、バケツの上に立たせて、そこから落ちたら電気ショックを与えられると思い込ませる、といった虐待を行ったというのだ。

そのニュースは、ザ・ユニットの仲間の一人とテレビで見た。とても性格がよく、ギリシャ正教徒で、人はみな互いに愛し合うべきだと信じていて、しかも驚くほど頭の回転が速かった。

「まったく……大変なことになるな」と私は言った。

「何が？」

「まずいことをやらかしたんだ。アルカイダ勧誘の絶好のネタにされてしまう」

私には明らかなことだったが、仲間たちはそうは思っていなかった。アルカイダの反応はこうだろう。「アメリカのやつらが何をしに来たかを見るがいい。占領者、侵略者、植民地主義者のやることを目に焼きつけろ」

私たちのチームは教育を受け、文化に関するさまざまな知識を身につけていた。それなのに、彼らでさえアブグレイブの事件がもたらす影響を想像できないというなら、米軍兵士の多くは何もわかっていないだろう。高校を卒業してそのまま入隊してくる兵士はあまりにも多い。最寄りのアメフト競技場より遠くに行ったことがないような若者たちだ。そして私たちも、世界で起きていることについて、必ずしも確固たる意見をもっているわけではない。多くのアメリカ人は、自国の歴史については知っていても、中東の歴史となるとそうはいかない。十字軍のことを知っているとしても、それはキリスト教や西洋的な見方によるものであり、そこではイスラム教徒は悪者になっている。

しかしイラク人は——それにアルカイダは——アルジェリアでフランス人がやったことを知っている。一八〇〇年代初めに地元の部族から土地を奪い、移住してきたヨーロッパ人に分け与えた。女性をレイプし、村々で住民全員を虐殺し、墓地を冒瀆《ぼうとく》した。

ケニアでイギリス人がやったことも知っている。一九二〇年に、先住民族から二万二〇〇〇平方キロメートルあまりの肥沃な土地を奪って退役軍人に与え、ケニア人を沼地に追いやり、実質的な強制労働を自分たちのためにさせた。

当然、十字軍についても知っている。ローマカトリック教会の支援を受けた「宗教」戦争。そうした解釈で、はるかに豊かなイスラム帝国を狙う戦争が何世紀にもわたって正当化されてきたことを。

アルカイダからすると、無理に誇張する必要もなかった。アブグレイブは植民地支配の再来を予言するものであり、今回やってくる相手はアメリカだと言えばいいのだ。

文化的な文脈から見て、アブグレイブは私にとって侮辱的なものだった。もちろん、ほとんどのアメリカ人にとっても、文化的にそれが侮辱行為であることはわかっている。友人たちも、このスキャンダルにかかわった兵士を心から嫌悪していた。だがイラクの人々は、彼らをアメリカの代表だと見なしたのだ。それがきっかけとなり、スイッチが切り替わってしまった。

アブグレイブの事件の前は、繁華街に出かけて串焼き肉を食べたりできたし、市場で買い物もできた。だが事件のあとは、そういうことが安全ではなくなってしまった。それなのに、なぜそうなったのかが理解されなかった。

エジプトや東ヨーロッパの独居房や、キューバのグアンタナモ収容所では、捕虜は人目の届かない場所に追いやられ、法的な支援も与えられなかった。彼らに「捕虜」ではなく「敵性戦闘員」という呼称を用いて、私たちはジュネーヴ条約が定めた捕虜の取り扱い義務を回避しようとした。そういうやり口は、サダム・フセインがしたこととどれほどの違いがあるというのだろうか？

反政府活動は激化した。

アブグレイブの外で、桁外れの事態が起きるようになった。

タスクフォースはそういう事態には迅速に対応したが、メンバーの中には対応を間違える者もいたのは確かだ。全員を見ていたわけではないが、この目で見たことに疑問の余地はない。私たちは別に、自分を大きく見せなくてもいい。古典的な手法を使うだけで十分だ。信頼関係を作る。人情をもって接する。相手を人間として見て、必ず自分もそう見られるようにする。彼らが陥った状況がどんなものであれ、目の前の人間が助けの手を差し伸べているのだと理解してもらう。そうしてから話を聞くのだ。

さて、モロッコの若者はどうしただろうか？　彼の望みは、家族のもとに帰ることだけだった。あのとき交わした会話や、人の思いやり、与えられた二度目のチャンスが、彼にとって大きな意味があったことを願っている。どこかでいい父親になり、子どもたちに行ってはいけないモスクを教え、学校でまじめに学ぶよう言い聞かせる——そんな人生を送っていてくれたらと思う。

だが彼の一件は、全体的に見ればささいなことにすぎなかった。

16 運転手はやりたくない

陸軍に入ったおかげで、私が車の運転で生計を立てることはなかった。だが、二度目にイラクに行ったときに、現地で調達した黄色の盗難タクシーを運転した。サダム・フセインの捜索を続けるにあたり、タクシードライバーはカモフラージュとしてうってつけというわけだ。身長一八〇センチの四角いあごをした白人男性には、務まらない役回りだった。たとえひげを生やし、頭巾を被ってみてもごまかしようがない。だが私なら車からこっそり抜け出せるし、カメレオン並みに変装のうまいハワイ出身の兵士がいたから、彼女をその車に乗せて頻繁に出かけた。彼女が変装してみせると、どこの国の人間なのか誰にもわからなかった。

街に向かって車を走らせる。ちょうどエジプトの企業がイラクの電話網を整備していたころで、私はそこの社員だと思われることが多かった。こちらとしては好都合だ。インターネットカフェに行っては、店主たちと親しくなった。当時はその手のカフェが過激派に利用されていて、店主のなかにも過激派がいた。ある店主などは、私に機材を修理させたこともある。よりによって私にさせるとは、あまりいい選択とは言えないだろう。

だが、私にとっても危ない橋には違いなかった。店主がその盗難タクシーを目にして、私がＩＴ技術者のふりをしていることがばれたら、なんらかの釈明が必要になったのは間違いない。当時は、民衆の怒りが街を覆っていた。私たちが自ら招いたことだった。

運転席からは、街のそういう空気が手に取るようにわかるし、通りに出れば実際に耳にした。いいところを見せたいとか、いい顔をしておきたい相手には面と向かって言わないことでも、相手が運転手だと思えば人は気を許すものだ。私がいるところで、人々は日々の出来事をあれこれ話していた。基地の中でコンクリートの壁と鉄条網に囲まれていては、イラクの一般大衆の暮らしぶりはけっしてわからない。

面白いことに、陸軍について誰もがジョークのネタにすることがある。彼らがいかにものを破壊するのがうまいかという話だ。私たちがイラクに来る前に従事した比較的新しい任務は、ボスニアやコソボでの平和維持活動だった。つまり、街の再建や紛争の仲裁を行い、人々の安全と安心に貢献する活動だ。だがイラクでは、どういうわけかそういう努力はすべて放棄された。私たちはただ、すべてを壊しただけだ。政府を壊し、インフラを壊し、法制度を壊した。知識層、つまり弁護士、医師、科学者、音楽家、油田技術者、銀行家、政治家、政府の役人たちは、命の危険を感じて逃亡した。

イラクでの仕事に関しては誇りに思うこともある。しかし、深刻な失敗もあった。国家としての目標が、国民のニーズよりも優先された。アメリカ国内の中東専門家の意見は完全に無視されたが、彼らの予測はことごとく現実になってしまった。その予測とは、「サダム・フセインは悪者だ。だがフセインや、それに代わる強力な統治者がいなければ、この国は部族間や宗教間の争いに陥るだろう」というものだ。まさにそうなってしまった――いや、もっとまずいことになった。フセインを排除しただけでなく、この国の骨組みをすべて取り払ってしまったのだから。たとえそれらが見かけ倒しのものだったとしても。

私たちが戦争初期にインフラを破壊したことで、日常生活が壊れてしまった。街を運転していると、生活を支える基盤となる部分にそれが見て取れた。イラクでは、信号は警官が操作していた。その場に立つ彼らがスイッチを切り替えるのだ。だから警官がいなくなると、交通はカオスと化した。だがその警官も、もはや給料を受け取ってはいない。フセインのもとで働いた男だったからだと言えばそのとおりだが、それは誰もがそうだった。フセインの政党だったバース党員の半数には、それ以外の選択肢がなかったのだから。そしていまや、彼らはブラックリストに載ってしまった。仕事に就くこともできず、かといって彼らに代わる人材もいない。行政の仕事であれ、それを指揮する仕事であれ、そのための研修を受けたことのある人材はほかにいなかった。

パスポートの発行や更新を行っていた職員は姿を消した。それどころか、警備する者がいなくなった建物から機械を盗み、パスポートの偽造を始める者も現れた。五〇ドル払えば、エジプト人からいきなりイラク市民になるのも可能だった。

財産権を管理する職員は、コンピュータとファイルを自宅に持ち帰っていた。たとえば、誰かが隣人の家を気に入ったとしよう。そこでこの人物は、財産権を管理していた元職員に賄賂を贈る。するとお目当ての家が自分のものになる。そんなやり方で、一族が何世代も住み継いだ家が、突然ほかの誰かのものになってしまうのだ。同じ家をめぐって、同時に三、四人が所有権の申し立てを行ったこともある。しかも全員が証書を持っていた。

運転免許証はどうか？　部署はもぬけの殻だった。作成用の機械は、いまごろどこかの裏庭にあるだろう。

昼間のあいだは、そんなカオスな世界に向けて車を走らせた。

そして任務を終えて駐屯地に戻るときは、また車を運転しなくてはならない。実はそれが最大の恐怖だった。街の通りを運転するより、インターネットカフェに行くより、身元を偽ったためにちょっと面倒なことになるよりも、ずっと冷や汗をかかされるのだ。ゲートに立つ兵士というのは、何かあれば銃の引き金を引こうと待ち構えているものなのかもしれない。ゲートに向かって猛スピードで走ってくる地元の黄色いタクシーは、恰好の標的だった。

町に出かけようとするときには、いつもゲートでいったん車を止めたものだ。

「お疲れさん。これから出るところなんだ」と私は声をかけた。「おれは味方だ。戻ってくるときは撃たないでくれよ」

帰り道では、事前に電話もかけた。「やあ、例の黄色い地元の車を運転しているアメリカ人だ。これから戻る。おれを撃つなよ」

そして明るいオレンジ色のパネルを車のダッシュボードの上に置き、遠くからでもよく見えるようにしておいた。

日中は偵察と情報収集を行い、夜はほかの精鋭部隊のメンバーとともに、フセインにかかわりのある人物を探した。親戚や運転手、警備担当者といった面々だ。

ちょうどボスニアにいたときと同様に、私はあまり睡眠をとらなかった。

ある夜のこと、やつの居場所が判明したという。

厳密には、そう判断したのは私たちではなかったが。

サダム・フセイン。

ふたたび。

ＣＩＡの人間が大挙してイラクに乗り込み、捜索に参加していた。そのため、彼らの作戦要員は訓練を終えたばかりの人間だった。彼らに経験などというものはなく、ただ課程を終えただけの状態で、自分たちがこの世で最も頭がいいという思い込みをそこで刷り込まれていた。そんな彼らをイラク人はもてあそんだ。

ＣＩＡには女性の通訳がいたが、彼女は私もアラビア語を話せるとは知らなかった。取り調べで彼女が通訳をすると、すべてを少しずつアレンジして、自分に都合のいいように変えてしまう。私たちのチームは四人で、私も三人の仲間もタスクフォースに集められた人員だったが、フセインを追う大きな集団の一部として動いていた。彼女が通訳をすると、本当はどういう意味なのかと仲間が私に尋ねてきた。やがてそのことを知った彼女は、私に悪態を浴びせてきた。

軍閥がＣＩＡの人間を手玉に取るのも目にした。たとえば、アフリカかアフガニスタンかパキスタンあたりの小学校までしか教育を受けていない男が、ＣＩＡの男を一年もだましていたことがある。その間ずっと、ＣＩＡの男のほうは〝こいつはおれの持ち駒だ〟とでも思っていたのだろう。だが、相手の男はしたたかに動いて金を手に入れ、価値のある情報などまったく与えてはいなかった。

結局、私に権限のある役が回ってきた。それは、私がイスラム教徒だからというのもある。つまり、適材適所だったということだ。イラクについて文化的な理解のある者は、その場では私一人だったので、誰もが私の話に耳を傾けてくれた。だが、私は内心こう思っていた。〝ここにそういう人間が一人しかいない状態がそもそもおかしいのではないか？　ハーヴァードに行く以外の選択肢もあるだろうに〟

だが仲間は、今回はフセインを見つけたと自信をもっていた。情報源は一人の男だった。三、四台の車列を組み、私の車には四人が乗り込んだ。所属部隊からは私一人だったが、残りのメンバーもほかの陸軍精鋭部隊の出身だ。フセインが潜伏しているという情報を得て、その町に向かうところだった。

「なあ、あの男が話すことは真っ赤な嘘だ」と私は全員に言った。「あいつはあんまり信用できない」

「でも嘘発見器にはかかってないぜ」

そのとおりだった。

そういうわけで私たちは出発した。

タスクフォースの一人がハンドルを握り、車内は興奮に包まれていた。私の興奮はそれほどでもなかった。情報提供者の話は嘘だとにらんでいたからだ。

後部座席の工作員が言った。「『地獄のハイウェイ』が聞けたらなあ」

すると突然その歌がかかった。車内で歓声が上がった。すごい。なんて偶然だ。

もう一人がこう言った。「おまえ、ついてるな。おれは『狂った夜』が聞きたいよ」。すると、今度はその曲がかかった。

ありえない。どうしてこんなことが？

イラクに従軍した者なら、パトロール中に音楽を聴いてはならないことは当然知っている。だが、ドラウニング・プール［アメリカのメタルバンド］の曲に合わせて、軍用車両のヘルメットが揺れるのを見たことのない者はいなかった。

「じゃあ、次に『ブルズ・オン・パレード』がかかったら、いよいよヤバいぞ」

「さあ来い」

「なんてこった。聞きたい曲が片っ端からかかるじゃないか！」運転手がうめいた。

誰かがｉＰｏｄの先駆けのような機器を持っていて、それで音楽をかけたのは言うまでもない。公平を期すために言えば、当時は二〇〇四年で、ハンドルを握っていた男は頭のいいやつだった。ただ、新しいテクノロジーのことは何も知らなかっただけだ。みんなで彼のことをさんざん笑い飛ばした。長いドライブには、なんらかの楽しみが必要だった。

その夜は町はずれの拠点まで行き、そこで日の出を待った。

仲間は大型の保冷トラックや宣伝トラックに乗っていたが、私たちの車は洒落たＢＭＷだった。そして結局、捜索先からは早々に退散するはめになった。

フセインはいなかった。

爆発物も、罠も、守衛も、どこからも見つからなかった。嘘発見器が保証した情報提供者が言ったこととは、まるで違う結果だ。

そこにいたのは、年老いた農民とその妻と息子、そして小さな子どもたちだ。

それに重要な電子機器も見つけた。アタリ社の家庭用ゲーム機だ。この手の製品は、ひと財産になっただろう。

それが一九八九年なら、だが。

「だから言っただろう」

タスクフォース司令官は、私たちがまんまと引っかかったことにうんざりして、情報提供者を家族のところに連れて行った。そしてこう言った。「この男ですよ。みなさんの家にフセインがいると言ったのは」

ほかの政府機関からもクレームが入った。彼らの情報提供者でもあったその男は、殺害予告を受けているようだ。

やれやれだ。

タスクフォース司令官には親しみを感じていた。彼は率直な人間だったからだ。

だが、私たちはその情報提供者のせいで無実の人々を拘束し、自らの命を危険にさらした。情報源の男は農民の命をも危うくした。やつは報酬の一〇〇〇ドルが欲しかっただけだ。私たちの突入のうち、おそらく六、七〇回は、よからぬ連中のよからぬ情報に基づいて行われたはずだ。初めのころの私たちは、あまりにも世間知らずだった。

隣人の密告はもはや日常茶飯事だ。隣人へのなんらかの不満が原因だが、それは逃亡者をかくまっているとか、武器を隠し持っているとか、反政府活動を企てているとかいったこととは無関係だった。

その老いた農民は、誰かの曾祖父のような風貌だった。バグダッドに一家を連行することになったときは、誰もが怒りを覚えた。失望し、やる気をなくした。

その後、私たちは宿舎に戻った。グリーン・ゾーンにある宮殿の一つで、さらに多くのモザイクと、壁画と、金の装飾だらけの場所だ。部屋はいくつもの仕切りで区切られていて、宮殿というより、まるで仕切り付きデスクが一面に並ぶオフィスビルに見えてくる。ただ正面入口だけは壮観だった。

その夜、私たちが落ち着いたころに、タスクフォース司令官が話をしにやってきた。

「あの老人をどう思う?」司令官が私に尋ねた。

「連行したのは間違いです」私は答えて、農民の立場を説明した。

「評判や誇りというのは、あの農民にとっては信じられないほど重要なものでした。彼に無礼を働けば、その子どもが私たちを狙うことになります。孫もそうするでしょう。つまり私たちは、彼の村全体を敵に回したことになります」

それからもう少し話をして策を練った。いかにして農民を家に帰し、彼の尊厳を回復するかを話し合った。

司令官は実直な人だった。

夜間の出動では、何が待っているかはわからない。吹き飛ばしてやる、撃ってやると待ち構える者がいるのではないかと、私たちも怖かった。踏み込むのは真夜中過ぎで、ジョージ・ブッシュが開戦のスピーチで述べたとおり、それはまさしく「衝撃と畏怖」そのものだった。全員に手錠をかけ、ひざまずかせて取り調べを行うのだ。

男性にも、女性にも。

仲間の一人にこう話したことを覚えている。「あれがおまえの母親だったらと考えてみろ」尋問を受ける女の隣で地面にひざまずき、尋問の様子を見ている男。それは彼女の息子だ。つまり私たちは、たった今その息子をテロリストに変えてしまったのだ。次にその機会が来れば、彼は私たちを撃つだろう。

レンジャー部隊の若者数人と突入をともにしたときは、彼らがきちんとものごとを考えているのかどうかがわからなくなった――自分が就いているこの大きな任務のことを考えていたのだろうか。ある家の婦人が、彼らの一人に銃を盗まれたと訴えてやまなかった。私たちの定めたルールにより、イラクでは財産や家族を守るために銃の所有が許されていた。そこはやはり戦闘地帯だった。

「まあ、落ち着いて」と私は彼女に声をかけた。「仲間は銃を盗んだりしていませんから」そうして数分かけて説得にあたった。

ところがいまいましいことに、一人の間抜けがその銃を盗んでいたことがわかった。フセインがいそうな場所を絞り込むためにさまざまな方法が用いられたが、私たちが欲しいのは正確な場所だ。潜伏しそうな場所を、全員がいろいろなアプローチで考えようとした。もしかすると、私たちは、突拍子もない範囲にまで網を広げているのかもしれない。ふとそう思い、あらためて考えてみた。自分が世界最強の軍隊から逃げるなら、どこに行くだろうか？　いや、違う。正しくは、自分がサダム・フセインだとして、世界最強の軍隊から逃げるとしたら、どこに行くだろうか？

フセインが人をあまり信用しないことはわかっていた。イラク人のなかには、金のためなら無実の人を密告する者がいることも。苦境に追い込まれたフセインが逃げ込むのは、自分を慕う人々のところに違いない。

「やつはチクリットにいる」と私は言った。「あそこはフセインの故郷で、住民はみな熱狂的支持者だ。やつをテーマに詩まで書くほどのな」

それは直感だった。

私たちは二手に分けられた。半分はチクリットへ、半分はモスルへと向かう。スミスというスコットランド系の金髪の男が、私とともにチクリットに向かった。彼はまるでパパラッチのようだった。とにかく、やたらと写真を撮りまくるのだ。

「いつかおれに感謝する日がくるよ」と彼は言った。私を置き去りにできるほど足の速い男だった。

兵士がフセイン一族の尋問を始めた。

「あいつはうちの農場にいるよ」陸軍が拘束していた一人の男が白状した。「穴倉の中だ。場所を教えよう」

つまり情報提供者ではなく、戦略を使った結果、サダムは見つかったのだ。

「二五〇〇万ドルくれるんだろう？」穴倉つきの農場の持ち主が尋ねた。

「いや」と陸軍は返した。「おまえは自分から情報を明かしたわけじゃない。拘束を受けてからだったろう？」

結局、その男が得たものは何もない。

私がイラクを発った一週間後に、フセインが見つかった。

むかつく話だった。

もちろん、サダム・フセインが見つかったことには大いに興奮した。

ただ、そこに自分がいなかったことに腹が立ったのだ。

17 大海に注ぐ川

イラクにもアフガニスタンにも、望んで行ったわけではなかった。どちらの国にも行きはしたが、本当に行きたかったのはアフリカだ。子どものころ、エジプトで私にちょっかいを出してきた連中を追いかけたかった。ドイツ駐留時代に大使館を爆破し、9・11で私の国と宗教を攻撃した者たちを。

栄光を求めていたなら、イラクかアフガニスタン行きを希望しただろう。あそこでは、ドアから入って挨拶でもすれば、ブロンズスター勲章を手にして帰ることができる。私はそういうタイプではなかったし、チームメイトの何人かも私と同じだった。

イラクやアフガニスタンへの派遣を繰り返し、何度となく後始末をしても、モップをかけたはずの床はまた濡れていた。私たちが拭く。するとまた床は濡れる。そして私たちが拭く。

おい、間抜けども。この水はどこから来てるんだ?

アフリカだ。アフリカにある水源をせき止めれば、そこから流れる水を止められる。小さな流れの向かう先は、イラクやアフガニスタンだ。

あるいはニューヨーク。

だが、誰もアフリカには行きたがらなかった。HIVやマラリア、エボラ出血熱の流行を心配するからだ（彼らには銃撃戦の覚悟はあっても、眼球や尻から出血の恐れがあると言われれば、それは無理だと却下する）。

私はもともとアフリカ出身だ。アフリカという場所には思い入れがあった。現地の言葉を話すような、簡単な任務だけを行うのは本意ではない。所属するザ・ユニットの本部にそのことを伝えたときは、やはり特別な思いがあった。故郷の人間が問題を起こしているなら、私がなんとかしたい。私にはそれが可能だ。誰かと腰を下ろして話をするにも、そこがアフリカ東部や西部といった地域となれば、私はただアラビア語を話す工作員ではない。この任務に必要な条件がすべてそろった人間だ。地元の人々は、私を信用して礼拝を先導させてくれたほどだった。

〝一人の無実の人間を殺すことは、人類全体を殺すようなものである〟

文化というものは、簡単なものに見えるかもしれない。インターネットで検索したり、本を読んでみたりすれば理解できるような気がするかもしれない。軍の指導層は、言語訓練で事足りると思っていたようだ。だが、実際はそうはいかない。小話や微妙なニュアンス、文化がもつ特有の概念や、小学校一年生で誰もが覚える詩といったものがある。兵士は、アラブ人に靴底を見せてはならないと教わるかもしれない。それは侮辱だからだ。しかし、そんなことは観光客向けのガイドブックにだって書いてある。そういうのは、文化のほんの一端にすぎないのだ。

たとえば、自分がされたら気分を害するようなことをひとつずつ考えてみてほしい。

北部育ちと南部育ちを比べてみてもいい。ニューヨークの都会育ちは、おそらく湿地では活躍できないだろうし、フロリダのエバーグレーズ湿原で釣りをして育った若者は、ニューヨークのセントラルパークでは輝けないだろう。ビジネススクールでは、学生は正直さや率直さが重要だと学ぶかもしれない。だが彼らも、賄賂が当たり前になっていたり、ないと話にならない国で仕事をする機会があるかもしれない。中東では、ものの値段をはっきり定めたりはしない。値段交渉は当然だ。ただし、アラブ人をひとくくりにすることにも無理がある。二〇の違う国があれば、二〇の違う文化と、二〇の違う言語と、二〇の違う宗教がある。私がシーア派のモスクに行くときは、小さな石を持っていき、自分の前の床に置く。礼拝のときはその石に額をつける。だがスンニ派の流儀はそうではない。そしてシーア派のなかにも複数の宗派があり、スンニ派もまた同様なのだ。

中東やアフリカ北部で育った者は、こうしたことを自然に身につけている。アラブ人のなかには手を使って食事をする者もいるが、都市部でそういう食べ方を目にすることはないだろう。かつてあるアフリカの国に行ったときに、大皿に盛った食事が出てきたことがある。私がスプーンを使うと、手を使って食べられないのかと笑われた。だが、彼らは別に気を悪くしていたわけではない。むしろ、私がアフリカの都会育ちだと見抜き、スプーンを使うことを期待していたのだ。

アフリカでも場所によって握手の作法は異なる。三回手合わせをする握手から、軽く握手して頬にキスするエジプトの挨拶まで、さまざまな形がある。

湾岸諸国では握手はしない。肩と肩を合わせるのが挨拶だ。サウジアラビアでは、鼻と鼻を擦り合わせる。ミネソタ出身のアメフト選手が「男性用ワンピース」に身を包んだ男と鼻を突き合わせて挨拶しようとすれば、それだけで一分はかかりそうなものだ。

ザ・ユニットの仲間はうまくこなしていた。みな鋭い観察眼をもち、飲み込みも早い。しかし私は、自分の血肉となった経験と知識を使いたかった。ザ・ユニットの多様性がなぜ重要なのかを、上層部に見せたかった。

私たちはアフリカでもっとやれるはずだと、私は感じていた。アフリカからイラクやアフガニスタンにやってくる男たちは、すでに洗脳されている。大義のために死ぬ覚悟ができている。一方、サウジアラビア出身の過激派は、死にたいとは思っていなかった。帰国して、仲間に「おれは英雄だぞ。いままでイラクにいたんだからな」と自慢したいだけだ。

「湾岸諸国のムスリムは送ってくるな」。アブ・ムサブ・ザルカウィは、私たちが手に入れたメッセージにそう書いていた。「アフリカ出身のムスリムを送ってほしい。彼らは喜んで死んでいく」。ザルカウィは、現在ISISとして知られる組織の黒幕だった。

その流れを止めなくてはならない。

アフリカで戦った相手は、川の源にある「イデオロギー」だった。その流れの途中で、イデオロギーを広める人間を追跡し、一掃しなくてはならない。

中東やアフリカで独裁を行う指導者たちは、イギリスの植民地主義の考え方を取り入れ、人々をイデオロギーに取り込んでいった。つまり、コントロールできる程度の教育を民衆に施した。

野蛮人をコントロールすることはできない。かといって、独裁者を出し抜けるほどの教育を与えてもだめだ。自分が利用されていることに気づかせない程度にとどめるのだ。

そう、それはアメリカでも行われていた。

たとえて言えば、羊飼いが群れを率いるのに、大きな犬を使うようなものだ。犬にはたっぷりと餌を与え、羊を襲わせないようにする。一方で羊は愚鈍なままにしておけば、たっぷり餌をもらう犬は、喜んで羊をコントロールする。簡潔に言えば、これが多くの国で行われていることだった。たっぷり賄賂を与えられた治安部隊が、垣根を越えるすべを知らない民衆の警備にあたるという構図だ。

アラブの指導者のなかには、いまだにそんな考え方をする者がいる。それはすなわち、その統治下の民衆は、過激派にも簡単になびいてしまうということになる。なにしろ民衆は、考える方法を教わっていないのだから。国によっては、メディアが現政権の宣伝を二四時間流しているところもある。そういうメディアは、人権侵害も、抗議活動も、コロナによる死者の数も報道しない。「サウジアラビアの人々には十分な自由がない」というよりも、「彼らは世の中を俯瞰《ふかん》する視点をもつための教育を受けていない」というのが現実だ。

当の政府は、分析的な考え方や批判的な見方を奨励してはいない。だからこそものごとがおかしなことになるわけだ。一〇〇年の時を経て、突然真逆のことを言い始めるのだ。「これまでの決まりはほんの冗談だ。女性が車の運転をするのは禁忌《ハラム》ではない」といったように。

最近、私はサウジアラビアで会議に出席した。退役後のことだ。会議場まではウーバーのタクシーを使った。

「お客さん、あそこで何をやってるんだ？」とサウジ人のドライバーに尋ねられた。

「ＩＴ関係の会議だよ」と私は答えた。

「なるほど。で、実際は何をやっているんだ？」

「企業が集まって、ＩＴについて話し合うんだ」と私は答えた。「かなり細かい話だよ」

「てっきり、あそこは売春宿かと思ってたよ」

「どうして？」

「裸の女性たちが入っていくのを見たからね」

裸の女性たち？　いや、女性はきちんと服を身につけていた。ただし彼女たちのアバヤ、つまりサウジアラビアの女性が衣服の上に着用する黒衣は、全身を覆ってはいなかった。だから、運転手には彼女たちの顔が見えたのだ。

ドライバーの男は若者だった。ものごとを多面的に見る力がなかったために、アバヤから見える部分があるというだけで、その場所を売春宿だと思ってしまったのだ。

中東の教育は、トイレに左足から入るか、右足から入るかを問題にする（気になる人のために言っておくと、左足から入るのが正解だ）。その話題から、誰が天国に行くかという議論が三時間続くかもしれない。ただし、彼らが月に行くことは絶対にないだろう（アラブ首長国連邦には賛辞を贈らなければならない。教育と先進的な考えを取り入れた結果、彼らは火星に到達したのだから）。

私がアフリカにやってきたとき、アフリカの角《つの》には、すでに四人の男たちが送り込まれていた。この地に最初にやってきた四人だ。全員が白人男性で、工作員が三人と上官だった。三人とも、並外れた頭脳の持ち主だ。なんの事前情報も与えられず、とにかく現地にやってくるところからのスタートだった。最初はまわりを観察し、たいていは技術的かつ実践的な観点から、どういうやり方ならうまくいくのかを探る。そこから考えを積み上げていく。現地でミッションを設けることを三人が提言したところ、上層部はそのチームにある程度の権限を与えて、さらに多くの人員を送り込み始めた。

二〇〇四年の初めに、私は第二陣としてやってきた。二回目のイラク派遣の直後のことだった。

どの過激派グループがどこで訓練を受けているかを突きとめ、そこから彼らを追跡した。外国人兵士は、アフガニスタンよりもイラクに向かうことが多かった。

私たちが知りたいのは、彼らがどこで過激化するかだった。

こうした連中の多くは、まだアルカイダではない。しかし、アルカイダへの参加を希望するからこそ、危険な存在だといえる。アルカイダから認められるために、彼らは自分の過激さをアピールしなくてはならない。過激なギャング団への入団儀礼と同じだ。連中は誘拐を繰り返した。なかでもヨーロッパ出身の看護婦がよく狙われた。

二〇〇四年、私たちはアフリカ東部に焦点を絞った。イラクやアフガニスタンにやってくる外国人兵士が、アフリカ出身であることに気づいたのだ。彼らは、砂漠を抜けてソマリアに送られ、そこから紅海を超える。なかには、アルジェリア、モロッコ、マリといった国からはるばる移動してきて、イラクで戦いに参加する者もいた。彼らはイラクに着くと、祖国にいるよりもいい待遇を受けられることを知る。私たちの相手は地元のならず者ではなかった。絶望した人間を集めるために、道具として使われるイデオロギーこそが敵なのだ。貧困のなかに生まれた人間には、そこから抜け出す出口も、夢を見る権利さえもない。

そんな境遇の彼らを集めるのは簡単だった。

アフガニスタンで戦争が始まってからは、ソマリアはアルカイダ最大の訓練場となっていた。一九五〇年代、六〇年代には、エジプトはソマリアに学校をつくり、アラビア語を教えてアラブ世界の拡大に努めていた。ソマリア人は、エジプト人をイスラム教の専門家だと思っていた。その後、暴力的な内容の大量のカセットテープとともにやってきたのは、誰だったか？　ムスリム同胞団だ。ソマリアには、すでにその準備ができていた。

ミッションの一環として私たちが追跡したのは、ソマリアにやってきて、それを誰にも知られることなく隣国から出ていく人間だった。そのなかにはアメリカの市民権をもつ者もいた。

次いで私たちは、ターゲットリストの作成にとりかかった。このなかで真の黒幕は誰か？　さらに、ケニアとタンザニアの大使館爆破事件を詳しく調べ始めた。

やがて、すべてのターゲットが線でつながった。私たちの活動拠点はアフリカだったが、追跡するにつれて、連中がさまざまな場所に散らばっているのがわかった。あるときは、追跡先が二七か国にわたることもあった。そのため、あらゆる部隊から人員が派遣され、ザ・ユニット以外からもチームに加わった。

数年間で、四人のチームは大きなタスクフォースへと変貌を遂げた。最初の四人が地面を均《なら》したからこそできたことだ。

私は胸を高鳴らせ、覚悟とやる気と決意を胸にアフリカにやってきた。

第一陣の彼らは、いかにもオークリー愛用の工作員らしいやり方で歓迎してくれた。彼らは思い出させてくれたのだ。祈りを唱えるほうが、睡眠よりも大事だということを。

18 どうにかなるさ《ハクナ・マタタ》

私が初めてやってきたときは、先着組の三人が空港まで迎えに来てくれた。住まいや食事、交通手段など、生活の基本的なことをまったく知らない私のために、彼らがすべての手はずを整えていた。現地の通貨で一〇〇ドル分が入った封筒と、現地で契約済みの電話機、銃を私に手渡し、仕上げに街の案内までしてくれた。

「どこに行っても焦げたような臭いがするのは、どうしてだろう?」と私は尋ねた。

「ゴミを燃やしているんだ」と彼らが答える。「慣れることだな」

それからアパートまで連れて行ってくれた。街を見渡せるいい部屋が用意されていた。

「気に入ると思うよ」と、含みのある笑みを浮かべながら彼らは言った。

そして去っていった。

これが土曜日のことだ。そして日曜日の朝、午前六時。聞こえてくるのは……歌声なのだろうか?

あれはローレライか、それともナイルの怪物「エルナダハ」か。セイレーンやランプの精が、私をおびき寄せて死に至らしめようとしているかのようだ。もしかしたら、すでに誰かが亡くなっていて、街中が泣き叫んでいるのかもしれない。不気味な声だった。

　通りの向かいに教会が立っていた。声はそこから流れていた。夜明けの拡声器を通して聞こえるのは、現地語の祈りの言葉だった。

「よく眠れたか？」仲間が尋ねた。

「きみたちは……よくもやってくれたな」

「おまえは新入りだからな」と彼らは笑いながら答えた。「あれは一種の通過儀礼ってやつだ。今夜はおれたちに一杯おごれよ」

　彼らには借りがあった――大きな借りだ。アフリカの角から紅海を渡り、サウジアラビアを経由してイラクに入るというイスラム過激派の流れを、最初に突きとめたのが彼らだった。それは実質的な密輸ビジネスと言えるもので、私たちが監視を強めるのにふさわしい地域に思えた。

「ここは活動が活発だから、ミッションを立ち上げる理由としては十分だ」

　今回の仲間とは初めての顔合わせではない。一人はセレクションをともにした仲だ。セレクション後に、彼はきっと新しい義眼を入れたことだろう。以前のものは尋問官に殴られたときに割れてしまったはずだ。

　私の頭にはGPSが入っているなどと妻には言われるが、ジェイコブの才能に比べればたいしたものではない。彼はこの街の隅から隅まで、裏も表も知り尽くしていた。非常事態に備えて、英国大使館の場所を私に覚え込ませた（この大使館とは協定が結ばれていたからだ）。それからアメリカ大使館に案内し、私たちの活動場所への行き方も教えてくれた。食事をするのにおすすめの店と避けるべき店も挙げてくれたが、そのいくつかはターゲットでもあった。

彼には片方しか目がないので、何かを見るときは頭を傾けなくてはならない。彼が運転するのを見ながら、私はその能力に舌を巻いていた。〝これだけの情報を、いったいどうやって手に入れたのだろう?〟彼がここに来てからまだ一か月だった。仕事に向かうのに二つのルートが必要だとわかれば、ジェイコブは五つのルートを用意した。違う時間帯で違う車に乗り、違う道を通るプランだ。

彼は道具に女性の名前をつけていた。だから、私たちが電話でゼンマイ仕掛けについての話をしても、盗聴者には女の話をしているとしか思われない。

さらに、彼には誰とでも話を合わせられるという特技があった。

「おまえはカナダ人か?」と街の誰かに聞かれたとする。

「ああ」と彼は答える。「養蜂業をやってるんだ」

どうやら、アフリカにはカナダの養蜂業者がたくさんいるらしい。彼は瞬時にして話をでっちあげることができた。とにかく万能な男だった。

サルは技術面のブレーンだった。紙袋から無造作に取り出したコレクションを操作し、その装置をいとも簡単に修理した。まるでシェフがトマトを刻むような手慣れた手つきだった。しかも、その場にいなくてもそれができるのだ。私と何時間も電話で話しながら、「あの緑のボタン? あれは右に回すんだ」などと言う。「同じものが目の前にあるのか?」と聞くと、「いや、頭に入ってるんだ」と返ってくる。この男も実に有能だった。

誰よりもアフリカに出入りを繰り返した二人といえば、ブランドンとティムだ。

ティムと私は、すでにスワヒリ語が話せるようになっていた。ティムはネイティヴ並みに流暢だったが、私はなんとか通じるレベルだった。ブランドンはこれから学ぶところだったので、私がザンジバルのスワヒリ語教師のところへ連れて行った。一か月後に彼を迎えに行ってみると、地元の人間かと思うほど話せるようになっていた。あとで私がザンジバルに行ったときは、誰もが口々に、ブランドンがどんなにいいやつだったかを語った。彼は市長に立候補することもできただろう。

ティムも語学の才能があった。スペイン語とフランス語は独学で学び、アラビア語とスワヒリ語も話すことができた。私が知るかぎりで最も型破りな精神の持ち主でありながら、みんなに好かれていた。工作員のなかでも最高の人たらしだった。

メンバーの出入りはあったが、工作員は軍の各所から来ていた。ネイビーシールズは二〇〇五年か二〇〇六年あたりに人員の派遣を始めており、二〇〇九年には一〇〇人以上がアフリカのミッションに参加した。私の見積もりでは、アメリカ国内で三〇件から四〇件、世界では少なくとも五〇件のテロを私たちが事前に阻止していた。

私は二〇〇三年から二〇〇九年にかけて断続的にアフリカに滞在した。一回の期間は約三か月だったが、「通常は」といった枕詞《まくらことば》はここには存在しない。私がいつ帰ってくるかについては、それ以上の情報を妻が知らされることはまずなかった。

私たちは、アフリカのあらゆる場所で手がかりを探った。テロリストを運ぶ前、彼らは煙草やドラッグ、売春婦などを密輸していた。しかし突然、彼らの任務はもっと高尚なものに切り替わる。過激派を密輸すれば、おれたちは立派なムスリムだと尊敬されるぞ、というわけだ。

ただし実際には、彼らは金のことしか考えていない。

点と点をつなぐ作業を、私たちは続けた。

そこで驚くような事実が明らかになった。

ほかの国もそうだが、アメリカでは国境警備員が交代するときは、持ち場で交代する。つまり警備員は、交代要員が来るまではその場で職務を継続する。大事な基本原則として、それは米軍の一般命令の一つとなっている。「適切な形で引き継ぐまでは、持ち場を離れてはならない」と。

ところが、イラク戦争の早い段階で、シリアの警備員は自分のシフトが終わればさっさと引き揚げてしまうという事実をつかんだ。交代の警備員が現れるのは一五分ほどあとのことだ。国境を守る人間がいない一五分間が生じていた。外国人兵士はシリアに行き、イラクの偽パスポートを手に入れるまで二、三週間そこに滞在する。それから国境にやってきて、戦争中に国外退避したイラク人だと名乗る。

この一五分の空白は、もちろん意図的なものだ。戦闘員を密輸する手口だった。

私たちはある人物をマークしていた。その男は人間の密輸を行っていた。チェチェン共和国やアフリカ、ボスニア、モロッコ、スーダン、エジプト、サウジアラビアから、遠路はるばる人間を運ぶ男。サウジの人々は、あのモロッコ出身の若者のように、夏休みによくシリアに行く。だからシリア行きはたやすいことだ（必ずしもイギリス人やアメリカ人を殺すために行くのではない。彼らのターゲットはシーア派のイスラム教徒なのだ）。その男は、サウジのパスポートをイラクの偽造パスポートに交換した。二五人のサウジアラビア人をイラクに連れて行き、彼らの本来のパスポートを闇に葬る。彼らはシリアに戻っても、そこから母国に帰ることはできない。イラクのパスポートしかないからだ。

ついに、私たちはその男を見つけた。ブッシュ政権末期に、米軍が彼を始末した。その父親もこの襲撃で命を落としている。

私たちは数か国の現地工作に参加し、情報収集にあたった。そのために知恵を絞る必要があった。

ある日のこと。私たち三人は、アフリカの拠点の一つである小さな家の庭に腰を下ろし、ある問題の解決策を考えていた。その問題とは、いくつかの場所にどうやって行くかというものだった。テロリスト訓練キャンプのある場所、アルカイダが支配する町だ。そこで、簡単に扱えるある装置を作ることを思いついた。

ジェイコブはすぐにその装置に名前をつけた。

私たちの発明品は、いまでは複数の政府機関で使われている。

だから、ザ・ユニットでの昇進は非常に早い。そういう優れた才能の持ち主に囲まれていることに、私はいつも気がひける思いがした。〝どうしておれは、あの発想に至らなかったんだろう？〟仲間内でいちばん出来の悪い人間というのはつらいものだ。

ルーカスはアラビア語を四か月で身につけた。

〝あいつのアラビア語はひどいものに違いない〟と考えて、何度も彼を試してみた。何かの番組を見ているときは、こんなふうに言ったものだ。「おい、ルーカス。おれたちが見ているのは何だ？」

「コメディドラマだろ」と彼が答える。

「じゃあ、いまなんて言ったかわかるか？」

彼は全体のあらすじを話してくれた。

〝このろくでなしは天才だ〟

ある記事で、天才は頭が大きいというのを読んだことがある。脳みそが大きいから頭も大きいというのだ。ルーカスも実に大きな頭をしていた。

「おい、ルーカス」私は声をかけた。「おまえのヘルメットのサイズはいくつだ？」もしかしたら、彼にとっては触れられたくない話題だったのかもしれない。米軍には、彼の頭に合うヘルメットがなかったからだ。

「だからおまえは五か国語がしゃべれるんだな」と私はからかった。

「だまってろ」と彼は返した。

私たちのなかに軍曹のディーンという男がいた。エルトン・ジョン似で、背は高くなかったが、異常なほど腕っぷしが強かった。それに、彼と少し会話しただけで、携帯を取り出して言葉を調べなくてはならなかった。四〇代でレンジャー課程に進み、一発で合格していた。どんなことでも彼にかかれば難しくなさそうに見えたが、人の話に耳を傾けるのもうまいのだ。私たちの送り込み先について周到に考え、ただそのポストを埋めるのではなく、それぞれの強みや弱みに合わせて配置を練っていた。

彼がいたことは、私にとって非常に幸運だった。そして偶然にも、彼は私をザ・ユニットにリクルートした男でもあった。

また、仲間の一人はバンドをやっていた。別の一人はグラフィックデザイナーだった。彼は一七歳で陸軍に入り、三七歳で退役して大学に行き、たしか漫画出版社のＤＣコミックスあたりで働いてから軍に戻ってきていた。とびきりの芸術家肌だった。

〝いったいなぜここにいるんだ？〟

アフリカのとあるミッションでのことだった。名もない場所の真ん中で、美しいピアノの音で目が覚めたことがある。借り上げた家の家族がピアノを置いていったのだ。階下に降りると、レンジャーの男が鍵盤を叩いていた。

「どこでピアノを習ったんだ？」と私は聞いてみた。

「ここでだよ」と彼が答えた。

なるほど。彼は殺し屋だが、ピアノを弾くのが好きなのだ。

とびぬけた才能に囲まれてはいたが、私自身も自分の力を示すためにそこにいた。語学しか能がない男で終わるわけにはいかなかった。確かに私はアラビア語が話せる。子どものころは、その点で私が特別というわけではなかったが、技術的な面では申し分なかった。また、言葉を理解する以外の方法でも情報を集められた。言葉を使い、人間性を使い、さまざまな情報源を使って手に入れることができた。別の言語も習得したし、暗記が得意だった。

任地では、毎回違う仲間と活動した。しばらくすると気が合う相手がわかるようになり、仕事をともにするのが楽しみだった。大好きな仲間の一人が昇進して二人とも班長になると、同時に派遣されることはなくなったが、入れ替わりで任地に入ることがあり、その際に顔を合わせた。引き継ぎができるだけ長くなるように互いに都合をつけ、その時間を大いに楽しんだ。

工作員の顔ぶれについては、たいてい自分で決めることができた。一方で、任地には毎回分析官が同行するのが慣《なら》わしだったが、その人選については拒否権がなかった。分析官はみな頭脳明晰だ。ある程度の取引材料はこちらにもあった。彼らが失敗したり、チームの誰かともめ事を起こしたりした場合には、私たちの権限で彼らを国に送還できたのだ。とはいえ、帰国便のチケットをちらつかせれば、たいていのトラブルは収まった。

陸軍から必要とされれば、私たちはどこにでも向かった。悪い連中を追っているときは、彼らが現れたのがマリ共和国のティンブクトゥだったとしても、そこまで行った。ただし、チームの一部は、東アフリカの状況を把握できる場所にとどまった。この小グループが現場の状況を全員に逐一報告し、その場にいなくともやるべきことを共有できるようにするためだ。おかげで戻ったときにも困ることはなかった。新たな登場人物は誰か、権力闘争がどこで生じているか、誰が誰の妻と寝ているか、そして裏で誰が誰を刺そうと狙っているか。こうした情報を全員が知っていた。

ドラマのような複雑な人間模様が、ザ・ユニット調に展開していた。

アルカイダは、機能不全の状態にある組織そのものだ。頭がよく教育のある人間もいたかもしれないが、あのならず者ほどの力は持っていなかった。非常に利口で、捕まえるのは不可能と思わせる者もいた。彼らはとにかく痕跡を残さない。すべてを計画するのは彼らだったが、群れのリーダーは必ずしもその利口な人間ではない。ソマリアのアルシャバーブでは、例のならず者が仕切っていた。

私たちには、協力して立ち向かう以外に手はなかった。そこに何が待っているかなど、わかるはずもない。

ある国では、尾行されているような気がすることがよくあった。

実際に尾行されていることもしょっちゅうだ。

昼食か、仕事か、あるいは情報提供者との面会のためだったか、車で移動しているときに、前の車が蛇行し始めたことがある。

〝まずいことになりそうだ〟

うしろを振り返り、誰かが背後でもふざけた真似をしてはいないかを確認した。〝嫌がらせのつもりか？〟蛇行運転は続く。〝おれたちの車をブロックしたいのか？〟この状況に対処する最適解は、そこから抜け出すこと、そしてこれが私たちを狙ったものなのかを明らかにすることだ。これが私たちの導き出した答えだった。

教わった防御運転テクニックを使って、前の車の横につけてみる。

相変わらずの蛇行運転だ。

次の瞬間、車内は笑いに包まれた。

男はなんと、片手で運転していたのだ。ハンドルを握る手のほうに、チャットをひと握り持っていた。チャットとは、中東やアフリカの一部地域で人気の嗜好品で、興奮作用のある灌木の小枝だ。チャットをひとかみするために、男はハンドルを回してチャットを口元に近づけ、葉っぱをかみちぎってからハンドルを戻す。これを繰り返していたのだ。

だから蛇行運転だったのか。

ここにいる私たちはみな、被害妄想にとらわれていた。土地柄から、どうしてもそういう心理に追い込まれてしまう。この男は、単にドラッグをやろうとしていただけだったのに。

ターゲットを追って、首都から海沿いの街に飛行機で移動したときのことも印象的だった。一味の一人が同じ飛行機に乗ってきたかと思うと、床に座り込んでチャットの袋を取り出した。

「おい、どういうことだ?」とパイロットが尋ねてきた。「あいつ、床の上でドラッグをやってるぞ。これはアメリカの飛行機なんだが」

「あいつに直接言ったらいい」と私は答えた。「あの男が床に座りたければ、座らせておけ。おれたちは向こうに行って、ある連中を拘束する。それで一件落着なんだ」。私たちは、戦いの選び方を心得るようになった。

北アフリカを行き来するうちにふたたび見かけるようになったのは、アレクサンドリアで子どものころに聞いた、あの憎しみにあふれたカセットテープだった。

その憎悪のメッセージが、いつか私たちを危険に追い込むこともあるかもしれない。

中東のある国にいたときに、訓練キャンプなどのターゲットをマークするため、紅海に面した小さな街に向かったことがある。私たちは四人だった。もちろんグーグルマップはなく、GPSを使って行動していた。地図上で自分たちのいる場所は点で示されていたが、それが具体的にどこなのかはわからなかった。最後には小さな通りに出てしまい、そのまま通りを進むしかなくなった。

突然、周囲の景色ががらりと変わった。売り物のカラシニコフ自動小銃や携行式ロケット弾、手榴弾などがテーブルに並んでいる。

〝くそっ〟

ハンドルを握っていたのは私だった。隣に座る男は、メキシコ系アメリカ人だから問題ない。後部座席のソニーはイタリア系アメリカ人だから、彼も大丈夫だ。だがディーコンはどうだ？彼は一九五センチの大男で金髪だった。

「ディーコン、伏せろ」

彼はガバッと床に伏せて、一九五センチの男としては精一杯の努力を見せた。ちょうど車はチェックポイントに差し掛かっていた。これは行政が設けたものではない。武器の不法ディーラーが設けたチェックポイントだ。

拳銃やロシア製の武器、ヘルメット、軍服でいっぱいの小さな売店が続く通りを、半分ほど通過したところで、真ん中にあるチェックポイントに来た。

「ここで何をしている？」チェックポイントの男が尋ねる。アラビア語だった。私はアラブ人として問題なく通るだろうが、このマーケットに用事がある人間には見えそうにない。

「私はただのエジプト人だ」と私は答えた。「電話会社に勤務しているが、どうも道に迷ったようだ」

「そうだな」彼が相づちを打った。「間違いない」

ところが、その通りは狭すぎてUターンができなかった。

「このまま通り抜けてかまわないか？」私は尋ねた。

「出口まで送る」と彼が言った。

その男は車のドアのステップに飛び乗り、窓からさっと手を入れてグリップハンドルにつかまった。ディーコンは後部座席に這いつくばり、息を殺している。

そのまま八〇〇メートルほど車を進めるあいだ、男は道中の仲間と言葉を交わしていた。

「ああ、そうだ――道に迷ったらしい」

道の出口に来ると、男が道案内をしてくれた。

まさかそんな状況を切り抜けられるとは。

この仕事は、何かとストレスがたまる。あまりに多くの人間が血を流すのを目にするからだ。それは、次から次へと押し寄せてくる若者たちの血だった。入口を一つ塞いでも、また新たな入口が生まれた。それに、このミッションは長期戦だ。一回の派遣で元凶を断つのは無理だろうし、一〇年かけてもできないかもしれない。だが、私たちは粘り強い。粘り強くなるための訓練を受けてきたのだから。私たちは証拠をつかみ、協力者を見つけ、前に進んだ。そして少しずつ、このネットワークの人の流れをより明確につかんでいった。

二〇〇三年からは、一九九八年に起きた二つの大使館爆破事件の犯人を追うようになった。事件には数人がかかわっていたが、ファヒド・モハメド・アリー・ムサラムとシェイク・アフメド・サーレム・スウェイデンの二人が、ケニアとタンザニアでの両爆破事件に使われたトラックを購入したことを突きとめた。どちらもケニア出身だった。ムサラムはパキスタンのアルカイダの作戦指導者で、二二三件の殺人罪で起訴されていた。スウェイデンはその相棒で、同じく起訴された身だった。また彼らは、パキスタンの元首相べナジル・ブット暗殺未遂事件の首謀者でもあった。後年、集会を終えたブット氏は、一人の男による銃撃と自爆テロで命を落としている。

だがもっと重大なのは、ムサラムとスウェイデンが、ほかの人間にも同じことをさせるべく訓練を施していることだった。二〇〇九年の元日、パキスタンにあるアルカイダの隠れ家にいた二人は、ＣＩＡの無人ドローンによって殺害されたとされている。ムサラムは私たちのターゲットでもあった。彼は物流のプロで、殺害時にはアフリカのアルカイダのトップだったと思われる。

二〇二〇年に、大使館爆破事件の犠牲者とその家族に対し、スーダン政府が莫大な賠償金を支払うことで、アメリカとのあいだに合意が成立した。アメリカ人もほかの国の人間も、ともに賠償の対象とされた。
円《サークル》を一周して、また一からだ。
だが、ろくでもないサークルは無数にあった。

19 休息

友人の一人とともに、アラブ首長国連邦の首都アブダビを訪れたことがある。海岸線に沿って延びる広い歩道、空に映える街の美しい輪郭、宮殿にショッピングモール。そして、これまで目にした中でも指折りの豪華なモスクであるシェイク・ザイード・グランド・モスクのある街。光り輝く純白のこのモスクには金の細かな装飾が施され、たくさんのアーチや丸天井、かぎ型のくり抜き模様が、精巧なパズルのような印象を与えている。

「おれは入れてもらえるかな?」友人が心配して言う。ユダヤ人がモスクに?

私たちが中に入ると、修道僧の一団とすれ違った。

宗教は、部隊内でも興味深い形で顔をのぞかせた。

アフリカでチームを組んだ三、四人の仲間は、私が礼拝するところを必ずしも見ていたわけではないが、部屋に礼拝用のラグがあるのは目にしていた。そもそもこうしたミッションに赴けば、宗教を抜きにして誰でも祈りを捧げるはずだ。

仲間たちには、ラマダンの一か月は、私が断食を欠かさず行っているように見えたことだろう。なかには、私と一緒に断食をする者もいた。応援のつもりか、あるいは体重を落としたかったのかもしれない。私が断食していると知っている彼らは、ミッションのタイミングをたびたび調整しようとしてくれた。

「おい、おまえは腹ペコだろう」と彼らは私をからかった。「おまえが腹を空かせているところは見たくない。死んじまうぞ」

だが、断食を中断する理由があるなら、私は中断した。宗教は人を助けるためにあるのであって、痛めつけるためではない。

ただし、自分がムスリムであることは、人数の多い上位部隊では必要以上に触れ回らなかった。

旅に同行した友人も、自分がユダヤ人であることを口外しなかった。誰がネガティブな反応を示すかわからないうえに、そのせいで自分の仕事にどんな影響があるかもわからない。そんなリスクは冒したくない。認識票にさえその情報を載せない者もいたが、これは一大事だった。亡くなったときの埋葬のやり方を陸軍が調べるときは、認識票が頼りとなるからだ。

あえてムスリムとは言わないことで、他国のムスリムとはうまくやれそうもない人間が判別できることもあった。だが同時に、私は私自身を見てもらいたいと思っていた。「あのイスラム教徒」といったような色眼鏡抜きで。

面白いことに、私がイスラム教徒と知ると、自分のことを以前より気楽に打ち明けてくる人たちもいた——ほかのマイノリティの人々、女性や同性愛者だ。彼らは、私が自分の宗教をまわりに言わないのを見て、この人なら「サリーはレズビアンだ」などと言いふらすこともないと踏んだのだろう。

私はただのマイノリティではなく、三重の意味でのマイノリティだった。宗教マイノリティであり、人種マイノリティであり、そして移民一世でもある。

同僚のなかに、ある女性兵士がいた。とびきり優しく魅力的な人で、誰もが彼女とデートしたがった。私の家に来て子どもたちと遊んでくれたときも、子どもの相手がとても上手だった。「ぜひ、いい人を見つけたほうがいいよ」と私は声をかけた。きっといいママになると思ったからだ。

「もういるの」と彼女は答えた。

それはよかった！

「そうだったのか」と私は返した。「相手の男はラッキーだね。きみみたいな魅力的ですばらしい人がいるなんて」

「そうじゃないわ」と彼女が言った。「相手の女性はラッキーだ、よ」

自分が属するグループの人々が互いに信頼関係を築き、打ち解けた気持ちになれたら、そのグループは必ずもっと強くなる。自分と同じような人はいない、だから秘密にしておこう、と思っている人がいると、いい関係を構築するのはとても難しい。才能や信頼をみすみす失い、保守的な集団になってしまうだろう。

ドバイは興味深い都市だ。企業がやるような方法で街を売り込んでいる。担当者は、外の人間の目を意識している。主な理由は街のブランド力のためだが、それでもやはりたいしたものだ。二〇一九年に、アラブ首長国連邦は、「寛容の年」を掲げたキャンペーンを行った。中東を思い浮かべるとき、なかなかこのフレーズは結びつかないかもしれないが、この国では共生と尊重をテーマにした討論が行われた。

旅の合間や休養が必要なときには、ユダヤ人の友人と連れ立って何度もドバイを訪れたものだ。その前にいた中東の国では、女性は頭の先からつま先まで覆った服装を身につけ、男性はテロリスト訓練キャンプに足を突っ込んでいた。ところがドバイに入った途端、まるで別の惑星に来たような気分になった。午前中にビーチに行くと、全身ヒジャブの女性が波打ち際を歩いていたりする。そしてその近くには、ビキニ姿で闊歩《かっぽ》する女性がいる。

誰もが自分らしい姿のまま、共存していた。

ドバイのプールサイドでは、ジャネットと話をした。現地のアメリカ大使館勤務の女性だ。「絶対にここを離れたくないわ」と彼女は言った。「その日が来たら、本気で抵抗してやるんだから」

ジャネットの夫は私の友人でもあった。そのときは一一月で、ほれぼれするような天気だった。彼女の話では、叔母に中東に行くことを知らせると、ひどい拒否反応が返ってきたという。

「どうして私の大事な姪をアブグレイブに連れて行くの?」叔母は友人に詰め寄った。

「違いますよ」と友人は弁解した。「アブダビですから」

「アブグレイブだろうがアブダビだろうが……どっちだって同じでしょう」。叔母がそう言ったことをジャネットは思い出していた。

プールでワインをもうひと口飲んで、彼女は言った。「いまの私の姿を叔母に見てほしいものだわ」

あの街の空港に到着するのは楽しみだった。その前の国にもいいところはあったが、臭いに関しては受け入れがたいというのが大方の意見だろう。腐った肉のようなゴミの臭いに、汗の臭い。衣服やカバンに染み込んだ、汚れたほこり臭さ。そして、おそらく髪の毛や発泡スチロールやエンジンオイルが混じっているのだろう。雑多なゴミを燃やすときの鼻をつく臭いが漂っていた。よくサウナにいるような気分になったし、肺に十分な酸素が取り込めない感じがした。しかし空港に入ると、途端に空気がきれいになったように感じて、また呼吸ができるようになる。感激のあまり、友人はトイレの写真まで撮っていた。

「おい、こんな清潔なトイレを見るのは初めてだよ」と、しきりに感じ入っていた。

これが私たちの休暇だった。テロリズムからのひとときの休息。イスラム教徒もキリスト教徒もユダヤ教徒もいた。ビーチには、神を信じない者だって何人もいたはずだ。幸せで平和な顔をして、それぞれの時間を過ごしていた。東洋と西洋のあいだに、イスラム教とキリスト教のあいだに、本当に戦争などあるのだろうか？　明らかに、ものごとにはもっとうまい解決法があるのに。

アラブ首長国連邦にも問題はあるが、それはほかのどの国も同じことだ。

私たちの国も、むろん例外ではない。

20 罠

二〇〇六年一月。私たちは、東アフリカの飛行場に降り立った。その土地には協力者がいて、彼らが手配したSUVやさまざまな装備を引き渡してくれる。私たちが追っていたのは東アフリカのアルカイダと、その配下にあるアルシャバーブだった。

妻は私がどこにいるかも知らなかった。それは妻にとっては、いつもながらつらいことだった。そこで、今回の私の留守中は、妻は娘を連れてエジプトの両親を訪ねることにした。彼女は仕事をしながら修士号を取得し、私がいないときは娘の世話もこなしていた。私が何をしているかなど、まったく知らなかったはずだ。

アフリカで私たち六人がヘリから降り立ったのは、妻から何千マイルも離れた場所だった。二人は私の部隊から、二人はネイビーシールズ、あとの二人はほかの機関の職員だ。

そのうちの一人はサンダルを履いていた。

「おいジャック……おまえ、あんな場所に本当にサンダルで行くつもりか?」全員がからかった。「まさかサンダルだなんて」

「おれはリラックスしてるだけだ」と彼は答えた。

「靴を履いたほうがいい」と、私はたしなめた。

「なぜだ？」と彼は返した。「こんなに暑いのに」

「サンダルじゃ走れないだろう」

「なんのために走るんだ？」彼は本気で休暇に来ていると思っているようだった。

飛行場に着陸したら、町に直行することになっていた。ところが、現地に置かれた機材は、しばらく手入れもせずに放置された状態だった。

「機材をメンテするから、そのあいだはここで少し待機しよう」と私は言った。「それから次の場所に移動する」

神の思し召しだった。

機材の手入れをしていると、協力者が車から飛び降りんばかりの勢いでやってきた。

「すぐに逃げろ。いますぐにだ」

彼らがこれほど青くなっているのは初めてだった。アルシャバーブ――アデン・アイロの組織――が待ち伏せをしており、町に向かう途中で攻撃を仕掛ける計画なのだという。私たちの動きがないのを見て、飛行場にこのまま留まるのだと考え、途中のチェックポイントを突っ切って私たちを殺しに向かっているらしい。

協力者がその知らせを伝えるあいだにも、アルシャバーブは迫ってきていた。猛スピードで埃《ほこり》をあげる白のピックアップトラックの荷台には、むき出しの武器が載っている。

私たちのパイロットは現地の言葉を話せたが、やつらが来るというのに、落ち着き払っていた。

「みんな、いますぐヘリに乗れ」彼が言った。「急げ」

長くても五分以内に捕まるか、あるいは殺される——それも全員まとめて。

通信担当の仲間は整理整頓が苦手で、走りながら物を落としまくった。止まる。拾い上げる。走る。また止まる。拾い上げる。走る。

外部に洩《も》れてはならないものは、なんとしても機内に持っていかなければならない。

ジャックはサンダルのせいで早く走れなかった。

「走れ!」と私は叫んだ。

「ゴー! ゴー! ゴー!」パイロットが叫ぶ。半分は引っぱり上げ、半分は引きずるようにして、私たちは全員を飛行機に乗せた。

「これで全員だ!」みんながいっせいに叫んだ。

扉は開きっぱなしで、小さなタラップも下ろしたまま、パイロットは離陸を始めた。私たちはまだ席に着いてもいなかった。

恐怖が機内を支配した。

離陸を始めたところで、新しいピックアップトラックが武器を載せてこちらに向かってくるのが見えたのだ。

私とほかの三人の兵士が、分解してあった自動小銃M4カービンを取り出し、静かに組み立て始めた。準備は整った。しかし連中を殲滅《せんめつ》するには弾薬が足りない。それも、空からやるしかないのだ。『ブラックホーク・ダウン』の再来となるような危険を冒すことは絶対に許されない。

幸い、武器を使う必要はなかった。

安全な高度に達したところで、兵士たちは静かにM4を分解し、見えないように片付けた。

「おい、ジャック」と私たちは声をかけた。「いまのは見なかったことにしろよ」

「わかった」とジャックは答えた。「いいものを持っててくれて助かったよ」

「次回、気をつけることはあるか？」私が尋ねた。

「そうだな」彼が答えた。「次は靴を履くことにするよ」

報告書には、M4カービンについては記述しなかった。拳銃しか持っていなかったと主張したのは、国務省に見つかれば問題になるからだ。だが私たちも馬鹿ではない。

地元の協力者たちは飛行場に残っていた。私たちが外を見ると、彼らの銃撃戦の様子が見えた。自分たちのこともそうだったが、同じくらい彼らのことが気がかりだった。彼らの火力がもつことを祈った。あとになって、数人が殺されたことを知った。一人は片目を失っていた。一週間ほどあとにその男と再会したのだが、そのときもさんざんな一日だった。損傷した目はきれいに手当てされ、牛の目が代わりに入れられていた。

その日、誰かが意図的に私たちのことを密告したとは思わない。おそらく、協力者たちは無頓着になっていたのだろう。彼らは、私たちには何も起こらないと考えた。だから私たちの来訪を知って、昼食に宴を設けようとしたのだ。彼らのうちの誰かが市場で食料を買い込んでいるのを見れば、私たちが来るのは一目瞭然だ。

それに、アルシャバーブは、私たちが乗ったヘリを着陸前に目にしたのだろう。

後日わかったのは、傍受した彼らの通信に「白い豚が着陸した」というくだりがあったことだ。イスラム文化では、豚は不浄なものとされている。私は確かに不浄かもしれない。だが私を豚と呼ぶのなら、少なくとも茶色い豚と言ってもらいたいものだ。

この事件があってからは、いくつかの変更をチームに提案し、あからさまな標的にならないようにした。連中が私たちを狙っていることはわかっていた。

協力者とは再会の約束を取りつけ、任務を続けた。一九九八年の大使館爆破事件後も、テロリストは依然として潜伏していた。彼らの捜索を続けなくてはならない。

飛行場の襲撃は土曜日だった。

翌週、ある女性が私たちの語学専門官の一人に連絡をしてきた。夕食に行かないかという誘いだったが、何か頼みごとがあるという。その女性は、語学専門官の妹の知り合いだった。アメリカに住むその妹は、兄が大使館で働いていることは知っていたが、そこで何をしているかまでは聞いていなかった。

とにかく仲間はその女性と夕食をともにした。火曜日のことだった。

彼女の話は、夫の銀行口座が凍結されたという相談だったらしい。夫の電話番号を彼に渡し、「夫は大使館の人と話がしたいと言っているの」と伝えた。

その話を聞いて、語学専門官は息をのんだ。彼女の夫は、私たちが調査中のテロ活動に関与している疑いがあると気づいたからだ。その語学専門官は、頼りがいのあるすばらしい男だった。彼はその話に動転し、夕食を終えるとまっすぐ私の家に報告にやってきた。

「尾行はされてないか?」と私は言った。

その可能性はないと彼は思っていた。

木曜日の朝、私たちはまたミッションに出かけた。飛行場の一件があってからは、攪乱《かくらん》のために時間などの細かい点を変更していた。やつらの裏をかくためだ。

その夜――正確には翌朝だが――私たちは別のミッションのために午前四時に出かけた。起床は午前一時だった。前の日が昼間の任務だったので、みな丸一日睡眠をとっていなかった。その二つめのミッションを終え、帰還して道具の手入れをしてから宿舎に戻った。同居人は、同じ部隊から来たチームメイトだ。すばらしい男だった。二人で少しくつろいでテレビを見て、その日遅くなってから、私は一人で食事に出た。宿舎の敷地には、確か一〇棟ほどの家屋が並んでいた。

夕食から戻ると、門番が扉を開けて中に入れてくれた。家の前まで車を乗り入れ、車から降りると、背後に三人の男が立っていた。

発砲音が聞こえた。

全員をつかまえるのは無理だと悟り、一人をつかんで三、四分ほど揉み合いになった。あまりにも一瞬の出来事だった。揉み合いながら、私は考えていた。こいつらはあの夜、テロリストの妻と食事をした語学専門官をつけていたのではないか。

罠だったのか？

残りの二人の男が私の腕をつかみ、最初の男を引き離した。

彼らは逃げて行った。門番はどこにもいなかった。

寒く暗い駐車場で、私は一人で立っていた。ふと腹に手を当ててみた。

ヌルっとした感触があった。

〝なんてこった〟私は愕然とした。〝撃たれたのか〟

21 思い切って跳べ

最初は、相手が外した弾が跳ね返っただけだと思った。しかし、血がシャツを染めていく感覚があり、これはまずいことになったとわかった。

相棒が家の扉を開けてくれたので、チームの仲間に電話で用心するように伝えて、救急車を呼んでほしいと頼んだ。おれは大丈夫だ――自分にも相棒にもそう言い聞かせようとした。彼は大使館に電話をかけ、大使館が救急車を呼ぼうとしたが、いつまでたっても来なかった。

私は父のことをずっと考えていた。その任地にいるあいだに父が亡くなり、部隊は私を父の葬儀に出席させた。これ以上家族を失うのは、あまりに時期尚早というものだ。娘は三歳だったし、妻はまだ二十代だ――寡婦になるには若すぎる。遠く離れたところから、妻が私に生きる力を与えてくれた。

〝もしおれが死んだら、彼女は打ちのめされてしまう〟

「なあ、車はあるか？」守衛の一人に聞いてみた。ある、と彼は答えた。「よかった。おれを病院に連れて行ってくれ」

私は話ができたし、意識もあった。少なくとも、それまでは痛みもあまり感じなかった。守衛は私を自分のピックアップトラックに乗せた。だが病院までの道中で、彼が減速帯に毎回思い切り車をぶつけていたことは確かだ。車に乗っている時間は長くはなかったが、弾が腹部に入ってから二時間が経っていた。

病院に着くと、私は代用救急車のドアを自分で開けようとした。

「悪い、ドアのロックを開けてくれ」と私は声をかけた。

「ロックはかかってないよ」と運転手が言った。

もう一度やってみた。

運転手が車を降りて回り込み、外からドアを開けてくれた。明らかにドアはロックされていない。失血量が多く、トラックのドアを開ける力すらなかったのだ。自分の名前と社会保障番号を思い出そうとした。もちろん、最初に受けた質問は「誰に撃たれたか？」だった。私は強盗未遂だと答えた。

トラックから降りるときは腹を押さえて降りた——腸が飛び出しかけていたからだ。アルミ製の救急ベッドが用意されたが、ベッドの位置があまりに高かった。大柄な人間にも高すぎるほどだったから、一五五センチの人間には言わずもがなだ。

「どうやってこの上に乗れと？」私はうめいた。「下に下げてくれ」

「壊れているんです」と答えが返ってきた。トラックのドアがまだ開いていたので、いったん中に戻り、そこからベッドの上に飛び乗った。トラックから体を出し、さらにストレッチャーの上に飛び乗るために、ありったけの力を振り絞った。寒気がする。

体内の血が少なくなると、何もかもが冷たく感じた。

それからというもの、その病院にはあまり過度な期待はしないことにした。あらゆるところに機能不全ぶりが目についたからだ。

〝こいつらはおれを殺す気だ〟と私は思った。

イギリスなまりの、信じられないほど有能な看護婦をつかまえて、弾が体の外に抜けた傷があるかを見てもらった。彼女には私の声が聞き取れず、私も声を張り上げる力がなかったので、彼女を引き寄せて尋ねた。「弾の出口はあるかい？」看護婦は私の体を横向きにした。辛すぎる。これから三枚に下ろされる魚の気分だった。自分の力が抜けていくのを感じた。

「ええ。弾の抜けた傷がありますよ」

「弾の入口と出口の傷を結んでみてくれ」と私は頼んだ。「どこに命中したと思う？」

「腎臓です」と彼女は答えた。「九九パーセント腎臓です」

すばらしい。腎臓なら二つある。

私はまだ話もできたし、意識もあった。バイタルもほぼ正常だった。それに、殺されてはたまらないと警戒もしていた。病院は一九五〇年代を彷彿《ほうふつ》とさせる雰囲気で、クレゾールのような匂いが漂っていた。カテーテルなどの革新的な器具は、これ見よがしに床の上の皿に載せられていた。

〝こいつらはおれを殺す気だ〟

それでも、その看護婦はしっかりと場を仕切ってくれた。

「みんな！」と彼女は声を張り上げた。「血液を持ってきて！」

私はジーンズを履いていた。ジーンズを切り裂いてダメにしたくなかった彼女は、脱がせようとして私と言い合いになった。「いいから切ってくれ。腹に開いた穴から腸が出てきそうなんだ」

「でもこのジーンズは上等ですよ」と彼女は反論した。「高価なものです」

はさみを入れることは断固拒否された。

それからX線の機械が運び込まれ、撮影のあいだは上体を起こして座るように言われた。

「横になったまま撮影してもらえないか？」と頼んでみた。

「だめです。壊れているんです」

私が最初に激痛を感じたのは、このときだった。まるで腸の位置が移動したような感じがした。するっと滑り落ちたような感覚。尋常ではない痛みだった。

麻酔科医がやってきて、てきぱきと指揮をとり始めた。バイタルを確認し、追加の輸血を指示してから、私を眠りにつかせる準備を始めた。私はまるでなんでもないかのように彼女としゃべった。そのふりをしていた。眠らされるのが嫌だったのだ――もう二度と目が覚めないのではと怖かった。

「ご自分に何が起きたかわかりますか？」ついに彼女が尋ねた。ショックのあまり、自分が危険な状態であることを理解できていないのでは、と思ったようだ。

彼女は私が助かるとは思っていなかった。確かに、私はショック状態ではあったかもしれない。だが、気を張って、恐怖心を打ち負かそうと必死だった。絶対に病院から生きて出ようと。怖くてたまらなかった。

この処置の半ばほどで、同居人の相棒が現れた。事件が起きる前に、彼にはもしものときのことを委ねてあった。彼は私の応急手当をして血まみれになったため、病院に来る前に着替えていた。大使館付きの医者も、彼が連れてきてくれたのだと思う。私は南アフリカに救急搬送されるところだったが、その医者は、こういったケースにうってつけの医者を知っていると言う。

そして呼ばれてやってきたのは、パキスタン出身の医者だった。自信がにじみ出ていて、穏やかな話し方で、自分の能力を鼻にかけたりする様子もなかった。入ってきた瞬間から、私はこの人物に信頼感を抱いた。

その時点までは、自分が落ち着いているところを見せようとがんばっていたが、本当は怖くてたまらなかった。生還できないかもしれないことは、自分でもわかっていた。妻や娘のことが頭をよぎった。

「さあ、気持ちを楽にして」私の手を握りながら、その医者が言った。「どういう状況かは心得ています。これから開腹して処置を行い、縫合します。大丈夫ですよ」

ただしその手術をするには、同意書に最近親者のサインが必要だ。その場にいるのは私の相棒だった。

「彼の最近親者ですか?」と尋ねられ、彼は考え込み始めた。

「サインを頼む」と言って、私は彼に微笑んでみせた。「そうする以外になさそうだ」

とにかく頼む。だが彼には気が重かったと思う。私に死んでほしくはない。それなのに、死を招くかもしれない書類にサインする責任の重さにひるんだはずだ。

手術室に運ばれながら、医者にこう話しかけたのを覚えている。

「またお会いできますか？」私が手術から生還できると思っているかどうかを知りたかった。

「ええ、絶対にまた会えますよ」彼は答えた。

手術のために私は麻酔をかけられた。そして、麻酔科医が私に一〇からカウントダウンするように言った。テレビで見たとおりだった。

「では、これからシアターへ移動します」と誰かが言うのが聞こえた。

最後に聞こえたのは、相棒の言葉だ。「どこのシアターだ？　なぜシアターに連れて行くんだ？」

どうやらイギリス英語では、「手術室」のことを「シアター」と言うらしい。

手術にはおよそ五時間かかった。目を覚ますと、そこはアフリカのど真ん中にある病院のＩＣＵだった。私は死ぬのか、まだはっきりしなかった。もし死ぬとしても、正当な理由で死んだのだと考えた。だが、みんなを悲しませ、家族を置いていくことになる。それを思うと申し訳なかった。

だがどういうわけか、私は死ななかった。

翌日、私はＩＣＵから移され、ドイツに搬送されることになっていた。しかし体力の消耗が激しかった。そこでもう二日間は私を病院に置くようにと、大使館付きの医者が口添えしてくれた。

そういうわけで、私はアフリカのど真ん中の病院にいて、どうしても入浴が必要な状況だった。

「お風呂に入れてあげましょう」。パトリックと名乗る男が、強いアフリカなまりでそう言った。その週末のあいだ付き添ってくれた看護師だった。

かなり気まずい状況だ。私は、特殊部隊の工作員という、男のなかの男だ。がっちりした肩に旺盛な男性ホルモン、その他いろいろ備わった私を、この男が風呂に入れようと言うのだ。これでは、ヘミングウェイの小説と話が違う。看護師は目の覚めるような美貌のはずだ。それに女性。絶対に女性だ。

しかし入浴は必要だった。彼に入れてもらうほかはなかった。

彼はすばらしい男だったし、その病院の医療チームには一生感謝することだろう。限られたリソースでできる限りのことをして、私が安心して居心地よく過ごせるように努めてくれたのだから。初めてニューヨークに着いたときに、私を助けてくれた見知らぬ人々のように、彼らは私のことなど何も知らなかった。ただただ善意の人たちなのだ。

私が撃たれたとき、相棒——安全を期すために、彼のことはミスターTと呼ぶことにしよう——は動揺を見せなかった。私がなんの役にも立てなくなったため、ミスターTは上位の役を引き継ぐことになったにもかかわらず、毎日病院に見舞ってくれた。手術ができるよう、同意書に「最近親者」としてサインをしてくれた。日々の出来事を報告し、常に情報を共有してくれた。

安全のために、私たちは住居を変更していた。それも、ほかの誰かがマークされるのを避けるためだ。全員まとめてだ。彼は私の荷づくりをして、病院からホテルに移動させてくれた。本国に移送されるまでの一か月を、私はそこで過ごすことになった。

仲間が私をホテルに移すときに、自分の荷物を開けてみた。銃撃されたときに着ていたシャツが中に入っていた。穴は開いていたが、きれいになってきちんと畳まれていた。ジーンズも洗われて、新品のようにアイロンがかけられていた。病院では、靴に染みた血は洗い流され、きれいになった靴が磨いてあった。

〝これは本当におれが着ていた服なのか？〟アメリカなら、着ていた服はさっさと切り裂かれていたことだろう。それで問題なかったのだから。茶色の靴一足しかなかった子ども時代を思い出した。いつの間にかアメリカ暮らしが長くなり、クローゼットいっぱいの洋服があることも当たり前になっていたのだ。

ホテルでは、ミスターＴが毎日食べ物を差し入れてくれ、一緒にそれを食べた。私は彼に命を預け、彼はそれをやり抜いてくれた。彼の献身には一生の借りがある。

ザ・ユニットはアメリカから医者を送り込んできた。医者は麻薬を持参していて、私はそれを必要とするころだった。ただし彼は二十代にしか見えないので、私はかなり不満だった。麻薬で朦朧《もうろう》としてハイになり、それまでろくに眠ることもできずにいた私は、第三世界にいる私の治療に送り込まれてきたのが『天才少年ドギー・ハウザー』もどきの青二才だという事実が信じられなかった。

彼は私に鎮痛薬を処方した。

「病院でもうもらってるよ」と私は言った。いい加減、強がり始めていたころだ。

「もらったのはアスピリンでしょう」と彼は応じた。私のような手合いの対応には、きっと慣れていたのだと思う。「最後に寝たのはいつですか?」

さて、いつだったか。

撃たれる前だったから、かなり昔のことだ。

「二週間前ぐらいだな」と私は答えた。

彼は私に薬を処方してくれ、そのとき初めて久しぶりにぐっすり眠ることができた。

出発予定日の朝は、彼と朝食をともにした。だが、腸がこぼれそうになる経験をしたばかりだったので、あまり食べられなかった。

「こんなことを聞いて申し訳ないんだが」私は思い切って尋ねてみた。「きみは何歳なんだ?」

彼は嫌な顔をしなかった。

「いいですか」と彼は口を開いた。「私は若く見られるんですが、大学生の息子がいます。二〇年医者をやっているので、仕事のことは心得ていますよ」

彼は中佐の位にある人物だった。

帰国便はビジネスクラスだったので、横になることができた。彼のやることは万事行き届いていた。絶えず私の様子を診ては痛み止めを処方し、きちんと私が睡眠をとり、体調が維持できるように心を砕いてくれた。

ドギーは、いつも最後にはうまく切り抜けるのだ。

帰国後のその日は、雪が降っていた。妻は窓の外を見ていて、ザ・ユニットの二人が――私にとっては兄弟のような二人だ――家の前で楽しそうに雪かきをし、車の雪を落としていた。

彼らは家族のようなものだ。

ワシントンでは、軍でのキャリアを続けることもできるし、完全早期退職も可能との選択肢を提示されていた。家族が暮らしていくには十分な額がもらえるうえに、福利厚生もすべてついていた。退役軍人としての給付を受けながら、セカンドキャリアを始めるチャンスもあった。

だが、診察のためにウォルター・リード米軍医療センターに来てみると、まわりの人々の様子が目に飛び込んできた。片足の女性がいるかと思えば、二〇歳くらいの青年が片腕片足でふたたび歩くための訓練をしていた。それなのに、私は腎臓も両方あって（結局、弾はそれていたのだ）腸も半分残っている。その青年にゆで卵とバナナの朝食が運ばれてきて、母親が彼にそれをむいてやるのを見た。

どうやって片手でゆで卵の殻やバナナの皮をむけるだろう？

別の男性は、義手の使い方を練習していた。

そこにいる誰に対しても、心から尊敬の念を抱かずにはいられなかった。

この一連の出来事のあいだ、私が必要とするものはすべて与えられていた。私のチームは家族の面倒を見てくれたし、療養中の私の世話もしてくれた。かなり上出来のキャリアも築くことができた。体調もほぼ元どおりのところまでできていた。

看護師や医師たちは、こうした患者を平等に世話していた。士官も、志願兵も、黒人も、白人も、その中間の肌色の人間も、そうとは知らずにアラブ人でさえもだ。その寄り添い支える姿勢に、私は感銘を受けた。

偽りを言うつもりはない。私が軍を去ることを考えたのは事実だ。だがそのとき、片腕の若者が穏やかな顔でバナナを食べようとがんばっている姿を見てしまった。〝彼らを残して辞めることはできない〟

若者の母親が涙をこらえているのを見た看護師が、こう言った。「信じてください。息子さんは絶対に大丈夫ですよ」

医者が私のところに診察にやってきた。

「聞いてください」と私は話しかけた。「もうすっかりよくなりました」

「いや、まだですよ」医者は答えた。

「もう大丈夫です」と私は返した。「私はここに歩いてやってきました。両足もある、握手もできる、目も二つある。これで十分です」

医者は私を座らせて話し合おうとした。

「彼らのほうがあなたの力を必要としています」そう言って、その場をあとにした。

私にはまだ、闘いが残っていた。

22 死ななかった男

少しばかり休みを取ってから、私はふたたび任地に赴いた。

どこか気楽なところで、と言われた。

どこか安全なところで、とも言われた。

通常の情報通信担当として私は着任した。重責もなく、銃撃戦もなく、真夜中の突入もない。朝は仕事に出かけ、あれこれ仕事を片付けてから、夜には帰路につく。大使館での勤務は、私からするとなかなかの体験だった。大使館で働く者全員に対して、普通では考えられないような防諜活動が行われていた。そのため、信じられないことが起きるのだ。私がホテルに帰ってみると、服がすべて荒らされ、床の上に投げ出されていたりした。もちろん、私がやったのではない。

「やあ、どうも」フロントデスクに電話をかけてみる。「スーツケースが床にぶちまけられているんだが、何か心当たりはあるかな?」

「いいえ、ありません」

「誰かが私の部屋に来たはずだが」

「お調べしてお返事いたします」

「上着が盗まれた」

「なんてことでしょう、お部屋に誰かがいるのを見た者はおりませんが」

いつものひと悶着《もんちゃく》もあった。私が着任した初日のことだ。正面ゲートに立つ海兵隊の一等軍曹に、私のアメリカの外交官パスポートを見せると、どこで拾ったのかと尋ねられた。

「おい、写真を見てみろ。私のだぞ」

そしてやっと中に入れてもらえた。

だが全体としては悪くない仕事だった。うまい食事に、興味深い文化。それに安全だった。

ある朝、私はいつものように徒歩で仕事に向かっていた。正面玄関を入り、自分のオフィスのあるフロアまで歩いて上った。三階のオフィスに着いたあたりで（辛くも一分半ほどの差が明暗を分けた）、爆発音が聞こえた。

手榴弾のような音だ。

私のそばにいた土木技師は、すぐにひざまずいてロザリオを取り出した。どうやら彼は、それ以外の行動を取る訓練をしていないようだ。それどころか、実際にいまやったとおりの行動をするように訓練を受けていた。カトリック教会に一ポイント献上だ。

「ああ……神様」と彼は懇願した。「これが訓練でありますように」

「おい」と私は声をかけた。「立てよ。これは訓練じゃない。手榴弾が爆発したんだ」

彼は私のいつもの仕事仲間とは違うタイプだった。肥満体だったうえに、ロザリオをしまったと思ったら、次は本能的に母親に電話をかけ始めた。

「そんなことをすれば、それがきみの最後の電話になるぞ」。私の言葉でわれに返ることを期待して、あえてこんなふうに声をかけた。「だがきみがしっかりすれば、事が収まってから母親に電話もできる。自分の無事を知らせて、ちょっとした冒険の自慢話もできるかもしれない」

私は落ち着いていた。訓練のとおりだった。みんなを守るにはどうする？　この状況を落ち着かせるには？

内臓の痛みを麻痺させる鎮痛薬はまだ使っていたが、それで気力が削《そ》がれることはなかった。もっとも、アドレナリンが出る状況になると、痛みなどまったく感じなくなるのが常だった。

その爆発音で、セレクションのときの爆発音がよみがえった。それに私はまだ死んでもいない。

〝上等だ〟

〝さて、次はどうする？〟

私は扉に鍵をかけた。金庫扉のような頑丈な防弾扉だ。これで内部の人間の安全が確保できた。

私たちには、機密情報破壊手順というものがあった。これは、大使館が乗っ取られそうになったときは機密情報をすべて消すというルールだ。映画『アルゴ』に登場したような場面と言えば伝わるだろうか。私たちはその準備をすべて整えた。それから、破壊手順を実行する可能性があることを、手の空いている同僚の技師から本部に伝えてもらった。

金庫に通信機器をセットし、完全に破壊する準備も整えた。だがその前に、防衛駐在官を見つけたかった。通常は大使館で最上位の武官ポストであり、彼の了解をもらう必要があるからだ。それに、彼なら同僚や私よりも多くの情報を持っているかもしれない。

その防衛駐在官は机の下で丸くなっていた。

「防弾チョッキをどうぞ」と私は声をかけた。「身につけていただいたら、上に行きましょう。ワシントンの本部に電話ができますから」

彼は何本か電話をかけ、破壊手順は少しのあいだ保留の状態となった。

そして偶然にも、誰かが輸送品の武器を配達していて、それが郵便室に届いていることがわかった。次に私がやるべきことは、その箱の開封だ。

テロリストはすでに大使館内部に入っているのか、それとも私たちが防弾扉を開けるのを外で待ち構えているのか。海兵隊員たちは、何が起きているのかわかっていない——海兵隊員だけでなく、誰もがわかっていなかった。

また爆発音が聞こえた。ここから出なくてはならない。

ただ、気がかりなことがもう一つあった。軍服も身につけていない肌の浅黒い男が、M4カービンを持って防弾扉から飛び出して来たら、海兵隊員はどう反応するだろうか?

撃ってくるに違いない。

現地のテロリストが防弾扉の外にいれば、彼らも撃ってくるだろう。私が味方ではないことはわかっているのだから。

銃声が聞こえた。

〝なんてこった！　療養に来たはずなのに〟

とにかく出なければならない。扉を開け、腰をかがめて走った。

〝ここで死ぬわけにはいかないんだ〟

私は一階にたどり着き、オフィスの一つに向かって走った。同じ部隊から来たもう一人の仲間を探していた。

〝小綺麗な大使館で死ぬためにアフリカを出たわけじゃないんだ〟

女性の声がした。

「撃たれたの？」その声が言った。

〝なんだ？　戦争の話をするにはタイミングが悪いんじゃないか？〟

「誰だ？」私は尋ねた。「どこにいる？」すると、彼女が机の下に隠れているのが見えた。やはり訓練で習ったとおりにしている。どこの誰が、机の下に隠れれば爆発から身を守れるなどと言い始めたのだろう。

〝くそっ〟彼女の柔らかい声で、家族のことが頭をよぎった。〝妻はこの事件をニュースで知るだろう。いまはおれの居場所など知らないが、そのうち知らされることになる〟

アフリカで撃たれたとき、妻にすぐに知らせたわけではない。彼女はそのことにこちらが戸惑うほど怒っていた。「どこかの大使館で、銃撃戦の末にアメリカ兵が死亡」などというニュースを、妻に見せたくはなかった。

「ついてくるんだ」と彼女に声をかけた。すでに、妙なチームができあがっていた。肥満体の同僚。机の下に隠れていた女性（職場にふさわしい格好をしている）。武器を持った私の同業者。それに廊下で鉢合わせた、武装した海兵隊員。とにかく、白人の同業者と行動をともにすれば、私も援護してもらえる。

武装した二人と私は、M4を手に郵便室から屋根の上に急いだ。

すると海兵隊員が私を見て、急にピンときたような顔をして言った。「そんな高性能の武器をどこで手に入れた？」

賞賛の意味でそんな質問をしたのではないのは確かだった。

「かっこいいだろう」仲間が答えた。「おれたちは二人とも陸軍特殊部隊なんだ」

「助かった」と海兵隊員が息を吐いた。「おふたりのほうがランクは上ですね？」

「ああそうだ」仲間が答えた。海兵隊員の顔にほっとした色が広がった。彼はまだ若かったから、こちらが格上なのは見た目から明らかだっただろう。

私たちは塀を見下ろしていた。そこからは地上で起きていることが見えたが、地上からこちらは見えない。現地の警備員は持ち場を守っていた。内部には誰も入っていない。

「あそこに！」と海兵隊員が叫んだ。「武器を持ったやつがいます！」

海兵隊は規律が徹底している。

「発砲してもよろしいでしょうか？」彼が尋ねた。

「おい、誰にも発砲するな」同業者が返した。その同業者は私よりもランクが上だ。「あいつは警備員だ」

浅黒い男だった。褐色の肌をした地元の男。味方だった。

「テロリスト連中はおれたちの下にいる」と私は言った。

屋根の上からできることはなかったが、下のほうから激しい銃撃戦の音が聞こえた。しばらくしてから、もう一度爆発音が響いた。しかし今回は、金属が大破する耳障りな音がしたかと思うと、ガラスが地面に飛び散る音が響いた。

黒い煙が下から上がってきて、何も音がしなくなった。

すべては一時間か、一時間半ほどのことだった。

そのあとで妻に電話をかけた。

「ニュースで何か目にすると思う。でも、おれはこうしてきみと話している。だから大丈夫だ」

私は死ななかった。

この事件は、別のイスラム過激派グループによるものだった。

あとで大使館の防犯ビデオを確認してみると、危機一髪で大惨事を免れたことがわかった。私が玄関を通過した一分二八秒後に、一味が車を乗りつけていた。歩行者用入口の前に停めた車の中から男たちが飛び出し、動くものすべてに銃弾を浴びせた。

私が玄関を入った一分二八秒後に、通りがかりの人間が撃たれて亡くなった。ほんの少し、私が遅れていたとしたら……。

笑い飛ばせるような話ではないが、少し興味深かったことがある。彼らテロリストにも、良心の呵責《かしゃく》を感じた瞬間があったようだ。大使館には入口が二つあった。一つは歩行者用の入口で、もう一つは車用の入口だ。テロリストは車二台でやってきた。一台はプロパンタンクを積み、大使館に歩いて入るほうの入口の前に停まった。これは攪乱のためだったと思う。もう一台は車寄せの入口から入ろうとしていた。その小型のピックアップトラックで、車寄せの金属扉を押し破って入るはずだった。金属扉の両側には、装飾を施した大きな柱が立っていた。運転手が扉を押し破ろうとしたそのとき、老婦人が彼の目の前で通りを渡り始めた。

そのテロリストは、大使館の無実の人々をまとめて殺すというミッションを負っていたにもかかわらず、その老婦人を轢《ひ》きたくなかったのだろう。金属扉ではなく、柱の一つにぶつかっていった。

だがそれも一瞬のことだ。トラックから降りた男は、起爆装置を手にしていた。彼はプロパンタンクを積んだもう一台の車に駆け寄り、ＡＫ－47自動小銃をつかんで車の背後から撃ち始めた。

近所には大使館が五つか六つほどあったが、中国大使館がいちばん近かった。館員の一人が何事かと窓に近づいて、首に銃弾を受けた。テロリストは誰かを狙ったわけではなかった。ただ、あたりかまわず発砲していただけだったのだ。

窓に近づいた館員は亡くなった。

アメリカ大使館の警備についていた地元の男たちの反応は素早かった。彼らの国は、必ずしもアメリカに友好的というわけではなかったが、みな自分の仕事をやってのけ、自分たちの地元での外交業務を守り抜いた。テロリストを四名殺し、さらに車にあったプロパンタンクを爆破した。車は爆発し、それがテロリストたちの息の根を止めた瞬間だった。

そのあとで海兵隊員が賞賛の言葉をかけてくれた。

「あなたがたの今日の働きは、実にすばらしかったです」

「ああ、どうも」と私は答えた。「覚えているか？　きみは私のパスポートを見て、その辺で拾ったんじゃないかと言ったんだ」

彼は面目ない表情を浮かべた。

「本当にすみません」

心からの言葉だったと思う。そしてあの日以来、浅黒い肌の人間を見ても勝手な決めつけはしなくなったかもしれない。

その日の夜はアドレナリンが切れ、憔悴《しょうすい》状態に陥った。私の体は、まだ怪我から回復しきっていなかった。過去のミッションでは感じたことのないほどのダメージだった。

翌日もオフィスに歩いて行った。

「おっと、運の悪いやつだ」ザ・ユニットの仲間たちが私をからかった。「わざわざ治安のいい場所に行かせてもらっても、どういうわけか最悪の事態が待っているんだからな」

23 悪党を片付ける

大当《ジャックポット》たり。

アフリカの角《つの》の沖合に停泊した米海軍の船からミサイルが発射されたあと、私たちは確認の連絡を待っていた。待ちながら、私はこのミッションについて考えた。

アデン・アイロ。

〝今回は逃げられなかったはずだ。そうだろう？〟

アイロとその仲間は、私を撃った男たちや大使館を爆破した連中とつながりがあった。

大当《ジャックポット》たり。

ミサイルは発射された。そしてエディと私は帰国の途についていた。標的に命中したことはわかっていたが、アイロが死んだかどうかはわからない。その確認がほしかった。それから昼寝だ。とにかく、くたくただった。

大使館の事件の一年後、私はふたたびアフリカに行き、ソマリアのアルシャバーブの指導者を追っていた。腸もおおむね完治して、いよいよというところだった。

ところが、やつを追う最後のミッションの数時間前になって、私は咳き込み始めた。ひどい咳だった。病気というわけでもない。アレルギーがあるだけだ。原因は埃か、でなければソマリアか何かに違いない。

「どうにもひどい状態なんだ」。私はチームドクターに相談した。咳を止めるために、彼はあらゆる薬を打ってくれていた。その夜、私がどうしても出かけなくてはならないことは彼も知っていた。アイロを仕留めなければならないことも。

「休息が必要なんじゃないか？」と彼は言った。だが、あともう少しのところまで来ているのはわかっていた。もうひと息だ。まだ考えておくことや、ダブルチェックが必要なことがあった。

医者は私にステロイド注射を打った。それが功を奏した。

私の体はさんざんな目に遭ってきた。調子のいい日でも胃はうまく動いてくれなかったし、アフリカというところは調子のいい日などめったにない。情報収集には、地元の人間と仲良くすることが欠かせない。それには必ず食事がついてまわった。食事がおいしくても、そのあとはたいていひどく苦しむことになった。

実際には、食事はおいしいとは言えなかった。何か食べるときはレストランに行くのだが、そこは基本的にテントでできた掘立小屋のような代物だ。海でとった魚をフライパンで揚げて、そのまま出してくる。内臓もすべてまるごとだ。

現地の協力者とは、ツナローフと呼ばれるものをよく食べた。だいたいいつも、マグロのかたまりに山のようなマヨネーズをかけてある。見ただけでげんなりする代物だが、もちろん食べた。最優先すべきはミッションだからだ。ラクダのミルクも出てきた。生温かく塩気を感じる味に、焦げたような風味が混じっていた。芝刈り機の焦げた臭いだ。とにかく、おいしくはない。

マグロとマヨネーズを食べ、塩気のあるスモーキーな風味のラクダミルクを飲んでから、私たちはボロいSUVに乗り込んだ。協力者はポンコツ車に乗った。彼らはあちこちから中古車を輸入していたので、車の中にはハンドルが左についたものもあれば、右についたものもあった。あたりには舗装された道路もなく、信号も標識もなかった。

協力者は、私たちの車にAK‐47を必ず用意してくれていた。たいてい私たちは車の後部に乗り込む。正確に言えば、後部座席のうしろのシートのないスペースだ。五月の日中の気温は三二度ほどで、まだ悲惨な状況とまでは言えないものの、そのスペースをもう一人と分け合うのはあまり快適とは言えなかった。しかも相手は体格がいい。

それに、ツナローフとマヨネーズ。

こうした不満も、アメリカをより安全な国にするという大義を前にすれば我慢できた。私にとっては、自分の行動の一つひとつが、チームの仲間や組織、陸軍に対してのデモンストレーションだと思っていた。移民という存在が、その大義にどれほど貢献できるかを身をもって示したかった。力を合わせれば、私たちはより強くなれる。私の出身地アフリカには、こんなことわざがある。「一人なら早く行けるが、誰かと一緒なら遠くまで行ける」

アメリカは私のもう一つの出身地だが、この国ではこんなふうに言う。「移民と呼ばれるけれど、私たちの仕事が社会を回している」

ザ・ユニットにはもういたくないと思えば、いつでも異動を願い出ることができた。理由を聞かれることもない。この仕事はストレスが多い。いつも「アウェイな場所」にいる生活はつらいものだ。いくつもの仮面を被りながら、頭の中をまともに保つのは楽ではないし、撃たれたのも大きな痛手だった。

だが、私にはまだやるべきことがあった。

私たちが大きなミッションを控えるたびに、タスクフォース司令官という重責にもかかわらず、マクリスタルは私たちのところにやってきた。安全保障上の理由で不可能なとき以外は必ずだ。まるで、歯が抜ける前に歯の妖精がやってくるようなものだ。いったい彼がいつ寝ていたのかは見当もつかないが、大いに士気は上がった。彼は常にこう言ってくれたからだ。「おれたちがついてるぞ」

だがこのミッションは例外だった。即応部隊として割ける戦力がなかったのだ。少なくとも、一二時間は誰も応援に来ることができなかった。

「何かが起きたとしても、きみたちだけで対応することになる」と彼は言った。

イエッサー。わかりました。

だが、私たちは無事にやり遂げた。ではアイロはどうなったか。

エディと私は空腹で倒れそうになりながら、アフリカにある小さな米軍基地の食堂に向かった。ミサイルが目標に命中し、ようやく朝食をとろうとしていた。いつもどおり、私たちは寡黙なプロフェッショナルだった。卵を食べているとCNNが映り、「空爆が行われてアデン・アイロが殺害された」と報じた。まわりの兵士たちが、いっせいに話を始めたのが聞こえてきた。

「きっとやったのはおれたちだ！」

「別のやつらじゃないか？」

「きっとフランスだろう」

彼らにはわからない。

すると、ある兵士がこう言うのが聞こえた。「やつらは皆殺しだ。国ごと瓦礫の山にしてしまえ。地球上のムスリムどもを一人残らず殺すんだ」

若い男だった。その言葉に、何か特別な意味が込められていたわけではないと思う。ただ、自分が教わった悪態を口走っただけだ。しかし、こう思わずにはいられなかった。〝おまえはこの作戦の成功を誇りに思っている。それは私のことを誇りに思うということだ〟

私は彼の真後ろに座っていて、その顔を見ることもできた。だが、何も言わなかった。「それは違う。決死の覚悟のエジプト人ムスリムがいなくてはならない。それも腹に穴の開いたやつが」という言葉をぐっと飲み込んだ。

私たちのあいだには、相違点よりも共通点のほうがはるかに多いのだと言ってやりたかった。アルシャバーブの広報官が、私の人生最大の願いをかなえてくれた。ＢＢＣに出演して、アイロの死亡を正式に認めたのだ。やはり本人だった。大使館爆破事件にかかわったテロリスト二人も、その日に殺害されたことを知った。私たちがやったとは誰も知らない。しかし、やるべきことをやり遂げたという達成感は、言葉にはできないほど大きい。どんな自慢話をするよりも報われる思いだった。

私は疲れ果てて眠りに落ちた。

翌日わかったことは、アイロの殺害時にアルカイダの高官がもう一人殺されたことだ。ほかに七名が亡くなり、そこにはアイロの妻も含まれていた——彼女はそのなかで唯一無実と思われる人間だった。なぜあんなやつと一緒になったのだろうか。別れることもできたのでは？　はたして彼女自身の選択だったのだろうか。ほかは護衛かアルシャバーブのメンバーだった。全員悪党だ。彼らの体はみんな焼けてしまった。

東アフリカのアルカイダの広報官は復讐を誓い、私たちを皆殺しにすると話した。だがその声明の中で、アイロの妻の死体はそのまま残っていたと述べた。炎に巻かれなかったのだ。

悪党には神の罰があたったのだと私は思った。〝神はやつらが業火に焼かれることを望んだんだ〟

だがアイロの妻に罪はない。これも神の思し召しなのだと私は思った。

三日間、私たちは基地から動かなかった。この一件と結びつけられないように、完全に動きを止めていた。それからタスクフォースに戻ると、誰もが五月五日《シンコ・デ・マヨ》［メキシコの戦勝記念日］とミッションの成功を祝っていた。

この成果を挙げたことで勲章候補に推薦されたが、私たちがやったことは、すべてイラクのタスクフォース経由で行われていた。だから優先候補リストに入ってもいなければ、タスクフォースのほうも、イラクの外でのことは何も把握していないようだった。彼らはみな、自分たちのミッションのことで手一杯だったが、それはいいことだ。私たちがこのミッションで勲章をもらうことはなかったが、結局のところ、そんなことはどうでもよかった。退役してしまえば、勲章をいくつ持っているかなど誰も気にしない。それに、自分たちが何をしたかは、自分がよくわかっているのだ。

私にとっては、授与されたパープルハート勲章［名誉負傷章］のほうがはるかに重要なものだったが、それはどこかの馬鹿に腹を撃たれたからではない。これは賞ではなく、福利厚生だった。これがあれば、私か子どもたちがアメリカの大学教育を無料で受ける機会を与えられる。それがすべてだった。それこそが未来の希望だ。

エディもパープルハート勲章の受章者だが、アフリカのミッションでの勲章授与を訴え続けていることは立派だと思う。彼が勲章を手にできることを願っている。

アイロの死後も、もちろん仕事が終わることはない。密輸ルートを追う日々は続いた。

あるミッションでは、優秀な女性工作員と活動をともにした。当時のＧＰＳが使い物にならない代物だったことは、武器の不法取引マーケットの話で紹介したとおりだ。彼女と二人で、ある悪党の家を探して車を走らせていた。その国では、まだＧＰＳの機能が不十分で、まったく正確とは言えなかった。ＧＰＳによれば、まっすぐ進めば目指す家に行き着くようだ。だが、どうも腑に落ちない。そこは名もない場所の真ん中で、またもや全員が顔見知りの小さな集落だった。

私たちとしては、家の前を通り過ぎるだけのつもりだった。目星をつけておき、様子をうかがうためだ。

ところが、進んだ先は行き止まりだった。ちょうど、その悪党の家の前に来ていた。向かいには、通りをへだててもう一軒の家があり、その家の主人が外に立っていた。

「あんたたちは何をやってるんだ?」と彼が尋ねた。アラビア語だった。「ここは行き止まりだ」

冗談じゃない。

「知らなかったよ」私は答えた。

「みんな知ってるんだがね」と彼が言った。

「ここの人間じゃないんだ」と私は返した。「道に迷ってしまってね」

まったく冗談じゃない。

だが、同行した工作員がカモフラージュになってくれた。女性が一緒にいるのなら、怪しいやつではないというわけだ。女性に悪だくみの能力があるなどと考えもしない文化なら、それを利用するまでだ。その男は彼女をまったく警戒してはいなかった。

ところが、彼女は悪だくみのプロだ。すぐさま工作員のスイッチが入った。

Uターンをするためには、その男の敷地を使わせてもらう必要があった。私のリュックサックには電子機器が入っているし、彼女の荷物には武器が入っていた。

「おい、アラブのもてなしの精神はどこにいったんだい?」私はそう言ってみた。「お茶の誘いぐらいしてくれてもいいんじゃないか?」

ここは男気の見せどころだ。女気の見せどころでもある。

「そうだな」と男が答えた。「二人を招待するよ。中へ入ってくれ」

運転席の窓を巻き上げてから、隣の彼女に向き直った。「きみはロシアから来た妻ということにしよう。アラビア語も英語も話せない、いいな？」私たちがいたのは、たまたまあるアラブ語圏の国だったが、そこでは外国人はロシア女性と結婚していることが多かった。

「了解」と彼女は答えた。完全にスイッチが入ったようだ。私はリュックサックの通信機をオンにした。男やその仲間に誘拐されたり、殺されたりといった万一の場合に備えてだった。

悪党の向かいの家に入り、お茶を飲んだ。男は食べ物を出してくれて、三人で世間話に興じた。

会話に参加しながら、通信機器が音を発した場合の対応を考えた。ときどきそういうことがある。雲行きが怪しくなり、きな臭い状況になったらどうするかも考えておきたかった。これもときどきある。どうすれば当たり前に見せられるだろう？　私たちは常に、なんらかのストーリーを用意する必要があった。

つまりはこういうことだ。鼻先に何かがついている気がして、それを絶えず確認していれば、誰でもそれに気づく。だからすべてが当たり前として振る舞わなくてはならない。

その家にいたのは一時間半だった。

終わるまでは恐怖も感じなかった。それはまさに、純粋な修業の時間だった。

そして意地でもあった。

これは私にとっては負けられない戦いだ。自分が撃たれてからは、「もうくたくただ。誰かに代わるよ」などとは言えなくなった。自分には、ほかの仲間にはない何かがあるとわかったからだ。それに自分の新たな生き方を守るためでもあった。つまり、アメリカ人として生きながら、イスラム教徒として生きることだ。それはいかにもアメリカらしいといえばアメリカらしい話だったが、きわめて珍しいケースでもあった。

イスラム教徒としては、誤解や誤訳、意図的な誤読を排除することで、数多くの住民を救ってきたと自負している。私たちがきちんと仕事をすれば、罪のない人々が殺されたりはしないのだ。

これが私を支え続けた原動力だった。私という一個の人間よりも、はるかに大きなものだった。

そして、終わりなきモグラ叩きと化した戦いでは、アイロの代わりとなる人間がすでに姿を見せていた。

24 海に葬る

サレー・アリ・サレー・ナブハン。

過激派を一人殺しても、また別の人間が現れる。だからこそその源を突きとめ、アフリカで大きな打撃を与える——それが私たちの狙いだった。ナブハンはアイロの後継者であるだけでなく、二〇〇二年に起きたケニアでの複数の事件と、一九九八年の大使館爆破事件にも関与しており、FBIの最重要指名手配犯の一人になっていた。

私たちがアイロを仕留めるよりも前に、彼はすでにそのリストに載っており、ある意味ではアイロよりも上位にいた。だが二人は、最高経営責任者（CEO）と最高執行責任者（COO）のようなものだ。アイロはプレイヤーとして主導権を握ってきた。運営側にいるナブハンを捕まえるのは、アイロよりも難しい部分が多かった。

ナブハンは自分が追われていることを知り、姿をくらましていた。

やつが一つの場所に長くとどまることはなかった。だから捕まえるなら移動中を狙うしかない。しかし、まわりの人間に危害を及ぼすわけにはいかない。私たちはやつの生活パターンの観察を始めた。一日に五回礼拝を行うなら、それが一つのパターンになる。しかし、そのときどきでどこにいるかがつかめない。情報提供者がいい情報をくれたとしても、突如としてこう言うかもしれないのだ。「だめだ。行ってしまった。いまどこにいるかはわからない」

だが、噂をせずにはいられないのが人間だ。「ナブハンのところに生まれた赤ん坊を見たかい？」話題は新しい鶏になったり、ＡＫ－47になったりする。

カフェに座って耳をすます。アフリカの村で、子どものころの話を誰かに聞いてみてほしい。相手は洗いざらい話してくれるだろう。まさにアメリカと同じだ。それに私たちの仕事場は、個人主義の支配が及んでいない地域だ。共同体が共同で事にあたる土地柄だった。誰かが病気になれば、村全体に知れ渡る。葬儀には全員が参加する。それは社会の義務なのだ。そして一片の情報は、別の情報へとつながった。

いつものように、私たちは隣国を拠点に活動していた。やつを追跡するために、さまざまな場所に装置を仕掛けた。その時点で、一〇〇人を超える人員がタスクフォースに参加していた。ネイビーシールズやザ・ユニットから来た数人と、ＦＢＩやそのほかの政府機関から来た人々だった。毎朝九時に全員で情報交換を行った。「さあ、何かネタはあるか？」手の内をさらし合ったおかげで、この共同作業は驚異的な成果を上げた。誰もがパズルのピースを持っていたが、パズル全体を手にした者はいなかったからだ。

この作業では、私たちを欺こうとする者の嘘も洗い出すことができた。

テロリストは頭がいいのかもしれない。

「おい、モニカを連れてきてくれないか？」という会話を耳にした。

モニカとは誰なのか？　アラブ人の名前とは思えない。てっきり女性の話だと思っていたら、車の話だった。この場合は、あるＳＵＶ車に当時話題のモニカ・ルインスキーの名前がつけられていた。彼女が「豊満な尻」をしていたからだ。「おい、昨日はモニカを見かけたか？」そう聞いて、私たちはモニカという名の西洋人が誘拐されたのだと思っていた。ほかにも、車にエジプト女優の名前がつけられていたこともある。大きなヘッドライトが特徴的な車だった。

ようやくその意味を突きとめたのは、私が宿舎の守衛と話をしていたときのことだった。

「誰々が買った新しいモニカは見たか？」と彼が言ったのだ。

彼らは何にでもあだ名を付けていて、守衛がその意味を教えてくれた。その町ではよくあることだった。最初はテロリストがあだ名を使い始め、やがて誰もが使うようになるのだ。

一年がかかったものの、ナブハンの妻をたどってやつを見つけることができた。どんな人間にも手がかりとなる存在がいる。テロリストだろうとそれは変わらない。女性が重要な監視対象になっているとは誰も思わないので、女性たちは買い物や外出を続ける。彼女たちは子どもや護衛を連れているので、遠くに移動するのは簡単なことではない。

ナブハンと妻は、地理的に近くに住んでいたわけではなかった。だが彼は人を介して連絡を取っていた。新しい電話番号を妻に渡してくれとか、居場所を伝えてくれ、といった形で。人の口に戸は立てられない。だから辛抱強く待つことが大事だ。

ナブハンは必ず人口の多い密集地にいたので、その家にミサイルを二、三発撃ち込むといったことはできない。私たちは、彼が正午の祈りを捧げなくてはならないことをつかみ、移動パターンの分析に着手した。この時間にここを出れば、ここに着くのはこの時間だ、というように。

複数の可能性も考慮した。

ラマダンの期間中は、ナブハンは家族と日没後の食事をともにした。ラマダンのいいところは、あらゆることが厳格に行われる点だ。インターネットで礼拝の時間を調べ、派手な一発をお見舞いする。間違いなく成功するだろう。だが、家族と断食明けの食卓を囲むところを攻撃したくはなかった。実は、ラマダン中の人間を標的とすることについて、私たちは真剣に討論した。私の感覚としては、悪党はラマダン中だろうと悪党であることに変わりはないのだが。

私の仲間の一人はこんなことを考えた。車のトランクに一日中隠れておいて、ぱっと飛び出したらいいのではないか、と。だが、九月のモガディシュでトランクの中にいるのは暑すぎる。それに彼は、アメリカ中西部出身の白人のように見えたし、実際そのとおりだった。彼がうまく逃げるのはまず無理だろう。

私たちは切り札を出すことにした。

モガディシュの南を走る高速道路に、ピックアップトラックを走らせて妻のもとに向かうナブハンの姿があった。そこに三機のヘリがどこからともなく現れた（実際には、ソマリア沖に停泊する船からだったが）。そして銃声が響いた。ナブハンとトラックに同乗していた男が殺害された瞬間だった。

人々は、高速道路に車を停めてその様子を見守った。ヘリコプターが着陸し、ネイビーシールズが出てきた。彼らは遺体とトラックに残された情報を回収して、姿を消した。彼らが現れて消えるまではものの五分だった。そしていなくなった。

まるで映画のワンシーンのようだった。ターゲットを見つけ、出動し、仕留める。

その出来事はニュースで報じられた。兵士はフランスの軍服を身につけていたから、フランスの仕業だと報じていた。そんなことはない。彼らが着ていたのは米軍の制服だった。アメリカ政府が、あれはネイビーシールズだと声明を出した。

ナブハンは、海に水葬された初めての男だった。海で亡くなったイスラム教徒には、所定の葬送の手続きがある。だがナブハンの場合は、それにも当てはまらない。ただし、襲撃したネイビーシールズは、遺体を通りに放置するつもりはなかった——回収して人物を特定し、所持していた電話やその他の機密情報を確認した。そしてイスラム教の導師を呼び寄せた。

彼を海に水葬したのは、エセ殉教者の墓にいつまでも哀悼を捧げるような事態を避けるためだった。これがビン・ラディンを葬送する際の前例となった。

25 モスクの正体

最後のミッションを終える前に、他国の特殊部隊と仕事をともにしたことがある。相手側の諜報機関の長官が、私たちと面会を行った。アメリカ側の出席者は、私、ネイビーシールズの隊員、海兵隊員、政府関係者だった。

ホスト国となる相手側の人間が全員を紹介し、私の順番になったところで、諜報機関長官がじっと目を凝らすような視線を向けてきた。

私のことを知っているのだろうか？

「彼はどちら側の人間かね？　こちらか、向こうか？」彼がホスト国の男にアラビア語で問いかけた。私には言葉がわからないと思ったのだろう。私の名前を聞いている。

彼は目を細めてこちらを見た。よその国の誰かに私が似ている、とアラビア語で彼が言った。

〝なんだ、あの男はどこかでおれのことを知ったのか？〟

任務地と本国での仕事と家庭生活という、異なる環境を行き来するなかで、しっかりと記憶を整理しておくのは難しい。

きみはどこに住んでいるかと彼に尋ねられたら、適当な街の話をすることもできた。私が暮らす街や、よく行くレストラン、A地点からB地点まで行くのにどのくらいかかるかといった情報を織り交ぜて。

「あなたが普通の状態に戻ったと思えるまでに、いつも一か月くらいかかるのよ」。私が帰宅するたびに妻はそう言った。彼女にその理由はわからなかった。それを説明することは、私にもできなかった。妻は、私がほかのエリート部隊にいたものと思っていたのかもしれない。だが、私はずっと私自身だったのだ。私の本当の任務など、妻は想像もしなかっただろう。

課報機関の男は、何かのパズルを解こうとするような表情を浮かべた。

「いいえ」と、相手側のもう一人の男が否定した。「彼は米軍の人間ですよ」

私は息をのんで見守った。

「だが彼は私たちにそっくりだ」とトップの男は返した。「てっきりアラブ人かと思ったよ」

アラビア語で私は答えた。「いやあ、実はそのとおりです」

そして下品なジョークを飛ばした。この手の笑いは万国共通だ。

課報機関の男は笑い声をあげた。

そして彼もアラビア語でジョークを返した。

セーフだ。

面会が終わると、相手国の男たちはヘリコプターからの射撃訓練を希望した。しかし、まずは腕前を見せてもらわないと、武器を渡すことはできないと相手に伝えた。翌日の早朝、私たちは演習場に向かった。そこには古い小型の武器と、古い小さな建物がいくつかあった。そこから一つの建物を目標物として選び、その座標を彼らに渡した。

「この建物をヘリから撃てたら、あなたがたの腕が証明されたということです」と私たちは説明した。

建物は、三キロあまりにわたる広い土地に点在しており、脇に一人の男が立っていた。監視塔からは、演習場全体と、その国の特殊部隊が訓練に使用する建物がすべて見渡せる。その前の晩には、米軍の無線を私たちとの交信に使いたいという要望を受けていた。自軍の無線を使わせる許可を出す権限はもっていないと伝えると、彼らは不満そうな表情を浮かべた。

一人のパイロットが、ロシア製のヘリに乗って演習場にやってきた。私たちは監視塔からその様子を見ていた。グリッド座標が指示されると、パイロットはある方角に飛んで目標を撃つことに決めた。

私は彼らの一人に声をかけた。「あのやり方だと、射撃開始時にはこちらに向かってくることになるぞ」

「問題ないさ」と彼は答えた。「あいつはわが軍で最高のパイロットだ。あいつならやれる」

「本当に？」

「ああ、保証する」

パイロットが飛んできた。左に曲がり、右に舵《かじ》を切り、建物に向かってジグザグに飛んで、一八〇度転回してから、低空高速飛行で射撃を始めた。

なるほどすごい腕前だ。

引き金に指をかけたままの状態で上空に戻ろうとしたパイロットは、ちょうど私たちの頭上に銃を発射した。

背が低くてよかった――それほど、すんでのところだったのだ。海兵隊員は走って観覧席のうしろに隠れた。そこにいれば銃弾が防げるとでもいうように。ネイビーシールズはビデオ撮影をしていたので、微動だにしなかった。録画を台無しにしたくなかったのだろう。それが勇敢なのか馬鹿なのかはわからない。

先ほどの男に文句を言った。

「おい、いまのはひどいもんだ。おれたちが殺されていたかもしれないんだぞ」

「まさか」と彼は答えた。「あいつはいちばんの腕利きパイロットだ」

彼がパイロットに連絡を取った。

「昨日、きみたちは無線のことを心配していたが、どうやってパイロットと話してるんだ？」と私は確認してみた。

「電話だ」と彼が言った。

「そうか」と私は答え、ひと呼吸置いた。「じゃあ、グリッド座標はどう確認するんだ？」

「ああ、あいつはＧＰＳを持ってる」

なるほど。

パイロットは携帯で話しながらＧＰＳを持ち、ヘリを操縦し、射撃も同時にやっていたのだ。

「そのとおり」とその男は言った。「でも心配はいらない。あいつはいちばん腕のいいパイロットだから」

「彼はなんて言ってた？」と私は聞いてみた。

「もう一度やるってさ。太陽が目に入ったそうだ」

パイロットは旋回して戻ってきた。二、三秒進んだかと思うと、機体を上昇させた。

「おい、どうしたんだ？」と私は声を上げた。

「いや、向かいに山があったからだよ」

「今日はもう終わりにしたほうがいい」

「いや」と彼は言った。「もう一回だ」

三回目はあわや墜落するところだった。

パイロットは、演習場にあるものすべてに弾を撃ち込んだが、標的の建物にだけは当たらなかった。

「きみたちはまだまだだと思う」と私は言った。「きみたちの言う最悪のパイロットがどんな腕なのかと思うと、これ以上は勘弁してもらいたい」

もう少し訓練を続けたが、結局私たちは引き揚げることになった。彼らは、アメリカから資金と装備を手に入れることばかり考えていた。テロリストをつかまえることに関しては、それほど真剣ではなかったのだ。わが軍がよその国の軍隊と共同で動くのは、非常に珍しいことだ。私の場合はその一度だけだった。

ナブハンを追ったあとは北アフリカにしばらく滞在し、それからふたたび西アフリカで活動した。イラクやアフガニスタンを目指して洪水のように押し寄せる男たちをひたすら追跡し続けた。アルジェリアやニジェール、リビア、モロッコ、マリから来る男たちだ。

そのころ、私のヒーローの一人であるスタンリー・マクリスタル大将が、スキャンダルに巻き込まれた。穏便に見てもあれは不誠実だとしか思えないのだが、『ローリングストーン』誌のフリーランス記者が、マクリスタルのグループがジョー・バイデン副大統領についてバーで交わした会話をすっぱ抜いたのだ。彼らは二、三杯ひっかけたあとだった。そのコメントはたしかに無礼なものだった。当時アフガニスタン駐留軍司令官を務めていたマクリスタルは、バラク・オバマ大統領に呼ばれると、そのまま辞職を申し出た。

彼の辞職のいきさつは残念だった。まさか、あんなことになってしまうとは。だが、彼は誇りと尊厳をもって職を辞したのだ。自分の過ちを認め、あっさりと身を退いた。彼の退役スピーチは、品格とはこういうことだと身をもって示していた。のちに彼は、大統領選ではバイデンに投票すると明言した。

彼が手塩にかけた任務は継続された。私たちはボコ・ハラムを追い始めた。二〇〇二年に結成されたこのグループは、その後ナイジェリアや隣国を舞台に暗躍していた。二〇一五年からは「イラク・レヴァントのイスラム国」と協力関係を結び、何万もの人々を殺していた。二〇一四年に二〇〇人の女子高生を誘拐した事件で、その名を知った人もいるかもしれない。

彼らは、ムスリム同胞団の配下として強いつながりを結んでいた。設立者のモハメド・ユスフは、ムスリム同胞団がナイジェリアに拠点を移したときに同胞団に参加した。

彼らを追うミッションの一つが進んでいたとき、ある国のアメリカ大使館に脅迫が届いた。西アフリカのアルカイダからだ。

これは私のキャリアを通じてそうだったが、私がどこかに派遣されるのは、きまって受け入れ先では歓迎されないときだった。大使館の警備担当の女性は、私をひと目見るなり役立たずと決めつけたようだ。ある程度までは、私もそれを楽しんでいた。私は相変わらず背が低かったが、やせっぽちだと言う者はいなかったはずだ。

人々の安全を期すため、私たちは監視装置を大量に設置した。私が目をつけたのは、大使館の真向かいにある怪しいモスクだった。リビア人が建てたものだ。その警備担当者に何かが匂うと説明しようとしたが、その女性は、自分の人生にも他人の人生にも明らかに嫌気がさしていたようだ。しかし、それは私の問題ではない。私はただみんなの安全を守りたいだけだ。

「あのモスクには何かがあると思えてならないんだ」と私は訴えた。礼拝のために、一日五回は人々の出入りがあるはずだ。ところが誰も見かけない。

「まったく、あなたたち軍人は」と彼女は返した。「やたらとモスクに神経をとがらせるのね。固定観念があるんだわ」

どうやら私たちは反イスラム教だから、ということらしい。

彼女に明かすことはできなかった。それに彼女のほうも、私をメキシコ人だと思っているようだった。

その街にモスクはたくさんあるし、誰がどのモスクに行こうが自由なはずだと彼女は言った。だがそういうものではない。

「あのモスクが引っかかるんだ」と、私は食い下がった。議論は行ったり来たりで、その女性は耳を貸そうとはしなかった。私は差別主義者というわけだ。延々と主張は続いた。

ほかの政府職員に話をしてみたが、私はその後離任した。派遣先での最後の経験には、いくぶん皮肉なものがあった。この女性が全イスラム教徒の味方をしてくれたことを、私は喜ぶべきなのかもしれない。

派遣先で私が、というか軍人が歓迎されないという経験は、これが初めてではなかった。私たちの仕事のやり方や考え方はこういうもの、という思い込みがあるからだ。ミッションに一人で派遣されることは少なくなかったし、上からの指令にはこんな内容もあった。「大使館によっては、軍に反感をもっているところもある。あの国に親米感情はないぞ」といったものだ。派遣先で一緒になったアメリカ政府の職員からは、こんなふうに言われることもあった。「軍人は嫌いだ。なんと言われようと、特殊部隊のやつらが嫌いだ。三〇日以内に、きみがここにいる理由を身をもって示したまえ」。三〇日が経過したところで、私のような人間をあと二、三人ほど寄こしてほしいという要請があったことも、なくはなかった。人種マイノリティ。女性。うまく周囲に紛れることのできる白人工作員。私たちは職務の遂行のために全員が目立たない存在でいることができた。とくに、工作員であり人種マイノリティでもある私たちは、ほかの人間から受ける不愉快な言葉にうまく折り合いをつけるのにも慣れていた。自分が言いたいことを飲み込み、彼らの気分をよくしたうえで。あるべき姿への変革を起こすために、私たちは一生をかけてそのスキルを磨いていると言ってもいい。慎重を要する状況に対応する者が必要とされれば、私という三重の意味でマイノリティな人間をザ・ユニットは送り込んだ。しかし、銃弾を受けてからの私の体調は不調続きだった。ある朝、胃に激痛が走った。ホテルでとった食事に、私を決定的に痛めつけるものがあったようだ（話は少しそれるが、朝食を食べに行ったときに、イランのマフムード・アフマディネジャド大統領が同じレストランにいたことがある。自分がターゲットとしてどれほど大切なのかを彼が自覚してくれたら、と思ったものだ。だがいずれにせよ、私たちはそんな仕事のやり方はしない）。

その日の胃の具合があまりにひどかったため、私は本国に送還されることになった。いつもながら、その決定には私も参加していた。自分の慢性的な胃の不調が、ミッションを危険にさらすことを案じないわけにはいかなかったのだ。

長くつらいフライトだった。

帰国すると、ザ・ユニットは私をそのまま医者に連れていった。すると駆除の必要のある寄生虫がいることがわかった。仕事柄さまざまな土地に赴いてきたが、そういった土地はいまも寄生虫天国だろう。仕事仲間にも、私と同様の不調を抱えた者がきっといると思う。

一四回目となったこの在外派遣を終え、私はそろそろ休息のときだと心を決めた。家族ともっと一緒にいたかった。私が撃たれる直前に父が亡くなり、娘たちは大きくなっていた。私は上級曹長として別の部隊に異動し、退役するまで自分の知るかぎりのことを後進に教えた。

この本の多くのページを割いて紹介してきたのは、精神と身体の両面での勇敢さ、知力、そして強さだ。それは、ザ・ユニットの仲間が男女ともに見せてくれたものだった。ただ、仕事をともにした仲間のために、これだけは言っておかなくてはならない。戦争はやはり人を蝕《むしば》むものだ、と。

多くの退役軍人がそうであるように、私も体のあちこちに痛みを抱えている。私たちは激しい訓練を行い、重い道具を抱え、車や飛行機からすべての装備を持って飛び降りる。足首や腰をひねったり、転倒したりするのはこの仕事につきものだ。銃弾や爆弾の破片で負傷することも珍しくない。これは歩兵や衛生兵、ヘリのパイロット、軍用車のドライバーや料理担当も同じだ。

精神的な苦しみを抱えることもある。

もちろん、私はそういう苦しみに対処するための訓練を受けていた。だが、身体的な痛みに対処する訓練にも同じことが言えるが、訓練そのものが問題の一部になっている。自分でなんとかするすべをまがりなりにも教わっているせいで、みな、いつ助けを求めるべきなのかがわからないのだ。

軍隊というものは、兵士が助けを求めないように仕込むことが多い。疲れたとか、体調が悪いとか、眠れないとかいうのは、弱さの表れだと教える。機密情報取扱の権限をもつ兵士は、メンタルヘルス面の支援を求めれば、その権限を失うことになるのではないかと恐れていた。いまはそうではないことを願っている。

こういった悩みをもっと訴えていく必要があると私は思っている。調子が悪くてもいいし、助けを求めても問題はないのだ。カーター・ハム大将は、自ら踏み込んで模範を示した。二つ星をつけた少将の位にあるときに、ＰＴＳＤ治療を希望すると申し出ている。彼は前例を作りたいと思ったのだ。きっと、簡単なことではなかったと思う。

私も助けを求めたことがある。周囲からは、かなりうまくやっていると見られていたときだ。そこに私の真意があった。助けを求めてもいい。助けが必要なときはそうするように、互いに勧めあうことが必要だ。声をかけ合うべきなのだ。軍にいるときはそれが習慣化していたのに、いったん退役すると孤独を感じる人は多い。私たちは、仲間の工作員を自殺によって失ってきた。それは彼らが強くなかったせいでも、「胆力」が足りなかったせいでもない。

最近読んだ記事に、「オペレーター・シンドローム」あるいは「アロスタティック負荷」と呼ばれる症状について書かれたものがあった。これは、特殊部隊で長年活動するうちに心身にかかるストレスのことだ。これは特殊部隊の隊員に限らず、軍人なら誰もが経験する状況に起因している。つまり、祖国を離れ、人の死を目のあたりにしたり、人を殺したりすること。そして十分な睡眠もとれず、絶え間ないストレスにさらされ、不衛生な食べ物や不十分な食事をとることが原因だ。

ツナローフだ。

そうした要素が、「普通の」男性兵士や女性兵士でも経験するような多くの症状となって現れる。眠れない。体調はよくても睡眠時に無呼吸状態になる。頭痛がする。うつ状態になる。くだらないことを心配する。常に扉のほうを向いて座る。集中することができない。

工作員の心身の回復には、何か特別な方法があるわけではない。人と会話をし、継続的に体を動かし、健康的な食事を維持して、適度な睡眠をとるだけだ。

ただ、ほかに一つだけできることがある。退役軍人省に行くことだ。自分の記録が抹消されていたら、支援を求める声を上げてほしい。ここで自分の退役軍人省とのやりとりの詳細を語るつもりはないが（退役軍人省とのなんらかのいきさつは誰にでもあるものだ）、自分が経験した困難や、目にしたことを「証明」するのに、あまりに長い時間がかかったとだけは言っておきたい。

私から一つ提案がある。私たちに対応する機密情報取扱者を、退役軍人省に一人置けばいいのではないか。そうすれば、たまたま当たった担当者を説得しなくてもよくなる。不正に福利厚生を受けようとして、ありもしない怪我をでっちあげているわけではないのだから。

いずれにせよ、任務による心身の負荷は現実なのだから、助けを求めることが大事だ。

しかし、自分の体が言うことをきかなくなっても、娘たちと一緒にいたいと思っても、ザ・ユニットを離れることはとても後ろめたいものだった。仲間を置き去りにするような気がした。そのことは、見方によってはすばらしいことだと言えるかもしれない。初めは必ずしも私に好感を抱いていなかった仲間が、いまではこんなことを言ってくれるのだから。「おい、おれたちのことを置いていけるはずがないだろう。おまえがいなかったら、この仕事はどうすればいいいんだ？」

それは身を切られるような思いだった。

上官に話を切り出したときは、涙がこらえきれなかった。彼らは私の家族だったのだから。「きみ自身と奥さんと娘さんたちのことを大事にしてくれ。私たちは進み続けるから」。上官はそう言ってくれた。「何も心配はいらない」

七月四日の独立記念日に間に合うように、私は帰国した。それがふさわしいと思った。

翌年の五月のことだった。テレビを見ていると、オバマ大統領がビン・ラディン殺害を発表した。

〝そういえば〟と、私は心のなかでつぶやいた。〝私はまずまず元気でやっているよ。彼らの仕事ぶりはたいしたものだ〟

26 この道の先へ

ある任地にいたときには、アフリカ最高峰のキリマンジャロが見えた。いちじくと傘モクレンととげのある低木の向こうに、山は高くそびえていた——キリンや象の群れを見下ろして。アフリカの広大な平原に現れた、この世のものとは思えない大噴火の跡だった。火山が噴火した百万年前にできた山頂のくぼみには、雪が積もっていた。

登頂不可能の頂に見えた。

だから当然、あそこに登ろうと決意した。

この任務を終えて、帰国する途中ならどうだろう?

しかし軍としては、世界中の掃き溜めのような場所に私を送っておきながら、私がその任務から帰国する際に山に登ることを認めたりはしない。怪我をするようなことがあってはならないからだった。

仲間には、ザ・ユニットを辞めたらすぐにあの山に登るんだと宣言した。

周到な計画を用意し、一月に登ろうと考えていた。自分の限界への挑戦だ。四一歳を迎えても、私にはまだ自分の能力を絶えず証明することが必要だった。自分のアメリカ国旗も持っていくつもりだった。その準備として、激しいトレーニングにも取り組んだ。しかし出発の一週間前に、家族の一人が未成年の娘を二人残して、交通事故で亡くなった。私は旅を延期した。

だが残された娘たちがいる。そこで、この旅で彼女たちの教育資金を集めることにした。その活動をしながら、私は自分の娘たちのことも考えていた。任地から自分が戻れなかった場合は、二人はどうなるのだろう？　誰が面倒をみるのだろうか？　娘に付与される権利については、米軍がきちんと保証してくれるとわかっていたが、その先はどうなるのか？　軍人の家族は、生活の大部分がどう転ぶかわからない状態にあるが、そのことを多くのアメリカ人は認識していない。兵士が亡くなれば、残された家族には経済的支援以上のものが必要となる。彼らには愛情が必要であり、保護者が必要であり、家族が必要なのだ。ミッションでは、私はいつもそのことを肝に銘じ、妻と娘たちのことを常に考えた。手榴弾が数フィート先に飛んできたときは、下の娘の笑顔が浮かんだ。まわりもつられて笑顔になるあの表情。銃創の治療で入院していたときは、上の娘のユーモアのセンスを思い出して顔がほころんだ。家族とは力を与えてくれる存在だ。彼らのおかげで生きることができるし、いざとなれば死ぬこともできる。

登山は六月になった。タンザニアは温暖な時期だが、キリマンジャロの極地帯、つまり標高が非常に高い部分では、気温は氷点下を大幅に下回る。登るうちに、私の顔は青白くなっていた。

山岳ガイドは私の力量を品定めしたが、それにはあまり時間はかからなかった。

「これまでに登山の経験は？」と彼が聞いた。

「ないんだ」

登山経験のまったくない背の低い男を見て、彼は間違いなくあれこれ考えたことだろう。登山三日目に、彼はいよいよ心配顔になった。

「なあ」彼に声をかけられた。「もっとペースを落とさないと。それじゃあ早すぎる」

私は誰よりも先にベースキャンプに到着したので、先にテントを張った。二、三時間後にみんなが到着し始めた。つまり、私はほかの誰よりも長く休息できるということだ。頂上に登る日は、真夜中に登頂を開始するのが定番だった。そうすれば、山頂に着いたときに朝日を拝めるからだ。登頂が早すぎると暗くて何も見えないし、寒さのあまり頂上で粘ることもできない。立ち止まれば、たちどころに体は活動が終わったものと理解して、動きを停止し始める。そうなると酸素不足に陥り、寒さが襲ってくるのだ。

高地では、さっそく息が上がっていた。その朝は靴を片足履いたところで一休みし、それからようやく、もう片足を履く始末だった。

ガイドには、みんなよりも遅く出発したいと言っておいた。頂上に着くのが早すぎないようにしたかったのだが、彼は反対した。あたりは真っ暗だ。怪我をすれば誰も助ける者がいないと心配していた。

それは一理ある。

ふたたびアフリカの地にやってきて、川の上流に私はいた。その場所で、川下で起きている問題の解決策を考えていた。この本を書いているいまでも、依然としてムスリム同胞団のことと、その問題のひとつの解決策が頭の中を占めている。それは「教育」だ。教育の価値を、私は全面的に信じている。だからこそ、いまはもう大人の女性となった四人の少女を見守り続け、彼女たちのエジプトでの教育を経済的に支えてきた。彼女たちにはチャンスを手にしてほしかった。一家の女性が教育を受けられれば、家族全体の将来が違うものになることはよくわかっている。

彼女たちは見事な成果を上げている。一人は街で最高の成績評価値《GPA》を獲得した。それでも、私はしょせん大海の一滴にすぎない。

戦争という火に油を注ぐために、私たちがどれだけの金をエジプトで使っているかを考えてしまう。その「誠意」は、戦争の継続を前提としている。ムスリム同胞団がエジプト政治の実権を握ったときには（彼らが実権を握ったのはそのときだけだ）、その「誠意」が武器の調達資金としてある組織の手に直接渡ることになってしまった。私や軍の仲間が、過去二〇年にわたってそれぞれにさまざまなテロリスト組織と戦ってきたが、そういったグループをことごとく生み出してきたのがこの組織だった。

私たちは年間一三億ドルを支出している。それはつまり、彼らが軍拡競争を展開するための資金を提供していることにほかならない。イスラエルとエジプトが殺し合いを続けられるのは、競争力をそこから得ているからだ。そんなからくりを思いついたのは誰か？　軍需企業のレイセオン社だろうか？　つまり、それほど私たちはエジプトに金を渡しているということだ。そこには、エジプトがアメリカから武器を買うはずだという思惑がある。アメリカの軍需企業にとって、それはちょっとした恩恵だ。ところが、二〇一五年から二〇二〇年にかけて、エジプトがアメリカ製の武器購入にあてた金額は、アメリカがエジプトに支出した金額のわずか一五パーセントにすぎなかった。それまでのほぼ半分だ。代わりに購入先となったのは、フランスとロシアだった。

ムスリム同胞団のメンバー全員が悪者というわけではないし、人々を教育することができれば、テロリズムの「需要」もなくすことができる。一三億ドルもの武器の需要もなくなるだろう。

「教育」

教育こそが、米軍の撤退後もその空白を埋める唯一の道だ。言うまでもなく、国の指導者層は、私たちに国民の教育を望まない例が少なくない。教育を受ければ、民衆はよりよい指導者を求める。そして大きな変革が起きるからだ。

人々を教育しなければ、誰かがその空白を埋めることになるだろう。ISIS。ロシア。中国。タリバン。ムスリム同胞団。希望のないところに彼らのチャンスがある。彼らはどこからか現れて、生活に欠かせない食べ物、仕事、希望といったものを提供する（たとえ見せかけの希望であろうと、家族を養えない者にとっては、それが希望にほかならない）。その一方で資源を吸い上げるのだ。現代版の植民地主義がそこにあることを知り、敵が手強い存在となるのを見て初めて、私たちは驚いたふりをしてみせる。

私がそれを最初に目にしたのはボスニアだった。戦争によって引き裂かれ、いまだ苦しみの癒えない人々。サウジアラビアの過激派はそこにつけ入る隙を見つけ、穏健派イスラムからヘイト系イスラムへの転換を企てた。ボスニアについては、私たちアメリカ人が別の何かでその空白を埋めることもできたはずだ。もっと宗教とは関係のないもの、たとえば土木やテクノロジー、国の再建や女性の地位向上、家族を対象にした何かで。

私たちは二つの選択肢しかないと信じ込んでいるようだ。「戦争をする」あるいは「手を引く」のどちらかだと。だが三番目の選択肢もある。それは「公平な社会をつくる」というものだ。チャンスを与え、絶望によって憎悪が拡大されるのを防ぐことだ。いまでも、カタール人やトルコ人のソマリア流入は止まっていない。近隣国との代理戦争のチャンスだと彼らは見ている。その流れのなかでソマリアは不安定化し、伝統的な同盟国を失った。皮肉なことに、エジプトとの関係もしかりだ。そして近年は、トルコがソマリアとの関係を築いている。

私が子どものころ、アレクサンドリアでムスリム同胞団の演説テープをつくっていた男はどうなっただろうか？　ワグディ・アブドエルハミード・モハメド・ゴネイムのことだ。この男は現在トルコを拠点にして本を書き、アニメーション番組をつくっている。フェイスブックやXのアカウント、ＹｏｕＴｕｂｅのチャンネルももっている。二〇一七年に、彼は欠席裁判によってカイロで死刑判決を受けた。罪状はテロリスト組織の創設だった。しかし二〇二一年五月に、イスタンブールにあるイスラエル領事館前で、彼が主導するチャンツが唱えられた。チャンツで歌われたのは、かつて七世紀に行われたハイバルの戦いだ。イスラム教徒がユダヤ教徒を破った戦いを讃えるものだった。

言うなれば、彼はまだ世界の表舞台にいて、大衆を「教育」している。私たちが武器の供与を行っているあいだにも。

私たちに必要なのは、公平性を確保する政策だ。それに相手の文化が理解できる指導者も。あるいは、そのまわりに相手の文化が理解できる人間を置いてもいい。私たちは、少し進んでまた戻るといったことを繰り返している。政府のなかにも、ムスリム同胞団が同盟仲間だと考える者もいる。

それはありえない。

彼らはアメリカを憎んでいる。この一〇〇年のあいだに生まれたすべてのイスラム過激派グループは、ムスリム同胞団の系列にある。その起源が彼らなのだ。同胞団は小学生のころから勧誘を行う。そのうち彼らは過激化して、スンニ派の過激派グループ「アルジャマ・アルイスラミーヤ」のメンバーとなり、さらに過激度を増してアルカイダとなり、ＩＳＩＳとなっていく。ソマリアでは、「アルシャバーブ」と呼ばれるグループがそうだ。

彼らは、エジプト大統領とイラクの米軍に対して、宗教見解《ファトワ》を出した。

ムスリム同胞団は、中東の有力政党なのだろうか？　そのとおりだ。ムスリム同胞団は最高だと考える人々を、私は何人も見てきた。この組織は、オットー・ローウェダーが一九二八年に発明したスライスパン以来のすばらしい発明品だと彼らは言う（奇妙な偶然だが、ムスリム同胞団はスライスパンと同じ年に誕生している）。それは、同胞団がそんなふうに宣伝しているからだ。政党の合法的出先機関のような顔をして。

彼らが民主主義への道なのだろうか？　独裁政治ではなく？　それでも独裁政治よりましなの

だろうか？　断じてノーだ。それは独裁政治の一つの形にすぎない。しかも彼らの考えは、貧しい国々でひと旗揚げようというならず者のあいだで広まり、イスラム国の建国という旗印は暴力性を増している。アメリカ人ジャーナリストを斬首し、「異教徒」をサッカースタジアムで絞首刑にした。子どもたちはもう、そのスタジアムを使うことはできない。兵士への褒美とするために、少女たちを誘拐しさえする。

まさしく、川の水が流れ着くところだ。

同胞団が病院をつくり、食べ物を与え、子どもたちを教育する傍らで、彼らから生まれた暴力的な派生組織が中東やアフリカで悪行を続けている。

そして私たちは、空白を残したまま撤退する。

年季の入った兵役経験者を語るときに、よく耳にする表現がある。「最も戦争に鍛えられた者こそ、最も平和を願う」という言葉だ。私をヒッピーと呼ぶなら、呼べばいい。

本当はヒッピーと呼ばないでほしいという本音はさておき、どうか理解してもらいたい。それが私の経験からたどりついた実感であることを。私たちのような仕事を遂行する人々や、アメリカ人にとって義務ではない職務を引き受ける人々のことだけではなく、戦火の国から逃れることのできない人々に対する思いも、そこにはある。一般の兵士が抱える問題として、悪夢を見るとか、過度の飲酒や離婚率の高さ、興奮状態を常に求めるといった傾向があるが、それはザ・ユニットのメンバーであっても例外ではない。

たとえ私が自分の海外派遣の回数を覚えていなくても、妻が覚えていてくれた。妻によれば、私が不在だった結婚記念日は一〇回のうち七回で、この五年間のラマダンは五回のうち五回ともいなかったという。そして娘の登校初日と一歳の誕生日にも、どうやら私は留守にしていたようだ。

それに誕生の瞬間も。

任務で海外に行くたびに、いつもの状態に戻るまでは一か月ほどかかった。

私たちのような人間と結婚生活を続けるには、配偶者は強く献身的な人でないと務まらない。私の妻は、私よりもはるかに多くの困難をくぐり抜けてきた。私はいつも自分がどこにいるかを知っていたが、妻は私の安否を案じる生活だった。

彼女がいたから、私は生きてこられたのだ。

兄弟姉妹のようなザ・ユニットの仲間が帰国後に自殺してしまうのも目にしてきた（しかも私たちは存在しないことになっているのだから、訴えを退役軍人省に認めさせるのは非常に難しくなる。この問題は誰かが真剣に取り上げるべきだ）。

それから、私が軍にいたころには想像もできなかったことが起こった。二〇二一年一月六日、退役者だけでなく、現役も含む軍人たちが連邦議会議事堂に集結したあとの出来事には、わが目を疑った。不寛容というものを、究極の形で見せつけられた出来事だった。

この前、娘の一人から、なぜお父さんは寛容なのかと尋ねられた。これまでの経験のせいで疑い深くなったり、怒りっぽくなったり、偏屈になったりはしなかったのかと。中東の人々はかなり保守的であることが多い。たとえその人が宗教的に過激でなかったとしてもだ。

しかし、広い心をもつことで私自身が長年救われてきたことは事実だ。私は相手を安心させるように接してきた。たとえ相手が過激派であっても、それは変わらない。そうすれば彼らは口を開いた。その話にじっくり耳を傾けてもいいと思っていた。彼らのでたらめな話に隠れた関連性を探し、そのでたらめのなかから一本の道筋が見えはしないかと考えた。仕事をともにした人々は、私のことを一〇〇パーセント受け入れてくれるとは限らなかった。だから私と似たような経験をした人にはある種の共感がある。アメリカのディープサウス特有のなまりのある白人男性を想像してみてほしい。彼には、「のんびり屋」という型にはまったイメージがついてまわった。その出身地には独特の話術の奥深い文化があり、彼自身は、靴紐二本とガムの包装紙で無線機器を組み立てられる才能の持ち主だったというのに。あるいは、私が初めて配属された部隊の初日に、自宅に連れ帰ってくれたテキサス出身の男はどうだろう。彼はとにかくピラミッドのことを知りたがっていた。それから、飛び抜けた語学の才能をもったユダヤ人は、認識票に自分の宗教を記すことなく、小柄なイスラム教徒とつるんでいる。みんなに好かれ尊敬される頭脳明晰な女性は、ボーイフレンドの話はまったくしたことがない。だがようやく、女性の恋人がいることを口にするのだ。

私の大事な仲間。

苦楽をともにした仲間だった。

娘には、私が寛容でいられるのは、たまたま運がよかったからでもあると話した。

ユダヤ教徒であれ、キリスト教徒であれ、イスラム教徒であれ、仏教徒であれ、子どもを過激派に育てる親はいる。自分の考えを選ぶことができない人もいる。ほかの道があることを知らないとか、従わなければコミュニティから追放されるといった理由が、そこにはある。世界を違う視点で見る機会があれば、こうした人々も変わるのかもしれない。ただし、アフガニスタンの穴倉のような場所で育った人間を、簡単に判断できるはずもない。

私が寛容さや心の広さを培った要因について考えると、こんなに短所がある私という人間を、多くの人が受け入れてくれたことが大きかった。「短所」と言ってしまうのは少し短絡的かもしれない。これはいわば、相手との考え方の相違なのだから。そして、「ああ、そうだったのか」という気づきの瞬間が何度もあったことも一つの理由だろう。少しずつ信念に変わっていくというケースも、もちろんあった。だがそうした信念は、私がこの国に初めて来たときと現在とでは、だいぶ違う。

そのほかには、子どものときに教わったことも影響している。家族や近所の人、通りすがりの人たちに親切にするようにという教えだ。コーランにもこれを説いた箇所がある。もしかすると、軍やアメリカでの私の経験は、子どものころに教わったことの繰り返しにすぎないのかもしれない。

面白い逸話がある。私の義理の母がアメリカに来たときのことだ。彼女は自分に似た容姿の女性たちを見かけた。みな、髪を覆って地味なスカートをはき、長袖で肌を隠していた。彼女たちに挨拶しなかったことを、義母は申し訳なさそうにしていた。

「あの人たちはイスラム教徒ではないんですよ」と私は言った。「ユダヤ人なんです」

アメリカで近所に住んでいた正統派ユダヤ教徒と、アレクサンドリアで育った子ども時代にそばにいた女性たち。その違いを挙げるのは難しかった。

イスラム教については、周囲に理解してもらうために私なりに努力してきた。改宗させようとしたことは一度もない。私のミッションは、常に兵士としてのものだった。ただ、私が教育に抱く思いについては、すでに何度も書いたとおりだ。

イスラム教に対して妙な見方をする人はいるが、そこにはいくぶん文化的な要因がある（けっして宗教的な要因ではない）。インドのイスラム教徒には、エジプトやボスニアやフランスのイスラム教徒とは違う日常がある。彼らにはみな、それぞれの宗教と文化があるのだ。キリスト教徒でも、アメリカとエジプトと中国とロシアでは異なるものがあるように。

パキスタンのムスリムは、その文化と宗教をミックスしている。彼らにとって、イスラム教は一つのライフスタイルだからだ。車を運転する女性が非難されるのは、宗教的見地からなのか、それとも文化的見地からなのか？　アフガニスタンの女性が医療を受けるのを禁じられるのは、宗教的な理由からなのか、それとも文化的な理由からなのか？　宗教に大きな影響を受けた文化環境のなかで育てば、宗教が禁じる「悪いこと」はとにかく「悪いこと」だという価値観を身につけてしまう。本来はそういう話ではないのに。預言者ムハンマドがひげを生やしていたのは、おそらくひげ剃りをもっていなかったからだ。キリストやモーセもそうだった。コーランには、ひげを剃ってはいけないとは書いていない。それを言うなら、ムハンマドは車をもっていなかったし（それに女性がラクダに乗ることにも異存はなかっただろう）、飛行機に乗ったこともなく、タリバンで流行っている最高にクールなハイカットの白スニーカーを履いたこともなかった。

まだやれることはある。そうした文化的な違いを認識するという道だ。私たちがこの二〇年のあいだに解体してきた国々から、バイデンは徐々に手を引く可能性がある。だがそこから、未来の指導者を育てる教育に資金供与をする方法を見つけることもできるのだ。

それは芝生の庭のようなものだと私は思う。見ればひどいありさまだ。茶色の地面があちこちにのぞき、タンポポがはびこり、犬がいつも用を足していく場所がある。そこで荒れた庭にたっぷりと芝生の種をまき、肥料を与える。雑草は、芝をだめにしてしまうから抜かなくてはならない。雑草に未来はない。だが、あなたはものごとを長い目で見るようになる。なだらかに波打つ芝生で子どもたちが野球をし、近所の人たちとビールやミントティを楽しむ。庭がそんな場所になることを、あなたは夢見るようになる。

種は教育であり、雑草は過激派なのだ。

新しい芝生を育てるのは時間がかかるだろう。アメリカの関心は、それを待てるほど長くは続かないだろう。次の選挙で勝つために、バイデンはすぐに結果が欲しいのだから。そして四年後に彼は退き、次の大統領が就任する。そしてまた次の選挙のために結果を求める。

米軍では、指揮官の任期は平均して二年だ。彼らには、自分の任期を超えるようなスパンの長いことをやりきるつもりはないだろう。人事評価の項目の一つ（あわよくば二つ）でよい評価を得ることだけに力を入れ、目標をクリアしたらキャリアのその先に進みたいのだから。

ではロシアはどうか？　海外派遣中に何度かロシアの工作員を見たことがある。彼らは現地の言葉を話した。そこで育った人間だった。かの有名な、ロシアの「生産工場」と呼ばれる場所で、彼らは何年も生活する。ロシア人はものごとを長いスパンで考え、じっくりと待つ。ではアメリカはどうか？「バーガーキング」のように、すぐに手に入れたいのだ。私たちが語学の習得にかける時間は一か月だが、一か月は短すぎる。文化や言葉、宗教がその地域でどのような役割をしているかを見るには、もっと時間が必要だ。しかし芝生が育つには長い時間がかかる。そして、私たちは我慢ができない。

米軍がすぐにもできる解決策が一つある。それは移民を迎えることだ。よりよい生活ができると信じて、この国にやってきた人々。彼らの存在が、自然と文化的な訓練になる。彼らの適応能力や、教育力を発揮してもらおうではないか。

それには少し工夫が必要だ。いまのところは、「移民なのになぜ軍に入隊したいのか？」という質問を受けるのだから。兵役経験者は市民権が取得できることになっているにもかかわらず、米国会計検査院の報告書によれば、二〇一三年から二〇一八年にかけて二五〇〇人の兵役経験者が国外退去となっている。彼らには市民権が必要であり、私たちにはその信頼を再構築する必要がある。

こう言ったとしても、別に驚きではないだろう。イスラム教徒はアメリカに来るなと言えば、すでにこの国に住んでいるイスラム教徒はいい気がしないだろう。何年も、何世代にもわたって暮らすイスラム教徒であってもそれは同じだ。

私たちはアメリカにも空白を作り出している。移民をよそ者として扱うたびに空白は生まれる。彼らを招き入れ、温かく迎えて、彼らがアメリカンドリームの仲間入りを果たせるよう手を差し伸べることができたらと思う。彼らはただの低所得労働の供給源ではない。自分はもっと活躍できると信じられるなら、移民が民主主義を脅かす存在になることはない。むしろ支える側になるだろう。

キリマンジャロ登頂という、最後の大仕事に私はとりかかった。ほかの登山者が出発してから一時間が経っていた。私が彼らよりも進む速度が早いことは織り込み済みだ。それに、やたらと先を急ぐことも。頂上に到達するまでに四時間かかった。頂上に立つと、風がうなりを上げた。鼻先を触れば、つららのように砕けて落ちそうだ。一〇分から一五分以上そこにとどまれば、体内の酸素が不足してくることはわかっていた。

頂上の噴火口に積もった雪の中には、暗い影が眠っていた。その情景は美しかったが、まだあたりは暗かった。

ゲームは終わりだ。もし私がもう少し歩を緩めていれば、あるいは計画をうまく立てたり、ガイドとの時間をもっと割いていたりしたら、違う結果になったのかもしれない。

日の出を見ることができたのは、下山のときだった。

27 旗を降ろすとき

私の娘たちは、父親が陸軍で何をしていたのかはまったく知らない。任務のあいだ、いつも私が娘たちのことを思っていたことを知る由もない。彼女らは私を毎日誇らしい気持ちにさせてくれる。しっかりとしたアメリカの若者に育っていく二人を見ると、そんな気持ちになるのだ。娘たちは、9・11後にできた「復員兵援護法」にとても感謝している。この法律は、大学の学費の半額を支給することを定めたものだ。私の戦地駐留で得られた「復員兵援護法」の福利厚生は、娘たちに引き継ぐことができた。ジョージ・W・ブッシュ大統領が導入した政策変更のおかげだ。

私が撃たれたときは、娘の一人はまだよちよち歩きだった。二、三年前までは、父に何があったかさえ認識していなかった。

妻は私がエリート部隊にいたことは知っている。しかし、それがどの部隊なのかは知らなかった。

だから家族も兄も、私の退役セレモニーに四〇〇人がやってきたときは、少し驚いたようだった。

実は私もだ。

思えば父は、アメリカに行く私にうまくいくわけがないと言った――自分がそう父親に言われたからだ。

だが私は挫折しなかった。

セレモニーのあいだに、これは何かわけがあるのだと家族は察した。諜報部門の最高責任者である三つ星をつけた中将が、二つ星の少将とともに現れたからだ。下の娘は私のカメラを担当し、その笑顔でほかの出席者を魅了した。彼女が持ち歩くには重すぎるカメラだったが、娘はプロ並みに扱ってみせた。

「お嬢さんたちに知っておいてもらいたいことがある。きみたちが知らないお父さんの顔がたくさんあるんだよ」と、司会役を務めた士官が言った。「お父さんは英雄だ」。妻のほうを見ると、その目から涙がこぼれ始めた。

家族は誇らしく思ったものの、その意味するところはよくわかっていなかった。

これまでもこれからも、私は家族のことを誇りに思うだろう。だが、家族がそれをきちんと理解することはおそらくない。

私の活動のすべてにおいて、妻は私を支えてくれた。私が不在のときは、彼女のほうが私よりもはるかに大変だったに違いない。家庭生活に関することをすべて切り盛りし、二人の最高に美しい娘たちを育ててくれた。上の娘は、私の訓練期間中に生まれた。妻は新生児の面倒を一人で見てくれた。私はそのとき、ザ・ユニットで求められるあらゆる特殊訓練に集中していた。まるで火の玉のような下の娘は、五年後に生まれた。彼女は家族に新たな活気をもたらしてくれた。そして私は、家族のもとを離れて海外に行くことがいっそう嫌になった。

退役にあたって、私は娘たち一人ひとりにあてて手紙を書いた。それを刻印し、ブロンズスター勲章［作戦において成果を上げた兵士に授与される勲章］を付けて額装した。妻への手紙にはパープルハート勲章を付けた。怪我の回復期にあった私に伴走してくれた彼女の、その働きに対する勲章だ。

だが、みんなが祝ってくれるときも、最後の仕事をともにした分析官のことが頭から離れなかった。

その最後の仕事では、司令官と私（そのときは上級曹長だった）は約一一〇〇人の兵士と職員とともに任務にあたっていた。分析官だった一人の女性が、海外派遣を希望した。彼女はフランス系アメリカ人で、シエラレオネ生まれだった。アメリカに移民し、入隊して八年兵役についた。退役してからは国防総省の職員として働いた。白人のキリスト教徒の国に暮らす、白人のキリスト教徒だった。

海外派遣の希望が認められると、彼女は荷物をまとめた。友人を全員招いて惜別のディナーを開き、住まいを解約した。彼女の持ち物はバックパックだけだった。それと銃だ。その夜、ホテルに向かった彼女は自ら命を絶った。

あれほど完璧な幕引きは見たことがない。彼女は三年かけてその計画を練っていた。

彼女の葬儀で弔辞を聞きながら思った。彼女が一度たりとも温かく迎えられたと思えなかったのは、あまりに悲しいことだと。遺書には、どこにも自分の居場所がないことに疲れたと書いてあった。

彼女に居場所がないのなら、いったい私はどうなるのだろう？

基礎訓練で一緒だったギルモアは、「canteen」の意味を私に教えてくれた。フォート・フッドにやってきた私が途方に暮れていたときは、グリーン一等軍曹が救いの手を差し伸べてくれた。プリングル一等軍曹は私の潜在能力を認め、ふさわしいキャリア選択をするようにしてくれた。ザ・ユニットの仲間は私の親友になった。彼らは私に命を預け、私も彼らに命を預けた。くだらない言葉を投げかけられても我慢する強さや、自分も誰かのメンターになりたいという意欲を与えてくれたのは彼らだった。

そういうことだ。だから私には居場所があったのだ。

しかし私たちは、国としてあの女性を失望させてしまった。

白人でキリスト教徒のフランス女性は、なぜ軍に居場所がないと感じたのか。それを組織として考えてもらわなくてはならなかった。インド出身の男性や、アフガニスタンやイラク出身者も居場所がないと感じるかもしれない、その理由は何か。そもそも、なぜ彼らに自分の居場所があると感じてもらわなくてはならないのか。何よりもまず、その理由を組織に考えてもらいたかった。

アメリカは人種のるつぼだと、よく言われる。だがその表現からは、一人ひとりの顔が見えないように思う。溶けてしまえばすべてが一つの味になるからだ。むしろ私は、サラダのようなものだと考えたい。さまざまな素材を合わせても、そこにそれぞれの個性が味わえるのだから。

ザ・ユニットを去るときに気がかりだったのは、仲間を残していくことだけでなく、イスラム教徒としての私の経験が、私とともに消えてしまうことだった。私が話を聞いてもらいたい相手は二種類いる。一方は軍の指導者層だ。彼らには多様性があることの必要性を理解してもらいたい。そしてもう一方は、イスラム教徒のアメリカ人だ。いや、なんらかの希望を探している移民でもいい。彼らを待っている場所、彼らの力を切実に必要としている場所があることを知ってもらいたいのだ。

私の存在が誰かの励みになればと思う。政府が反アラブではないことを広く知ってもらいたい。職員のなかに、いくぶんの人種差別が存在するのは確かだ。しかし、アラブ出身者がFBIやCIA、軍に入ることができるのもまた事実だ。彼らにありのままの自分でいていいのだと伝えられたら幸いだ。

それは多感な年齢で養子になるようなものだと思う。私には、生物学的な意味での祖国、エジプトがある。限られた資源で、エジプトは私にできるかぎりのことをしてくれた。そして養子先であるアメリカが、私を教育し、尊厳と敬意と自由を与えてくれた。エジプトと自分のなかにある文化を、私はこの先もずっと愛している。しかし同時に、私を受け入れ、心を開かせ、私がどこまでも私自身でいることを可能にしてくれたこの国に、愛と忠誠を捧げる。

私は、特殊部隊と聞いて思い浮かぶタイプの人間ではない。普通の人が想像するのは、ジェームズ・ボンドや、ひげ面でオークリーのサングラスをかけ、アメリカ国旗のついた野球帽をかぶった男だろう。

たしかに、そういうものは私もひととおりもっている。

だがなんといっても、私は身長一五五センチ、体重五八キロのイスラム教徒だ。

浅黒い肌、イスラム社会で育った経験、アフリカ文化に対する理解。これらがなかったら、私が部隊の――あるいは私の国アメリカの――役に立つことはなかっただろう。少なくとも、同じやり方では。

私のたどってきた道を一言で表すなら?

それは、ある「アメリカンドリーム」をめぐる物語だ。

謝辞

今日までの道のりを振り返ると、数えきれないほどの人たちに助けられ、いまの自分があることがわかる。彼らが私の人生に手を差し伸べてくれたことに心から感謝する。私に知識と知恵を授けてくれた先生たち。規律と不屈の精神を植えつけてくれた軍の上官や先輩。当初の乏しい英語力にもかかわらず、私に仕事を与えてくれた心優しい人々。みな、人間的にも仕事の面でも、私が成長するために重要な役割を果たしてくれた。

こうしたすばらしい人たちの貢献に深く感謝するとともに、現在およびかつてのザ・ユニットの仲間たちに、感謝と賛辞を捧げなければならない。私たちの社会を守るために、勇敢に戦う仲間たちだ。最高のプロ意識を見せる彼らの惜しみない献身と、組織の安全と防衛の確保にあたる彼らの働きは、真に賞賛に値する。

かかわった全員の匿名性を守ることは、組織と仲間の安全と幸福にとって最も重要なことだ。彼らの勇気、自己犠牲、全力で取り組む姿勢は、最大の感謝と賛辞にふさわしい。

そして、共著者であるケリー、私の代理人を務めるフランク、この本の発行者であり編集者のマークに、心からの感謝を表したい。この本の出版まで、ずっと私を信じ、導いてくれてありがとう。あなたがたのサポートと知見は非常に貴重なものだった。そのすべての支援に感謝の気持ちでいっぱいだ。私に伴走してくれたあなたがたのどのひとりが欠けても、このすばらしい日を迎えることはなかっただろう。

【著者】
アダム・ガマル（Adam Gamal）※著者とその家族の安全を守るため、著者名は仮名

米陸軍最精鋭部隊で10回を超える海外派遣に従事し、2016年に退役。ブロンズスター勲章、パープルハート勲章、レジオン・オブ・メリット勲章受章。現在は安全保障に関する組織の国際コンサルタントを務める。

ケリー・ケネディ（Kelly Kennedy）

湾岸戦争での「砂漠の嵐」作戦およびソマリア内戦下のモガデシュに米軍兵士として従軍。これまでにソルトレーク・トリビューン紙、オレゴニアン紙、シカゴ・トリビューン紙、アーミー・タイムズ紙に寄稿。著書に『They Fought for Each Other: The Triumph and Tragedy of the Hardest Hit Unit in Iraq（彼らは互いのために戦った：イラクで最も被害を受けた部隊の勝利と悲劇）』（未邦訳）、ケイト・ジェルマーノとの共著書に『Fight Like a Girl: The Truth Behind How Female Marines Are Trained（少女のように戦え：女性海兵隊員の訓練の真実）』（未邦訳）がある。ヴァージニア州在住。

【訳者】
沖野十亜子（おきの・とあこ）

英語翻訳者。京都大学文学部卒。訳書に、セレル『ハドソン・バレイの家』、ロニー『ウェディングドレス・ブック』などがある。

THE UNIT
My Life Fighting Terrorists as One of America's Most Secret Military Operatives
by
Adam Gamal with Kelly Kennedy

米軍極秘特殊部隊《べいぐんごくひとくしゅぶたい》　ザ・ユニット

テロの激戦地《げきせんち》で戦《たたか》い続《つづ》けた隊員《たいいん》の手記《しゅき》

●

2024 年 12 月 2 日　第 1 刷

著者…………アダム・ガマル／ケリー・ケネディ

訳者…………沖野十亜子《おきのとあこ》

装幀…………一瀬錠二

発行者…………成瀬雅人

発行所…………株式会社原書房

〒 160-0022 東京都新宿区新宿 1-25-13
電話・代表 03（3354）0685
http://www.harashobo.co.jp
振替・00150-6-151594

印刷…………新灯印刷株式会社
製本…………東京美術紙工協業組合

ISBN978-4-562-07479-2, Printed in Japan